# गोपालराम गहमरी
## की
## जासूसी कहानियाँ

AF564979

# गोपालराम गहमरी की जासूसी कहानियाँ

संपादन

**संजय कृष्ण**

*प्रकाशक*

**प्रभात पेपरबैक्स**

4/19 आसफ अली रोड, नई दिल्ली–110002

फोन : 23289777 • हेल्पलाइन नं. : 7827007777

इ–मेल : prabhatbooks@gmail.com ❖ वेब ठिकाना : www.prabhatbooks.com

*संस्करण*

प्रथम, 2019

*सर्वाधिकार*

सुरक्षित

*मूल्य*

दो सौ रुपए

अ.मा.पु.स. 978-93-5322-833-0

*मुद्रक*

आर–टेक ऑफसेट प्रिंटर्स, दिल्ली

—————— ★ ——————

**GOPALRAM GAHMARI KI JASOOSI KAHANIYAN**

*Ed.* Shri Sanjay Krishna

Published by **PRABHAT PAPERBACKS**

4/19 Asaf Ali Road, New Delhi-110002

ISBN 978-93-5322-833-0

₹200.00

# दो शब्द

अपने हिंदी साहित्य में गोपालराम गहमरी उपेक्षित हैं। कई विधाओं में उन्होंने प्रचुर साहित्य लिखा, लेकिन अपने देश के कॉलेज से लेकर विश्वविद्यालय के पाठ्यक्रम तक में वे कहीं नहीं हैं। न उनके संस्मरण, न कहानियाँ, न कविताएँ, न उपन्यास, न अनुवाद। उन पर एक जासूसी लेखक का ठप्पा लगाकर उनके पूरे रचनाकर्म से ही हमारे कथित आलोचकों ने किनारा कर लिया, जैसे ये जासूसी उपन्यास घोर पाप हों। फिर धीरे-धीरे उन्हें जानबूझकर बिसरा दिया गया, लेकिन अब फिर उनके साहित्य की खोज होने लगी है। फिर से लोग अब गहमरीजी की रचनाओं से रू-ब-रू होने को बेताब दिख रहे हैं। यह अच्छी बात है। राख के भीतर छिपी आग अब बाहर आ रही है। साहित्य पाठकों के भरोसे जिंदा रहता है, आलोचकों के भरोसे नहीं। कबीर, तुलसी, रैदास अपनी रचनाओं के बूते जिंदा हैं, आलोचकों के भरोसे नहीं। गोपालराम गहमरी अब पुस्तकालयों से बाहर आ रहे हैं। इसी का नतीजा है, उनके संस्मरण। उनके संस्मरणों का एक संकलन आया है, जिसमें हिंदी साहित्य, पत्रकारिता और उस समय के महत्त्वपूर्ण लेखकों पर उनके आत्मीय संस्मरण हैं। उनकी कहानियों का भी एक संकलन आ चुका है, जिसका लोगों ने खूब स्वागत किया। अब यह एक और संकलन आपके हाथों में है।

इस संकलन में एक लघु उपन्यास 'गेरुआ बाबा' भी है, जो 'जासूस' पत्रिका के 1 सितंबर, 1919 के अंक में छपा था। यह 'जासूस की जवामर्दी' नाम से छपा था। बाद में संवत् 1986 में यह 'गेरुआ बाबा' नाम से छपा। प्रकाशक थे—एम.एस. मेहता एंड ब्रदर्स, काशी। इसे पुस्तकाकार छपवाने के साथ इसमें अपना एक छोटा सा वक्तव्य भी गहमरीजी ने जोड़ा। वह पठनीय भी है—

गहमरीजी लिखते हैं—

"इन दिनों गद्यकाव्य में बेमाथ की दँवरी हो रही है। जो लोग कलम लेकर साहित्य के मैदान में लिखने के वास्ते उतरते हैं, उनको औपन्यासिक बनना ही सबसे

सुगम जान पड़ता है। लेकिन उनकी समझ से यह सब बात बहुत दूर जा पड़ती है कि उपन्यास साहित्य का कितना मधुर अंग है। वह अपने समय का सच्चा इतिहास होता है। उसके लिए लेखक को कितनी दुनिया देखनी पड़ती है। चरित्र-चित्रण में जो जितना निपुण होता है, उतना ही वह अपने इस असरकारक अस्त्र से संसार का उपकार करने में समर्थ हो सकता है।

यह सब अच्छी तरह समझाने के लिए इस भूमिका में हमको जगह नहीं है। लेकिन अश्लील, निस्सार और कोरी अनहोनी गप्प के उपादान पर गढ़े हुए उपन्यासों की इस समय इतनी बाढ़ है कि साहित्य के इस अंग की इन दिनों बड़ी ही छीछालेदरी हो रही है।

ऐयारी, तिलिस्मी और जासूसी का साइनबोर्ड कपाट पर लगाकर ऐसी-ऐसी निकम्मी और मगज बिगाड़कर समय और आचरण बिगाड़नेवाली इतनी पुस्तकें आजकल निकल रही हैं, जिनसे लोग इन पुस्तकों पर बेतरह नाक-भौं चढ़ाने लगते हैं।

'गेरुआ बाबा' इन दोषों से बिल्कुल पाक है। हम यह अपने मुँह नहीं कहना चाहते। अनहोनी घटनाओं का तूमार लिये हुए बड़ी ठाट-बाट, लक्क-दक्क उपन्यासों के इस युग में जो सज्जन हमारी पुस्तकों को सम्मान देते हुए रुचि से पढ़ते हैं, वह इसकी आप ही गवाही देंगे। ऐसे उपन्यासों से आदमी स्वयं चतुर होता है। देश-काल देखकर चालाक चोर और गँठकटे, उठाईगीर, उचक्कों से सावधान होकर निःशंक भाव से जीवनयात्रा निर्वाह करने का सुअवसर पाता है और चेहरा देख करके आदमी भीतर का पहचानने में वह निपुण हो जाता है।"

यह वक्तव्य गोपालराम गहमरी के उपन्यास को लेकर उनकी चिंता और दृष्टि दोनों को प्रकट करता है। फिर भी उनकी रचनाओं पर ध्यान नहीं दिया गया। गेरुआ बाबा को प्रकाशित हुए सौ साल हो गए। सौ साल बाद अब दुबारा पाठक इसका रसास्वादन करेंगे। इसके साथ, वह उस समय के काल से भी रू-ब-रू होंगे। यह आज के लिए भी जरूरी है, क्योंकि हम जो आज उपन्यास की इमारत देख रहे हैं, उसकी नींव में ऐसी ही रचनाएँ रही हैं। उपन्यास के विकासक्रम को समझने के लिए भी यह जरूरी है।

गोपालराम किसी एक विधा से संबद्ध नहीं थे। साहित्य और भाषा को लेकर उनकी चिंता किसी से कमतर नहीं थी। कविता में खड़ी बोली को लेकर बहस की शुरुआत उन्होंने 1902 में अपने द्वारा संपादित 'समालोचक' पत्रिका में की थी। फिर भी, जब खड़ी बोली की कविता को लेकर बात आती है, गहमरीजी की कतई चर्चा

नहीं होती या फिर बहुत सतही ढंग से उनके नाम की चर्चा कर आलोचक आगे बढ़ जाते हैं।

गहमरीजी ने हिंदी साहित्य और पत्रकारिता के विकास में अतुलनीय और अविस्मरणीय योगदान दिया है। 38 साल तक अपने बनारस और फिर अपने गाँव गहमर से 'जासूस' नामक मासिक पत्र का संपादन और प्रकाशन किया। हिंदी में जासूस शब्द के प्रचलन की शुरुआत की। अपने नाम के साथ अपने गाँव को भी जोड़ा। हिंदी में पहली बार इस सिलसिले को आरंभ किया। उनके पहले किसी हिंदी रचनाकार ने अपने गाँव को अपने नाम के साथ जोड़ा हो, ऐसा दिखाई नहीं पड़ता। उर्दू रचनाकारों ने जरूर अपने गाँव या शहर को तखल्लुस के तौर पर इस्तेमाल किया।

उत्तर प्रदेश के पिछड़े जिले गाजीपुर के एक गाँव बारा कलाँ में पौष कृष्ण 8, गुरुवार 1923 ईस्वी सन् 1866 में उनका जन्म हुआ था। एक लंबी आयु पाकर 80 साल की उम्र में काशी में ही 20 जून, 1946 को दुनिया से विदा हुए। लगभग साठ सालों तक हिंदी की सेवा की। भरपूर लिखा। उनकी अधिकांश रचनाएँ कल्पनाजनित न होकर हकीकत की हैं। एक जासूस मो. सरवर से उनका परिचय था। मो. सरवर उनकी बहुत सी कहानियों के जन्मदाता हैं। जब उन्होंने अवकाश ग्रहण कर लिये, तब उन्होंने कई केसों के बारे में गहमरीजी से विस्तार से चर्चा की थी, जिसे गहमरी ने अपनी रचना का उपजीव्य बनाया। कई बार तो खुद गहमरीजी के साथ भी कुछ ऐसी अनहोनी घटनाएँ घटीं कि वे खुद हवालात पहुँच गए और इस पर भी कहानी लिख डाली। 'हम हवालात में' उनकी ऐसी ही आपबीती कहानी है। इसके अलावा भयंकर डाकू से मुठभेड़, जासूस को धोखा, जासूस से मुलाकात, आँखों देखी घटना''ऐसी ही कहानियाँ हैं। गहमरीजी ने ढेरों उपन्यास भी लिखे। अनुवाद भी किए। रवींद्रनाथ टैगोर के पहले हिंदी अनुवादक गोपालराम गहमरी ही थे। 1895 में गुरुदेव के काव्य नाटक 'चित्रांगदा' का हिंदी अनुवाद गोपालराम गहमरी ने ही किया था।

कहते हैं कि गोपालराम गहमरी की विधिवत् लेखन की शुरुआत कालाकाँकर से हुई। उस जमाने में हेडमास्टरी की सुविधाजनक नौकरी छोड़कर हिंदी सेवा के लिए प्रतापगढ़ के कालाकाँकर गए। इसके पहले उन्होंने कुछ दिनों तक बंबई में खेमराज के पुस्तक प्रकाशन में काम किया। यहाँ उनके लिए रचनात्मकता के लिए कोई विशेष जगह नहीं थी। पत्र-पत्रिकाओं का प्रकाशन वहाँ से होता नहीं था। इसलिए, यहाँ अपने अनुकूल अवसरों को न देखकर वहाँ से त्याग-पत्र देकर कालाकाँकर चले आए। कालाकाँकर (प्रतापगढ़, उत्तर प्रदेश) से निकलनेवाले दैनिक 'हिंदोस्थान'

के गहमरीजी नियमित लेखक थे। इसके साथ ही उस समय की श्रेष्ठ पत्र-पत्रिकाएँ 'बिहार बंधु', 'भारत जीवन', 'सार सुधानिधि' में भी नियमित लिखते थे।

इस दौरान गहमरीजी ने जासूसी विधा से हटकर आध्यात्मिक विषयक दो पुस्तकें लिखीं। 'इच्छाशक्ति' उनकी बँगला से अनुवादित रचना थी और 'मोहिनी विद्या', मैस्मेरिज्म पर अनूठी और हिंदी में संभवत: पहली पुस्तक थी। ये दोनों पुस्तकें हिंदी पाठकों द्वारा काफी पसंद की गईं। बाद के दिनों में जासूसी लेखन से उनकी विरक्ति भी हो गई थी और वे धर्म-अध्यात्म की ओर मुड़ गए थे।

गहमरीजी का कहना था कि 'जिसका उपन्यास पढ़कर पाठक ने समझ लिया कि सब सोलह आने सच है, उसकी लेखनी सफल परिश्रम समझनी चाहिए।' गहमरीजी अपनी रचनाओं में पाठकों की रुचि का विशेष ध्यान रखते थे कि वे किस तरह की सामग्री पसंद करते हैं। साहित्य के संदर्भ में उनके विचार भी उच्च कोटि के थे। वे साहित्य को भी इतिहास मानते थे। उनका मानना था कि साहित्य जिस युग में रचा जाता है, उसके साथ उसका गहरा संबंध होता है। वे उपन्यास को अपने समय का इतिहास मानते थे। गुप्तचर, बेकसूर की फाँसी, केतकी की शादी, हम हवालात में, तीन जासूस, चक्करदार खून, ठनठन गोपाल, गेरुआ बाबा, मरे हुए की मौत आदि रचनाओं में केवल रहस्य-रोमांच ही नहीं है, बल्कि युग की संगतियाँ और विसंगतियाँ भी मौजूद हैं। समाज की दशा और दिशा का आकलन भी है।

सौ साल बाद इन कहानियों से गुजरते हुए हम उनकी रचनाधर्मिता से एक बार फिर परिचित होंगे। नए समय में नए आस्वाद के साथ। इन रचनाओं में इतने डिटेल्स हैं कि पूछिए मत। उनके पास अलग-अलग प्रदेशों की बोलियों का भंडार था। एक अलग अनोखी भाषा थी। ढेर सारे शहरों के डिटेल्स थे। इससे उनके घुमंतू मन और मिजाज को समझ सकते हैं, जो एक लेखक के लिए जरूरी होता है। बंबई से लेकर मेरठ तक, गाजीपुर से लेकर जबलपुर तक, भोजपुर से लेकर प्रयाग तक…। 18 साल की उम्र में बलिया में उन्होंने भारतेंदु को नाटक करते देखा था। उसकी तब समीक्षा लिखी थी। कितनी चर्चा की जाए…। आइए, फिर से सौ बाद ही सही, उनकी रचनाओं से गुजरें…। एक रचनाकार को जानने का सबसे बेहतर तरीका उसकी रचनाओं से बेहतर क्या हो सकता है…।

और अंत में, आप तक पहुँचाने के लिए हिंदी प्रकाशन के प्रकाशक भाई के प्रति हार्दिक आभार।

**—संजय कृष्ण**

# अनुक्रम



## बहराम बंदीखाने में

# आँखों देखी घटना

## -: 1 :-

बात सन् 1893 ई. की है, जब मैं बंबई से लौटकर मंडला में पहले-पहल पहुँचा था। वहाँ मेरे उपकारी मित्र पं. बालमुकुंद पुरोहित तहसीलदार थे। उन्हीं की कृपा से मैं मंडला गया था।

मंडला नर्मदा नदी के बाएँ किनारे बसा है। दाहिने किनारे ठीक उसी के सामने महाराजपुर गाँव है। वहाँ के माननीय जमींदार राय मुन्ना लाल बहादुर एक सुयशवान् परोपकारी वैश्य थे। उनके उत्तराधिकारी बाबू जगन्नाथ प्रसाद चौधरी एक हिंदी प्रेमी युवक ने उपर्युक्त तहसीलदार साहब के द्वार मुझे बुलाया था। मैं जब वहाँ पहुँचा, तब चौधरी साहब ने मुझे बँगला पढ़ाने का काम सौंपा। चौधरी साहब की रुचि बँगला पढ़कर हिंदी साहित्य में बँगला की पुस्तकें अनुवाद करने और हिंदी-सेवा में समय बिताने की थी। चौधरी साहब को मैंने बँगला भाषा की शिक्षा दी और उन्होंने मेरे वहीं रहते ही बँगला से दो पुस्तकों का हिंदी अनुवाद करके छपवाया। एक 'दीवान गंगा गोविंद सिंह' दूसरी पुस्तक 'महाराजा नंद कुमार को फाँसी' थी।

उन दिनों मैं सबेरे नर्मदा स्नान किया करता था। नहाते समय मैंने वहाँ दो युवतियों की बातें सुनीं। एक थी लाली नाम की मल्लाहिन, अपनी सखी निरखी के साथ। दूसरी थी एक त्रिशूलधारिणी कषायवसना, नाम इसका मालूम नहीं था।

लाली स्नान करते समय अपनी सखी निरखी से कहने लगी, "अरी विन्ना, ऐसे साधु तो हमने कभी नहीं देखे। बड़ो देवता आए, ओको रूप देखते सोई जीव जुड़ाय जात है। ऐसो सुघर रूप विधाता ने मानो अपने हाथ से सँवारे हैं ओको तो। न जाने कब से संन्यास लए हैं ओने। ओकी उमिरि संन्यासी बनबे की न आय विन्ना।"

लाली की यह बातें निरखी ध्यान से सुन रही थी, लेकिन उसके कुछ कहने

से पहले ही पास ही घाट पर त्रिशूल गाड़कर स्नान करती हुई साधुनी ने कहा, "हाँ बहन! तुम्हारा रूप तो विधाता के नौकर-चाकर के हाथ की कारीगरी आय काहे?"

लाली रोज उसी घाट पर नहाने आती थी। मैं भी उसी घाट पर रोज स्नान करता था। वह अवधूतिन पहले ही दिन ही वहाँ दीख पड़ी थी। उसी दिन लाली से अवधूतिन का बहुत मेल-जोल हो गया।

वह संन्यासिनी त्रिशूलधारिणी उस अवधूतिन मंडली के साथ आई थी, जो नर्मदा की परिक्रमा करने अमरकंटक से चली थी, लेकिन उस त्रिशूलवाली का मन उन माताओं से नहीं मिलता था। अकेले माँगकर खाना और अलग उस मंडली के पास ही कंबल डालकर रात काट डालना, उसकी दिनचर्या थी, लेकिन महराजपुर पहुँचने पर जब उस मंडली की संन्यासिनों को मालूम हो गया कि चौधरी साहब के यहाँ से परिक्रमा करनेवाले संतों को रोज भोजन मिलता है, तब उसने भी लंबी तान दी। माँग लाने की चिंता से वहाँ उसको रिहाई मिल गई।

स्त्री जाति के लिए लिखा है कि सदा गृहस्थी के काम में लगे रहने में ही कल्याण है, नहीं तो बिना काम के जब चार-पाँच बैठ जाती हैं, वहाँ चारों ओर का चौबाव चलने लगता है कि समालोचक भी मात खाते हैं। उनमें ऐसा बत-बढ़ाव भी हो जाता है कि झोंटउल की भी नौबत पहुँच जाती है।

हम अपनी माताओं, बहनों और बेटियों से वहाँ इन पंक्तियों के लिए क्षमा माँगते हैं। हमारे कहने का यह अभिप्राय हरगिज नहीं है कि मर्दों में यह लत नहीं है और वे लोग इस तरह चार संगी बैठ जाने पर चर्चा आलोचना नहीं करते।

बात इतनी है कि बेकाम समय बितानेवाली रमणियों में यह गलचौर बहुत बढ़ा रहता है। मर्दों में यह गप्प हाँकनेवाले बहादुरों का जब चौआ-छक्का बैठ जाता है, तब वह लंतरानियाँ ली जाती हैं कि आकाश-पाताल के कुलाबे खूब मिलाए जाते हैं। लेकिन यह ठलुए ऊबकर झट अपना रास्ता नापने लगते हैं और देवियों को देखा है कि ऐसी ठल्ली रहनेवालियों का नित्य का यही रोजगार हो जाता है और जब उनकी मंडली बैठ जाती है, तब उनका निठल्लपुराण बड़ा विकट, बड़ा स्थायी और बड़ा प्रभावशाली हो जाता है। घर-घर की आलोचना का अध्याय जब चलता है, तब परनिंदा का चस्का जिन्हें लगा हुआ है, उनकी लंतरानियों के मारे भले लोगों में त्राहि-त्राहि होने लगती है।

यह लाली उसी मंडली की एक थी। उसने जो नहाती बेर पुरवा के साधु की सराहना की तो साधुनी ने बड़े ध्यान से सब सुना और बड़े चाव से साधु का स्थान, वहाँ जाने का रास्ता और रंग-ढंग तथा हुलिया भी पूछ लिया।

## -: 2 :-

दूसरे दिन भिनसारे ही धूई के सामने पद्मासन लगाए हुए पुरवा गाँव के साधु के पीछे वह अवधूतिन शांत भाव से जा खड़ी हुई।

सबेरे का समय था। वहाँ और कोई नहीं था। साधु स्नान करके विभूति लगाए अकेले बैठे थे। अवधूतिन जब पीछे से चलकर उनके सामने हुई, तब उनका चेहरा देखते ही बोली, "काहे देवता! ई आँसू काहे बह रहे हैं तुम्हारे!"

बाबा ने चारों ओर चौकन्ना होकर देखा और हाथ के इशारे से संन्यासिनी को सामने बिठाया।

जब वह बैठ गई तब वे धीरे से बोले, "आँसू नहीं धूई का धुआँ लगा है, देवीजी!"

संन्यासिनी बोली, "ना-ना! धुआँ तो इस घड़ी हुई नहीं देवता, आपको कुछ मन की वेदना है! सच कहिए क्या बात है?"

बाबा को अब इतनी करुणा उमड़ी कि रहा नहीं गया। बोले, "हाँ, बात सही है। यह आँसू अब मेरी जिंदगी में सूखनेवाले नहीं हैं। जाने दो, तुमने देख लिया तो बचा! किसी से कहना नहीं। मैं तो संन्यासी हूँ। तुम भी गेरुआधारिणी हो। मेरा दोष छिपा डालना।"

नए अपरिचित साधु की इस साफ बात पर साधुनी कुछ देर तक चुप रही। फिर हाथ जोड़कर बोली, "मैं किसी से नहीं कहूँगी देवता, लेकिन मेरी विनती यही है कि इस आँसू का कारण आप बतला दें। मैं चुपचाप चली जाऊँगी।"

साधु ने पहले बहुत टाला, लेकिन यह तो छोड़नेवाली देवी नहीं है। सुने बिना नहीं मानेगी, तब बोले, "मेरी कथा लंबी और दुःखभरी है। तुम सुनकर क्या करोगी। दुःख की बातें सुनकर दुःख ही होगा।"

"ना-ना! दुःख कह देने से हलका हो जाता है, इसमें दुःख क्यों होगा भला?"

अब साधु कहने लगे, "मैं काशी के क्वींस कॉलेज में पढ़ता था। घर में माँ और स्त्री यानी तीन आदमियों का परिवार था, लेकिन माता का मिजाज बड़ा चिड़चिड़ा था। मेरी स्त्री को लड़का नहीं हुआ, यही उसका अपराध था। इसी कारण सब गृहकाज सुंदर रूप में करके भी उसको सास की सराहना कभी नसीब नहीं हुई। कभी कुछ भूल हो जाए तो माताजी की मार से उसकी पीठ फूल जाती

थी। यह सब सहते हुए, वह लक्ष्मी सास के सामने होकर कभी जवाब नहीं देती थी। एक दिन माँ ने उस पर और दरनापा चलाया। मैं भोजन करने बैठा था। माताजी पास आकर बैठ गईं। बहुत दिनों से परोसकर सामने बैठकर मुझे खिलाना माताजी ने छोड़ दिया था। आज बहुत दिनों पर खाते समय उनका पास बैठना देख बड़ा आनंद आया। माँ बोली, 'खावो बेटा! हमारे आने से हाथ क्यों खींच लिया? हम हट जाएँ?' मैंने कहा, 'न माई! न जाने आज भूख काहे नहीं लगी है!'

"माँ, 'तरकारी अच्छी नहीं बनी है का रे बँझिया, ला बचवा को चटनी दे। अरे, कटहर का, आम का अँचार मरतबान में से निकाल ला। तोको केतना कोई सिखावे अपनी अकल से कुछ नहीं करती।' माता ने मेरा नाम टुअरा और मेरी स्त्री का नाम बँझिया या बँझेलवा रखा था।

"मेरी स्त्री अचार चटनी लाने गई, तब माँ ने कहा, 'देख बेटा! अब तू मेरी बात मान ले। यह पतोहू बाँझ निकल आई। अब मैं मरे के किनारे पहुँच गई हूँ। कब चल दूँ इसका कुछ ठिकाना नहीं है बेटा! लेकिन पोते का मुँह देखे बिना मर जाऊँगी तो इसका दुःख परलोक में पाऊँगी।'

"मेरी पत्नी बोली, 'तुम अपना एक ब्याह और करो।' मैं समझ गया कि माँ से जो मेरी बातें हुईं, इसने सब समझ लिया है। मैंने कहा, 'तुम ऐसी बातें क्यों करती हो?' वह बोली, 'स्त्री का कर्तव्य है कि स्वामी जिससे सुखी रहे, जिससे स्वामी का वंश चले इसके वास्ते अपना सब त्याग दे। मैं अभागिन हूँ। भगवान् ने मुझे बाँझ कर दिया तो तुम्हारा वंश ही डुबा दूँ। यह मेरा काम नहीं है।' मैंने कहा, 'अच्छा अब अपनी बात कह चुकी तो मेरी भी अब सुन लो। पुरुष का कर्तव्य है कि स्त्री को सुखी करे। स्त्री पुरुष की विलास की सामग्री नहीं है। वह देवी है, उसे प्रसन्न रखना पुरुष का कर्तव्य है। जहाँ स्त्री प्रसन्न नहीं वह घर नरक है।' वह मेरी बात बीच में रोककर बोली, 'बस तो मैं तभी प्रसन्न होऊँगी, जब तुम एक ब्याह और कर लोगे।'

"अब मैंने सब बात और कहा-सुनी बंद कर दी। माँ से कह दिया, 'तुम्हारी बात मानता हूँ। मैं ब्याह कर लूँगा।' अब मेरा ब्याह उस मुहल्ले के चक्रधर की लड़की सूगा से हो गया।

## -: 3 :-

"ब्याह के बाद मैं काशी चला गया। सूगा की चिट्ठी बराबर आती रही। हर चिट्ठी में सूगा अपनी सौत की शिकायत लिखने लगी। मैं बराबर समझता गया कि सौत का सौत पर जो मान होता है, उसी का यह सब प्रसाद है। एक दिन जो सूगा की चिट्ठी आई, उसको पढ़कर तो मुझे काठ मार गया। उसने लिखा, "माँ जी ने कई दिन हुए उनको घर से खदेड़ दिया है।" उस दिन शनिवार था। झट टिकट लेकर घर पहुँचा। रात के समय भीतर जाते ही नई दूल्हन मिली। मैंने तुरंत पूछा, "माँ ने किसको खदेड़ दिया है ?"

''फिर सूगा कुछ कहने चली थी कि मैंने उसे डाँटा। तब चुप रही। फिर से हाथ छुड़ाकर गंभीर हो गया। कहा, 'बिछौना ठीक है ?'

## -: 4 :-

"जब मेरी नींद खुली। कान पर जनेऊ चढ़ाकर लघुशंका करने गया। लौटकर देखा तो घड़ी में एक बजा है। बिछौने पर सूगा नहीं है। मैं दबे पाँव बाहर गया। दरवाजे के सामने बड़ के नीचे दो आदमियों को लिपटा देखकर पास गया। देखा तो वही पिछवाड़ेवाला महादेव सूगा को आलिंगन करके चुंबन कर रहा था। मैं नहीं कह सकता, मुझे कहाँ का धीरज आ गया कि आँखों के सामने वह लीला देखकर मैं सह गया।

"महादेव तो मुझे देखकर भाग गया और सूगा चिल्लाकर गुहार करने लगी। मैंने पास जाकर कहा, 'तुम डरो मत सूगा। मैं तुमको कुछ नहीं कहूँगा, लेकिन यह तो बताओ कि जिसने तुम्हारे वास्ते अपना सबकुछ छोड़ दिया, उसको तुमने इतना कलंक क्यों लगाया ?'

"सूगा ने रोकर कहा, 'मैंने बड़ा पाप किया है। तुम्हारे आगे मुँह दिखाने लायक नहीं हूँ, मुझे क्षमा करो।'

"मैंने कहा, 'मैं तो तुमको क्षमा देता हूँ सूगा। लेकिन जिस देवी के साथ तूने ऐसा विश्वासघात किया है वह तुझे माफ करेगी कि नहीं, मैं नहीं जानता, लेकिन मैं भी तुम्हीं पर सब छोड़कर जाता हूँ, उस लक्ष्मी का दर्शन पाऊँगा तो क्षमा मानूँगा। अगर नहीं मिलेगी तो घर का मुँह नहीं देखूँगा।' यही कहकर मैं चला गया। आज बारह वर्ष हो गए। उस लक्ष्मी का दर्शन नहीं मिला। कल रात को उस लक्ष्मी को

मैंने सपने में देखा है। आज सबेरे से ही उसकी याद आ रही है। आँसू नहीं रुकते। नहीं जानता, वह मेरी आशा जगत् में है या नहीं?"

यही कहकर संन्यासी ने उस अवधूतिन की ओर देखा। उसके भी आँसू बहकर गाल से टपक रहे थे। उसने अधीर होकर पूछा—

"आप क्यों करुणा करती हो देवी?"

अब वह संन्यासी के चरणों में पड़कर बोली, "मैं वह तुम्हारी दुःखिनी हूँ देवता! मैं ही हूँ हे नाथ। तुम्हारी वह आशा।"

इतना सुनते ही साधु ने, "अरे तुम हो हमारी लक्ष्मी आशा तुम्हीं हो!" कहते हुए उसको अपनी ओर खींच लिया। फिर उनका दर्शन वहाँ किसी को नहीं मिला।

□

# गेरुआ बाबा

## -: 1 :-

"सुपरिंटेंडेंट साहब हैं?"

"ऑफिस में जा ऑफिस में।"

हाथ में एक लिफाफा लिये हुए एक लड़के ने पूछा, फिर भीतर से दाई का जवाब पाकर कहने लगा, "किधर, ऑफिस है किधर?"

"आमर! बौड़दा! ऑफिस नहीं जानता। कैसा आदमी है?" कहती हुई एक दाई निकल आई।

दाई आई तो थी अनखायी हुई, लेकिन सामने एक सुंदर लड़के को हाथ में चिट्ठी लिये देखकर हँसती हुई बोली, "लाओ देखें तो किसका है?"

पढ़कर उसने लड़के को लिफाफा लौटा दिया। कहा, "हाँ, सुपरडंट साहब का है। ले जाव! वह देखो फाटक दिखलाई देता है। उसी में ऑफिस है, जाव।"

लड़का ब्वॉय मेसेंजर था। दौड़ता हुआ ऑफिस में गया। एक महाशय कुरसी पर बैठे रजिस्टर उलट रहे थे। नमस्ते कहकर उसने चिट्ठी दी। जवाब में जो निकला, उनके कंठ से बाहर नहीं हुआ था कि लड़के ने कहा, "यहाँ अभिवादन लेने का दस्तूर नहीं है क्या?"

इस छोटे से लड़के का वज्र सा उलाहना कुरसीवाले को बेध गया। कहा, "नमस्ते के जवाब से अधिक जरूरी तो तुझको चिट्ठी का जवाब चाहिए। जाव उस कमरे में।"

लड़का चिट्ठी उठाकर यह कहता हुआ चला, "हाँ! तभी न! मैंने तो समझा था कि आप ही सुपरिंटेंडेंट हैं। जो सुपरिंटेंडेंट होगा, वह अभिवादन को इस तरह लात नहीं मारेगा, न तुम ताम ही करेगा।"

बात यह है कि वह कुरसी पर का बैठा हुआ ऑफिस का आदमी नहीं शहर का था, जिसका कोई पहचान का आदमी उसी कुरसी पर बैठकर काम करता था। लेकिन अभी तक वह आदमी नहीं आया था। इसी से वह अपनी पहचानवाले की कुरसी पर बैठ उसकी राह देखता था। इस आदमी का अनोखा स्वभाव था। जब इसको कोई सलाम करता, आपसी सलाम करता था। जब कोई आदाब कहता तो आदाब आप भी कहता। कोई गुडबाई करता तो आप गुडबाई करता था, लेकिन जब कोई नमस्ते कहता, तब यह कहता था कि हम नहीं समझते।

लेकिन लड़के के नमस्ते कहने पर अपनी वह बात भी भूल गया। और भीतर जाने का इशारा करके आप वहाँ से उठ खड़ा हुआ।

जब लड़का भीतर जाकर एक बड़े कमरे में पहुँचा। सामने ही बैठे एक गंभीर पुरुष को देखकर पूछा, "सुपरिंटेंडेंट साहब कहाँ हैं?"

"क्या काम है?"

लड़का, "चिट्ठी लाया हूँ।"

"किसकी है लाओ।"

माथ नवाकर उसने चिट्ठी दी। झट उन्होंने खोलकर पढ़ा। और उसी दम जवाब लिखा, "आपको आदमी भेजा गया है।"

लड़का जवाब लेकर चला गया।

## -: 2 :-

हम वहाँ चिट्ठी भेजने और जवाब देनेवाले दोनों का कुछ परिचय देना चाहते हैं। शहर का नाम हम नहीं बतलावेंगे, न सन् न महीना या तारीख ही का पता देंगे। शहर का नाम अलकापुर कहेंगे। दिनों की बात हम कहते हैं, उन दिनों वहाँ सेवा समिति स्थापित हो गई थी। जो मेले-ठेले और समय-समय पर राजा-प्रजा दोनों को सहायता देती थी और लोगों के उसके काम पर बड़ी श्रद्धा-भक्ति थी। उसके मेंबरों की मुस्तैदी और परोपकार के कारण सब लोगों का उस समिति पर बड़ा विश्वास था। समिति में दो आदमी ऐसे थे, जो जासूसी का काम करते थे। इस कारण बड़े-बड़े लोग अपने संगीन मामले पुलिस में रपट करके उसी सेवा समिति के हाथ में सौंपते और सफलता पाकर जी से प्रसन्न होते और उनके काम करनेवालों को पुरस्कार देते थे। आज जो चिट्ठी आई वह भी इसी तरह की थी। उसमें इतना ही लिखा था कि आप अपने गेरुआ जासूस को फौरन भेजिए, बहुत ही जरूरी काम आ पड़ा है।

समिति में एक विकट जासूस थे जो ऐसे ही भेद भरे गूढ़ मामलों में छोड़े जाते थे। वह सदा गेरुआ पहने रहते थे। इससे सब लोग उनको गेरुआ बाबा कहा करते थे।

सुपरिंटेंडेंट ने गेरुआ बाबा को बुलाकर वह चिट्ठी दे दी और लड़के को जवाब देकर विदा किया।

इधर, गेरुआ बाबा भी रवाना हो गए। जब वह चिट्ठी भेजनेवाले मुरलीधर के दरवाजे पहुँचे, तब देखा कि मुरलीधर शहर से बाहर सदर में रहते हैं। पता मिला कि नौकरी से पेंशन लेकर उन्होंने बड़े लंबे-चौड़े मैदान में तीन महल का मकान बनाया है। मकान के चारों ओर कोई चार बीघे में एक सुंदर बाग लगवाया है। बड़े हॉल के बगलवाले कमरे में एक सफेद संगमरमर के टेबल के सामने कुरसी पर बैठे एक महाशय मानो किसी की राह देखते हैं। उज्ज्वल गोरा बदन देखने से ही जान पड़ता है कि कोई भाग्यवान आदमी हैं।

उन्होंने पूछा, "आप सेवा समिति से आए हैं?"

"जी हाँ।"

तब आदर से बिठाकर कहने लगे, "आपसे मैं एक अद्‌भुत घटना बयान करता हूँ। आप दया करके इसका पता लगाइए।"

"आप सब आदि से अंत तक कह जाइए।"

"मेरी एक लड़की है। नाम उसका प्यारी है। उसकी शादी दो साल बीते सेठ दुर्गाप्रसाद के लड़के मूलचंद से कर चुका हूँ। लड़की का वहाँ उसके गुणों से बड़ा आदर है। सास ने हीरे-मोती के जड़ाऊ गहने बहुत भेजे थे। हीरे का एक जड़ाऊ हार, एक सिरबिंदी, एक जोड़ा कान का और एक नाक का गहना था। एक बड़ा हीरा जड़ा जूड़े का चंदवा, एक चंपाकली सब मिलाकर तीस हजार का माल था। उस सनीचर को न जानें किस कुसाइत में यहाँ पहुँचा कि कल शुक्रवार को रात को सब गायब है।"

गेरुआ, "तो मुझे उन्हीं गहनों का पता लगाना होगा क्या?"

"जी हाँ, मैं आपको अच्छी तरह खुश करूँगा। आप इन गहनों का पता लगा दीजिए। देखिए ये गहने चढ़ाव के हैं। इनके नहीं मिलने से मेरी कितनी बदनामी है, सो आप समझ सकते हैं।"

अब गेरुआ बाबा ने उन चोरी की गई चीजों का नाम, दाम, वजन, रंग सब अच्छी तरह ऐसा लिख लिया कि देखते ही पहचान सकें।

फिर मुरलीधर ने उनसे कहा, "एक बात बड़े अचरज की है कि चोर गहनों का बॉक्स यहीं फेंक गया है। उसके देखने से जान पड़ता है कि जोर करके वह खोला गया है। मैंने आदमियों को तो अच्छी तरह घुमा-फिराकर, हिला-डुलाकर जाँच लिया है। इनसे कुछ पता नहीं चलता।"

गेरुआ, "चिंता नहीं।"

मुरलीधर, "दो बात मैं आपसे कहना चाहता हूँ। किसी को मैंने अभी तक वह नहीं कहा।"

गेरुआ, "कहिए।"

मुरलीधर, "पहली बात तो यह है कि गहनों के बॉक्स के किनारे पर खून लगा था। मालूम हुआ कि जल्दी में खोलते समय बॉक्स का कोना खोलनेवाले की देह से लगने से खून निकला है और मेरी लड़की की एक लौंडी, जिसका नाम फेंकनी है, उसके हाथ में भी कट जाने का दाग है। यह लौंडी अभी हमारे यहाँ नई आई है। इसके ऊपर जरा खयाल रखता हूँ, लेकिन अगर उसी ने चुराया है, तो रंग-ढंग से कुछ भी पहचानी नहीं जाती। दूसरी बात यह है कि मेरी छोटी लड़की, जो नव बरस की है, आज यह एक हीरा मेरे पास लाई है।"

यही कहकर मुरलीधर ने एक हीरा जासूस के आगे निकालकर रख दिया।

गेरुआ बाबा ने देखा कि बड़ा चमकदार और दामी हीरा है। आकार में छोटा होने पर भी चमक-दमक से वह अँधियारे घर का उजियाला है।

मुरलीधर, "इसको वह कहती है कि लौंडी फेंकनी के कमरे में बॉक्स के नीचे मिला है। यह उन्हीं गहनों में से एक में जड़ा था। मालूम होता है, उससे उखाड़ लिया गया है।"

गेरुआ, "अच्छा जिस कमरे में यह सब गहने थे, उसको एक बार हम देखना चाहते हैं।"

अब मुरलीधर गेरुआ बाबा को प्यारी के कमरे में ले गए। उन्होंने कमरे को अच्छी तरह देखा। उनकी समझ में नहीं आया कि भीतर कैसे आदमी आया होगा, क्योंकि बाहर से ऊपर चढ़ने के लिए कुछ उपाय नहीं था। एक खिड़की से एक फव्वारा तीन-चार फीट की दूरी पर पानी फेंक रहा था, लेकिन वह बहुत पतला था। यहाँ तक कि बहुत बोझ भी नहीं ले सकता था। अगर कोई उस पर चढ़ता, तो सब लिये-दिए गिर जाता और कोई भी उपाय बाहर से ऊपर चढ़ने को नहीं था। सब देख-सुनकर गेरुआ बाबा ने एक बार उन सब लोगों को देखने का इरादा किया,

जो उस घर में रहते थे। अब सब लोग बारी-बारी से आने लगे और जासूस उनको कुछ पूछ-पाछकर विदा करने लगे।

इससे मुरलीधर की लड़की प्यारी को भी आना पड़ा। दो-चार बात ही गेरुआ बाबा ने उससे पूछी, लेकिन उतने में प्यारी का चेहरा फक हो गया था। उसने जासूस से कहा, "मैं तो बहुत हैरान हूँ, कैसे क्या हुआ! देखिए इस कमरे में एक ही तो दरवाजा है, इसके सिवाय जिस चाबी से यह बंद था, वैसी चाबी भी किसी की नहीं थी। इसके जोड़ की चाबी नहीं है और चाबी मैं खास अपनी जेब में रखती हूँ।"

गेरुआ, "आप जब रात के आठ बजे पीछेवाली दालान में गईं, तब आपके गहनों का बॉक्स कपड़ों के बॉक्स के ऊपर ही था?"

प्यारी, "हाँ!"

इतना सुनने पर गेरुआ बाबा ने दीवार को अच्छी तरह नीचे-ऊपर देखा कि क्या जाने कोई चोर दरवाजा हो, लेकिन कहीं कुछ भी पता नहीं चला। न छत में ही ऐसा कहीं रोशनदान या छेद मिला, जिससे बाहर का आदमी भीतर आ सके।

यह सब अच्छी तरह देख चुकने पर फेंकनी लौंडी उनके सामने आई। वह पश्चिमी हिंदुस्तान की रहनेवाली थी। उसका चेहरा घूरकर जासूस ने कहा, "यह तो बतलाओ लौंडी कि जब रात को गहनों का बॉक्स चोरी गया, उससे पहले ही तुम्हारे हाथ में यह जख्म था या पीछे हुआ?"

सुनते ही फेंकनी का रंग उतर गया। वह कुछ सेकेंड तक गेरुआ का मुँह ताकती रह गई। फिर उन्होंने पूछा, "जख्म होने और खून गिरने की बात याद है या नहीं?"

लौंडी, "याद क्यों नहीं है साहब?"

गेरुआ, "और गहनों के बॉक्स पर भी खून गिरा है। अच्छा बतलाओ तुम्हारे हाथ पर यह खून कैसे लगा?"

लौंडी, "एक आलपिन के गड़ जाने से यह खून निकला है।"

इतने में मुरलीधर के मुँह से निकला, "बेतहाशा, अरे तू निकल गया।" गेरुआ बाबा ने रोक दिया। और आप लौंडी का हाथ उलट-पुलटकर देखने लगे। मालूम हुआ कि एक जख्म है और वह आलपिन या सूई सी पतली चीज से नहीं हो सकता।

अब गेरुआ बाबा ने वह हीरा दिखाकर पूछा, "अच्छा, तुम्हारे कमरे में तुम्हारे बॉक्स के नीचे यह कैसे गया?"

लौंडी अचकचाकर कई सेकंड तक वह हीरा देखती रही। फिर चकित होकर

कहने लगी, "आपने इसको मेरी कोठरी में पाया है क्या?"

इस समय उसका चेहरा देखकर कुछ और अटकल तो नहीं हो सका। उन्होंने जवाब में कहा, "हाँ, हाँ।"

अब तो लौंडी हाथ जोड़कर आँखों में आँसू भरकर जासूस से विनती करने लगी, "देखिए साहब! आपकी बातों से मालूम देता है कि मुझे ही आप चोर समझ रहे हैं, लेकिन मैं इस मामले में बिल्कुल बेकसूर हूँ। जिसकी कहिए, उसकी कसम खाकर मैं कह सकती हूँ कि मैं बिल्कुल बेगुनाह हूँ। बबुई का गहना किस बॉक्स में वहाँ रहता है, मुझे कुछ भी मालूम नहीं था। अगर मुझे मालूम हो तो उसे बचाऊँगी कि ऐसी नमकहरामी करूँगी। हमारी दोनों आँखें फूट जाएँ, जो हमको कुछ भी मालूम हो तो!"

प्यारीबाई भी उसी कमरे में मौजूद थी। लौंडी की ओर होकर बोली, "नहीं, लौंडी पर मेरा पूरा विश्वास है। और वह उस घर में जाएगी कैसे? ताला बंद था। यह कहें कि चाबी की नकल उसने बनवा ली थी, तो वह बात भी नहीं है।"

जासूस ने चाबी माँगकर देखी, तो वह एक नए ढंग की थी। जब तक उसकी छाप मोम से लेकर दूसरी नकल न तैयार की जाए, तक तब ताला हरगिज नहीं खुल सकता।

जब लौंडी की पूछताछ हो चुकी, उस कमरे से और सब लोग विदा कर दिए गए। जासूस ने कहा, "गहनों को बरामद करना और चोर को पकड़ना दो काम हैं और दोनों के लिए समय दरकार है। और यह घटना ऐसी है कि जल्दी पता लगने का ढंग नहीं है। मैं चाहता हूँ कि घर का कोई आदमी घटना का हाल कहीं किसी पर जाहिर न करे। अखबार वगैरह में भी खबर न छपे। आप इन सब बातों पर ध्यान रखिए।"

मुरलीधर, "अच्छा, फेंकनी को आपने कैसा पाया?"

गेरुआ, "वह तो हमको बेगुनाह मालूम देती है।"

मुरलीधर, "आप ऐसा क्यों समझते हैं?"

गेरुआ, "मुझे तो ऐसा ही मालूम देता है। खैर, अब मैं जाता हूँ। जब जरूरत होगी, आपसे मिलूँगा या खबर दूँगा।"

यही कहकर जब गेरुआ बाबा बाहर निकले, तो बगल के एक कमरे से एक बुढ़िया सामने आई। और जासूस को इशारे से बुला ले गई। उसके घर जब गेरुआ बाबा जाकर बैठे तो उसने पूछा, "आपने फेंकनी से बातचीत की है?"

गेरुआ, "हाँ, जो कुछ पूछना था, सो तो पूछ लिया।"

बुढ़िया, "तो जवाब पाकर आपने उसको कैसा समझा है?"

गेरुआ, "मुझे तो लौंडी बेकसूर मालूम हुई।"

बुढ़िया, "तब गहने से वह हीरा कैसे गिरकर उसकी कोठरी में जा पड़ा?"

गेरुआ, "आपको हीरा की बात पहले से ही मालूम है क्या?"

बुढ़िया, "मैं इसी हीरे की बात नहीं, साहब बहुत सी बातें जानती हूँ। किसी से कहा नहीं, आपको गंभीर आदमी देखकर कहती हूँ, क्योंकि यह सब बातें पहले से जाहिर हो जाने पर असल चोर खबरदार हो जाएगा और माल भी न मिलेगा। उस सनीचर की रात बड़ी भयावनी थी। फेंकनी उस अँधेरे में किसी मर्द से बात करती थी। जरा दूर थी, इससे मैं सब बातें तो नहीं समझ सकी, लेकिन मर्द की दो-एक बातें सुनने में आईं। वह कहता रहा कि प्यारी की कौन खिड़की बगीचे की ओर खुली है।"

इसके बाद कुछ देर तक बुढ़िया चुप रही। गेरुआ बाबा ने कहा, "सब बातें कह जाव, रुकती क्यों हो?"

बुढ़िया बोली, "उसके बाद की बातें समझ में ठीक से नहीं आईं। लेकिन एक और मामला मैं बतलाती हूँ, जिससे मालूम होगा कि दोनों किस गरज से वहाँ अँधेरे में मिले थे। वह बात यह है कि कल जब पहर रात बाकी थी तो बगीचे के किनारे किसी की आहट मिली। मालूम हुआ कोई तेजी से दौड़ा जाता है। फिर साँय-साँय, फुस-फुस सुनाई दिया। इतना मैंने बहुत धीरे-धीरे सुना, 'तब अंत में यही हुआ कि जान नहीं बचेगी।'

"उसके बाद ही मैंने देखा कि एक आदमी किनारे-किनारे दौड़ा जाता है। बादल हट गए थे, अँधियारे पाख की दशमी का चाँद निकल आया था। उसी उजियाली में मैंने उस मर्द को दौड़ते हुए अपनी आँखों देखा था। वह बगीचे के फाटक की ओर गया था। उसका एक हाथ छाती पर था, जिसमें एक चमकता हुआ जड़ाऊ जेवर था। मैंने चाँदनी में उसकी चमक देखी थी, गहना बड़ा कीमती था। इसमें संदेह नहीं है।"

गेरुआ, "अच्छा, उस आदमी को आप पहचानती हैं या नहीं?"

बुढ़िया, "पहचानती क्यों नहीं, वह थे तो मूलचंद मुरली ही बाबू के दामाद।"

गेरुआ, "ऐं! प्यारी के मालिक ही थे?"

बुढ़िया, "हाँ, वही थे।"

गेरुआ, "वही गहना लिये जा रहे थे?"

बुढ़िया, "हाँ, और गहना प्यारीबाई का ही था। मैं सब गहना उनका पहचानती हूँ।"

गेरुआ, "तो क्या आप समझती हैं कि दामाद ही ने यह काम किया है?"

"मोको समझने-वमझने से कुछ मतलब नहीं। न मैं कभी उसको जानती हूँ कि ऐसा है। लेकिन जो आँखों से देखने में आया, वही आपसे कह दिया है। चोर-साहु आप जानें!"

जब गेरुआ बाबा ने बुढ़िया से यह सुना कि घटना आधी रात के बाद हुई है, तब दो-चार जरूरी बातें पूछने के लिए फिर प्यारी के पास लौट आए। देखा तो पीछे-पीछे वह बुढ़िया भी धीरे-धीरे चली आ रही है।

जब प्यारी के सामने पहुँचे, देखा तो वह उदास आँखों से ताक रही है। चेहरा सकपकाया हुआ है। गेरुआ बाबा ने पूछा, "अच्छा! पाहुन मूलचंदजी कब यहाँ आए थे?"

प्यारी, "कल सूरज डूबने पर।"

गेरुआ बाबा, "वह कब तक यहाँ रहे। रात भर तो ठहरे रहे न?"

प्यारी, "ना, ना! कल ही रात के दस बजे चले गए। कहते थे जल्दी विदेश जाने की साइत है।"

गेरुआ, "उनके जाने पर कितनी देर पीछे आपके गहने चोरी गए?"

प्यारी, "जब वह चले गए, तब मैं नीचे आई और थोड़ी देर पीछे ऊपर गई, देखा तो गहने नहीं हैं।"

गेरुआ बाबा, "जब आप संध्या को कल नीचे गई थीं, तब गहना था, इसमें तो कुछ संदेह नहीं है न?"

प्यारी, "नहीं, इसमें कुछ संदेह की बात नहीं है।"

गेरुआ, "आपने अपने कमरे से खिड़की की राह बगीचे में देखा था, कोई आदमी था?"

प्यारी, "मैं तो साहब खिड़की की ओर नहीं गई, न किसी को देखा ही था।"

गेरुआ, "अच्छा, आपके गहने मूलचंद ने देखे थे?"

प्यारी, "हाँ, देखे थे। और यह भी कहा था कि बहुत दामी हैं।" अब गेरुआ बाबा वहाँ से बाहर निकले, लेकिन आस-पास अच्छी तरह उन्होंने जाँचा। चारों ओर बगीचे में भी घूमे। यह भी देखा कि चहारदीवारी में किधर-किधर को दरवाजे

हैं, लेकिन किसी को उनकी जाँच की कुछ खबर नहीं हुई।

यह सब देखकर गेरुआ जासूस सदर सड़क पर जब पहुँचे तो देखा फेंकनी बगीचे के फाटक से निकलकर तेजी से सड़क पार कर गई। मालूम हुआ कोई चीज छाती पर रखे है, लेकिन बड़ी ही सावधानी से छिपाए जा रही है। एक बार उसने वहाँ हाथ रखकर देखा कि है या नहीं। फिर बेफिक्र होकर चलने लगी।

गेरुआ बाबा भी झपटकर उसके पास पहुँचे और रोककर कहा, "सुन तो फेंकनी! सुन तो।"

"अरे! आप हैं। इधर कहाँ से?" कहकर फेंकनी खड़ी हो गई।

जासूस ने कहा, "यह चोली के नीचे चिट्ठी किसकी रखे है रे?"

फेंकनी, "कहाँ, चिट्ठी कहाँ? मैं चिट्ठी काहे रखूँगी? मोको कौन काम है?"

गेरुआ, "चलाकी मत कर फेंकनी। दिखा चिट्ठी किसकी है। ये दिखाए जाने नहीं पावेगी।"

फेंकनी फिर धीरे से बोली, "अरे कोऊ की छिपी चिट्ठी हो तब?"

गेरुआ, "अच्छा लिखा किसने है?"

फेंकनी, "कोऊ तो लिखे ही होगा न?"

गेरुआ, "बता तो कौन ने भेजा है?"

फेंकनी, "अरे, यह सब तो घरू बातें।"

गेरुआ, "अरे, बतलाती है सीधी तरह से कि नहीं?"

फेंकनी, "बबुई की तो है।"

गेरुआ, "किसको लिखा है?"

फेंकनी, "आप सब पूछ लेंगे?"

गेरुआ, "बोल! बोल किसको देने जाती है?"

फेंकनी, "अपनी सासरे को लिखिन हैं।"

गेरुआ, "अच्छा, देखें तो क्या लिखा है?"

अब फेंकनी बड़ी सकपकाई। गेरुआ ने कहा, "इधर-उधर मत कर, दे दे सीधे तरह से। जानती है हमको कि नहीं?"

फेंकनी, "जानने की बात नहीं, लेकिन कोऊ के भीतर की बात आप काहे वास्ते देखने को चाहत हैं?"

गेरुआ, "बस सीधे देती है कि हवालात जाएगी बोल।"

हाथ जोड़कर फेंकनी बोली, "न हुजूर? बबुई से कसम करके आई नहीं तो दिखा देती।"

गेरुआ, "अरे, सीधे देती है या हवालात में चलकर देगी? अच्छा चल तेरे कपड़े उतारे जाएँगे तब देगी। भलमनसाहत का जमाना नहीं है।"

जब फेंकनी ने देखा कि इन देवता से नहीं बच सकती, तब लाचार होकर दे दिया।

जासूस ने देखा उस पर मूलचंद का नाम लिखा है। झट उसे जेब में रखा और कहा, "देख, फेंकनी किसी से यह बात कहना मत। थोड़ी देर बाद ठीक समय पर जाना और कह आना कि चिट्ठी दे आई हूँ।"

अकचकाकर फेंकनी बोली, "अरे! इतना झूठ! बबुई से सब झूठ जाकर कहूँगी।"

गेरुआ, "नहीं कहेगी तो हवालात ही पसंद है?"

फेंकनी, "बाप रे बाप! हवालात।" कहकर फेंकनी चौंक उठी।

गेरुआ बाबा ने कहा, "नहीं, तो कहता हूँ सो सुन और जा जैसा कहता हूँ वैसा कर। नहीं तो जेल में भर दूँगा। तू समझती है कि नहीं?"

यही कहकर जासूस ने लिफाफा खोला। उसमें यों लिखा था—

> *"प्यारे! आप तो विदेश जानेवाले हैं, उसमें देर न कीजिए। चल दीजिए। जिन चीजों को देखकर आपने खुशी जाहिर की थी, उनकी बात क्या कहूँ, मेरा तो सर्वनाश हो गया। आपको बगीचे से जाती बेर देखा था। सब जानती हूँ। लेकिन अपने अभाग्य की बात क्या लिखूँ, जो होना था सो हो गया।*
>
> *आप ही की*
> *प्यारी"*

चिट्ठी पढ़कर जासूस ने समझ लिया कि जिसको प्यारे लिखा गया है, उसको बड़ी चालाकी से खबरदार किया गया है। तो क्या मूलचंद ने ही यह कुकर्म किया है? क्या बात है? मूलचंद भले घर का लड़का है। चाल-चलन में खराबी की बात अभी तक नहीं सुनी गई। फिर ऐसा आदमी अपनी स्त्री के गहने क्यों चुरा लेगा, लेकिन परदेश जाना है, इसके खर्च के लिए कुछ दरकार हो तो इतना दामी माल की क्या जरूरत है? इसके सिवाय प्यारी ने उनको बगीचे से होकर जाते देखा है। जानती

सब है, लेकिन कुछ किसी से जाहिर नहीं करती। जान पड़ता है पति की फजीहत और बेइज्जती से डरती है। सोचती है, जिसको पति के सिवाय जगत् में दूसरी गति ही नहीं, वह स्वामी का दोष कैसे जाहिर करेगी। खैर, अब देखना है आगे कौन कैसा उतरता है। ऐसी लिखावट को पाकर हाथ से खोना ठीक नहीं।

अब वहाँ से गेरुआ बाबा अपने ऑफिस की ओर चले। वहाँ पहुँचते ही सेवा समिति के सुपरिंटेंडेंट अवधेश नारायण से भेंट हो गई। अलग एकांत में ले जाकर सब हाल उनसे आदि से अंत तक कह दिया।

अवधेश नारायण ने देखा कि मामला साधारण है। चोर पकड़ने का काम है। इस कारण इसमें गेरुआ बाबा का ही अकेले काम है। यही सोचकर उन्होंने कहा, "तो इसमें तो आप ही सब कर डालेंगे। कहिए, आपको संदेह किस पर आता है?"

गेरुआ, "ढंग से तो जान पड़ता है कि उसी मूलचंद का यह सब काम है।"

सुपरिंटेंडेंट, "और फेंकनी को आप इसमें नहीं समझते?"

गेरुआ, "हाँ, उसको तो मैं बेदाग देखता हूँ, लेकिन उसके हाथ का जख्म देखकर मैंने उस पर भी नजर रखने का ठीक प्रबंध कर दिया है।"

सुपरिंटेंडेंट, "ठीक है, आप जो कार्रवाई उचित समझते हैं, कीजिए। इसके लिए और किसी की कुछ जरूरत नहीं है। अगर कभी काम पड़े, तो फौरन कहिएगा। लेकिन एक बात मैं आपसे कह देना चाहता हूँ। मुरलीधर के पहले का हाल इस मामले में दरकार होगा। इस कारण याद रखिए कि दस बरस हुए उनकी स्त्री मर चुकी है। वह उनकी प्यारी स्त्री थी। उनको यह बहुत मानते थे। यहाँ तक कि दुलार का फल बुरा हुआ। और इनके मित्रों में से एक के साथ वह निकल गई। उस समय वह गर्भिणी थी। नाम उनका देवीबाला था। कुछ दिन तक देवीबाला का पता नहीं लगा। एक बार अपने पेट से जन्मे हुए एक लड़के की बात उन्होंने मुरली बाबू को लिखी थी। मुरली ने उस लड़के को लानेवाले के लिए बहुत इनाम देने का लोभ देकर ढिंढोरा पिटवाया था, लेकिन कहीं उसके लड़के या उसकी माँ का फिर पता नहीं चला। यहाँ भी उन्होंने अपना निवेदन-पत्र भेजा था। उसके बाद दो साल हुए उन्होंने अपनी लड़की प्यारीबाई का विवाह किया। ब्याह किसी भले घर के पात्रा से किया है, लेकिन ब्याह के थोड़े ही दिन पीछे उनकी समधिन का देहांत हो गया। अब घर का वही लड़का बेमाथे का मालिक हुआ। बाप ने रुपया पैदा किया था, लेकिन एक तो एकलौता लकड़ा पिता के आदर-दुलार ने दिमाग आसमान पर

चढ़ा दिया था। इस कारण जो कुछ बाप छोड़ गए थे, उससे उसका चलना कठिन हुआ। खाली खाना, पहनना तो किसी तरह चल भी सकता था, लेकिन बेटा अपना विलास घटाता नहीं। यह सुना था, इधर का हाल नहीं जानता। इतना और मालूम हुआ कि उसकी कोई नौकरी लगी है या लगनेवाली है। मुरलीधर भले आदमी हैं। बतछोड़ धनिकों में उनकी गिनती नहीं है। लेकिन मिजाज उनका कड़ुवा है। और वह कड़ुवाहट इसलिए कि उनका हाथ तंग हो चला है। इतनी बातें जानने लायक हैं, इसलिए कह दिया।"

ऑफिस से बाहर आकर गेरुआ बाबा ने यह मन में ठीक किया कि कैसे कौन सूत धरकर चलना चाहिए।

इधर-उधर खोज-पूछ करके गेरुआ बाबा ने पता पाया कि मूलचंद फिशिंग रिक्वेसिटीज कंपनी के यहाँ नौकरी करते हैं, लेकिन तलब कम है। काम नहीं चलता। इस कारण दूसरी अच्छी नौकरी की खोज में हैं। लाहौर में एक नातेदार अच्छे दर्जे पर हैं। उनके वसीले में उन्हें एक नौकरी मिलनेवाली है। इसी से जल्द लाहौर जानेवाले हैं। अपने शहर में थोड़ी तलब से भी इसीलिए नौकरी कबूल की थी कि घर पर रहेंगे। दिन भर काम करके थके-माँदे घर तो पहुँचेंगे, लेकिन जब संग के चुहेड़े और चिबिल्लों के साथ उतने रुपए से निबाह नहीं देखा, तब बाहर जाने की सूझी। पहले यह भी समझा था कि धन-कुबेर के यहाँ ब्याह हुआ है। वहाँ से भी कुछ मिला करेगा, लेकिन उधर तो आप ही हाथ तंग हो रहा था। इसी कारण सब ओर से निराश होकर नातेदार के जरिए पश्चिम जाने की तैयारी करने लगे।

## -: 3 :-

पहनाव-पोशाक से सोलहो आने नई रोशनी के जेंटिलमैन होकर एक महाशय तीसरे पहर को मूलचंद के दरवाजे पर पहुँचे। कोई है, कोई है, कहके पुकारने पर भीतर से एक खिदमतगार हाथ का कारिख झाड़न में पोंछता हुआ बाहर आया। उससे पूछने लगे, "बाबू हैं?"

नौकर बोला, "जी नहीं, ऑफिस गए हैं।"

"कब आएँगे?"

नौकर, "आते तो पाँच बजे हैं, लेकिन आज कुछ ठीक नहीं है।"

"क्यों, ठीक क्यों नहीं?"

नौकर, "आज उधर से ही बाजार करने जाएँगे। बाहर जानेवाले हैं?"

"बाहर जानेवाले हैं सो तो मालूम है, इसीलिए हम आए हैं। उनसे भेंट करना बड़ा जरूरी है।"

नौकर, "कहाँ से आए हैं आप ?"

"आता तो हूँ यहीं से। बाजार कितनी देर में करेंगे, क्या मालूम नहीं है ? तुमको कह नहीं गए कि कोई आएगा ?"

नौकर, "नहीं साहब! यह तो नहीं कह गए हैं।"

"यह क्या हुआ! इतनी जल्दी भूल गए। खैर, जल्दी में हैं। लेकिन मुझको तो उनसे भेंट करनी ही होगी।"

नौकर, "तो आप आइए, बैठिए।"

"हाँ, यही ठीक है।" कहकर वह महाशय भीतर गए। वहाँ बैठक में आसन देकर नौकर चला गया। अब तो वह महाशय बिजली की तेजी से अपना काम करने लगे। कमरे की सजावट, पयंदाज के बाद वाले कालीन की कारीगरी, मखमली कौच की शोभा, दीवारों पर लटकती हुई तस्वीरों की सुंदरता, किसी ने उनको अपनी ओर नहीं फेरा। वह कुरसी के पास वाले टेबल के पास जाकर खड़े हुए और जेब से स्क्रू ड्राइवर निकाल, उसके पेंदे का ताला खोल डाला। जब दराज बाहर खींचा तब उसके भीतर की सब चीजें सामने आईं। सोने का एक ठोस पछुआ मिला, जिसके मुँह बाघ के थे और हर मुँह पर असल नीलम की आँखें लगी थीं। एक चंद्रहार देखा, जिसके बीच का चंद्रमा मानो निकल जाने से जगह खाली हो गई थी, लेकिन आस-पास और बहुत से हीरे-मोती, नीलम-पुखराज करीने से जड़े थे। देखने पर वह महाशय मन में कहने लगे, 'फिहरिस्त में जो बयान जेवरों में दिए गए हैं, वे इन्हीं के जरूर हैं। जब इसी का उखाड़ा हुआ फेंकनी की कोठरी में मिला है, तब क्या यही समझें कि वह भी इसमें शामिल है। लेकिन मुरलीधर तो कहते हैं, फेंकनी के किसी काम में अभी कुछ पकड़ नहीं मिली है। इसके सिवाय प्यारीबाई का भी फेंकनी पर बड़ा विश्वास है। जान पड़ता है कि बड़ी खबरदारी से इसने गहने चुराए और नीचे फेंक दिए। मूलचंद उनको लेकर चलता बना। फेंकनी के हाथ में घाव है, वह बॉक्स खोलने में ही लगा जान पड़ता है। ऐसा नहीं हो सकता कि बाहर का चोर इस तरह बंद मकान में आकर चोरी करेगा। घर में फव्वारे के ऊपर से गए बिना और कोई उपाय ऊपर चढ़ने का नहीं। खैर, है चाहे जो हो। कुछ तो पता चला। गहना जहाँ का तहाँ ही रहना ठीक है। और गहने कहीं बेचने या बंधक देने का सुभीता तो है ही नहीं। मैं सब सुनार और सर्राफों को खबरदार कर चुका हूँ। बंधक

माल रखनेवालों से बंदोबस्त कर ही दिया है। इसको यहाँ से हटाने में ठीक नहीं है। वह खबरदार हो जाएगा।'

यहाँ यह बतलाना दरकार नहीं होगा कि यह महाशय जो मूलचंद के बैठक में हैं, खुद गेरुआ बाबा जासूस ही हैं। उन्होंने यही सब सोच-विचारकर जहाँ का माल तहाँ रहने दिया और टेबल का दराज ज्यों-का-त्यों बंद करके स्क्रू चढ़ाकर बाहर आए। नौकर से कहा, "देरी तो बहुत हुई यार! अभी आए नहीं।"

नौकर, "हाँ, यह तो कही दिया था कि कुछ ठीक नहीं कि कब आएँगे।"

"अच्छा मैं जाता हूँ, एक चिट्ठी टेबल पर लिखकर रख दी है। उनसे कह देना एक जरूरी काम के वास्ते गए हैं। चिट्ठी दे गए हैं। होगा तो लौटती बेर मैं मिलता जाऊँगा, तब तक तो वह आ ही जाएँगे।" यही कहकर वह देवता वहाँ से चल दिए।

## -: 4 :-

गेरुआ बाबा जब वहाँ से लौट गए, तब थोड़ी देर पीछे मूलचंद अपने घर लौट आए। नौकर ने कहा, "एक बाबू आपसे भेंट करने आए थे, कहते थे बड़ा जरूरी काम है। आप पछाँह जानेवाले हैं, इसी से आपसे मिलने आए हैं।"

मूलचंद, "नाम क्या था?"

नौकर, "नाम तो नहीं बता गए और हम भी पूछना भूल गए।"

अकचकाकर मूलचंद ने कहा, "अरे कौन आदमी था! कुछ पता तो चले। हमारे पछाँह जाने से उसका या किसी का कौन मतलब है? मुझे तो कुछ याद नहीं आता।"

नौकर, "अच्छा फिर लौटती बेर भेंट करते जाएँगे, कह गए हैं और एक चिट्ठी भी लिखकर टेबल पर रख गए हैं।"

मूलचंद, "तो भीतर भी आए थे? कितनी देर रहे? तू कहाँ रहा?"

नौकर, "बड़ी पहर तक बैठक में आपकी राह देखते रहे। हम तो बैठा के काम को चले गए थे।"

नौकर की पिछली बात सुनकर मूलचंद मन में डरे और उसको डाँटकर बोले, "अरे, तू कैसा अहमक है रे! जिसको जानता-ओनता नहीं, उसको घर में बिठाकर कहाँ चला गया था? चाहता तो सब मूस ले जाता न? जब घर में बिठाया, तब काहें नहीं बैठा रहा? चला क्यों गया रे बेहूदा कहीं का!"

अब मालिक की डाँट पर नौकर की बोलती बंद हो गई। उसने अपना अपराध समझा और कई दिन पहले पड़ोस के एक मकान से भी कोई बेजान-पहचान का आदमी मालिक के सूने में आकर, पहचानवाला बना और मालिक का नाम लेकर कुछ चीजें ले देकर चंपत हो गया था। सो याद करके पछताने लगा।

अगर वह भी वैसा ही चोर हो और मालिक का कुछ माल लेकर चला गया हो, तब उसकी क्या गति होगी, यही सोचकर नौकर को बड़ी चिंता हुई। उसने सोचा कि चाहे कुछ चीज किसी तरह चोरी जाए, उसी पर कलंक लगेगा। ठीक—मजा मारे गाजी मियाँ धक्का खायँ डफाली का मामला हुआ।

अब नौकर अपना अपराध मानकर हाथ जोड़कर मालिक के सामने खड़ा हुआ। उसका भाव देखकर मूलचंद को भी पड़ोस की चोरीवाली बात याद आई। झट जाकर उन्होंने टेबल खोला और देखा तो सब माल जहाँ-का-तहाँ जैसे-का-तैसा रखा था।

अब मूलचंद का चित्त ठिकाने आया, क्योंकि पहले यह जानकर बहुत डरे थे कि कोई चोर पता पाकर सब माल हाथ मारने आया था, लेकिन जब सब ठीक-ठिकाने पाया, तब बड़ी तसल्ली हुई।

अब इतनी चिंता रह गई कि कौन उनसे भेंट करने आया था, उसका कुछ पता नहीं लगा।

अब नौकर ने वही चिट्ठी दिखा दी। उसे देखते ही वह लिखावट देखकर बड़े चकराए। जरूर कोई ससुराल का आदमी आया था, लेकिन नौकर ऐसा नासमझ है कि उसका नाम-पता तक नहीं पूछ लिया।

अब चिट्ठी खोलकर पढ़ने पर मूलचंद के मन में बड़ी घृणा हुई। भीतर जो बातें लिखी थीं, उनसे उनके मन में क्रोध और दुःख दोनों हुआ। "सब मैं समझ गई हूँ। बगीचे से जाते देखा है।" क्या खूब? हमको गहना दिखाने के बाद ही सर्वनाश हो गया। इसका क्या मतलब! मुझे दिखाने से ही दुःख हुआ या क्या बात है? मेरे देखने ही की वजह से चोरी गया है, ऐसा समझती है क्या? हमीं पर संदेह है क्या?

ओफ! स्त्री के ऐसे कोमल हृदय में ऐसी घृणा का विचार भी हो सकता है। यह बड़े अफसोस की बात है। मन में बड़ा डर हुआ। क्यों मेरी विपद और मेरे अपमान के कारण डर होता है? इसका भी पता नहीं क्या अर्थ है? जो कुछ लिखना था, साफ खोलकर क्यों नहीं लिखा। एक बार चलकर सब हाल जानना चाहिए कि क्या बात है, लेकिन अगर सचमुच उसके मन में ऐसा विश्वास हुआ है, तब तो

हरगिज जाना ठीक नहीं है। ऐसा छोटा खयाल जिनका है, जिनके मन इतने ओछे हैं, जिनके भीतर इतनी नीचता आ सकती है, उनसे मिलना और भेंट करना ठीक नहीं। हाँ! शादी किया है, तो उसे हटा देना तो नहीं होगा। और अभी तो भरोसा ही नहीं कि उसके मन में ऐसी भावना आ सकती है। अगर किसी तरह बने, तो छिपकर भेंट करना ही और सब भेद लेना चाहिए। जाना है तो क्या जाने से एक बार पहले भेंट करना ठीक होगा। लेकिन चिट्ठी ऐसी है कि जाने का मन नहीं करता।

यहाँ सब हाँ-नहीं और आगा-पीछा विचार कर मूलचंद ने अंत को एक बार ससुराल जाना ही ठीक ठहराया।

जब वह ससुराल पहुँचकर इधर-उधर चुपचाप टहलने लगे और मन में इस बात की चिंता करने लगे कि कैसे स्त्री से चुपके मिलें, तो देखते क्या हैं कि फाटक के पास फेंकनी खड़ी है। उन्होंने अटकल किया कि उनकी प्यारी ने ही उनकी टोह में उसे भेजा है।

मूलचंद ने उसे पुकारा। वह बोली, "अरे! आप हैं।"

मूलचंद, "हाँ, फेंकनी तोरी बबुई तो अच्छी तरह से हैं। हमको चिट्ठी लिखी थी, उनको डर काहे हुआ?"

फेंकनी को चुप देखकर फिर बोले, "देख, अपनी बबुई से बोल देना हम कल पच्छिम जाएँगे। अब इस घर में जाकर उनसे भेंट करने का मन नहीं करता। अगर वह हमको कुछ समाचार देना चाहें, तो घर पर बहन से पता पुछवाकर लिखें और कह देना अपने गहने वगैरह इतनी गफलत से न रखें। कीमती चीजें यों ही पड़ी रहने से खराब हो जाती हैं। यह ले जाव अपनी बबुई को दे देना।"

यही कहकर उन्होंने अपनी जेब से एक हार निकालकर दिया। रात की चाँदनी में वह चमचमा उठा। फेंकनी उसे देखते ही चौंक उठी और जोर से चिल्लाकर वहाँ से भागी।

मूलचंद उसका ढंग देखकर बड़े चकित हुए और बार-बार उसे पुकारने और कहने लगे, "अरे क्या हुआ फेंकनी! ले जा अपनी बबुई को दे देना। भागती क्यों है? पागल हो गई है क्या?"

इतने में एक आदमी ने आकर मूलचंद से कहा, "कहिए जनाब, हवास में हैं या कुछ नशा चढ़ गया है। पागल तो नहीं न हुए?"

अब मूलचंद ने पीछे देखा, तो एक विकटाकार आदमी हाथ में भुजाली लिये उनकी छाती पर चलाने के लिए तैयार है।

वह कब आया, किधर से आया, सो मूलचंद ने नहीं देखा। न उसके आने की आहट ही मिली। बात यह कि पंजे के बल बड़ी ही सावधानी से पीछे होकर आया था। अब वह दाँत पीसकर बोला, "कहिए, आप पागल तो नहीं न हुए?"

मूलचंद, "अरे! तेरा यहाँ क्या काम है रे बेईमान?"

"अरे धीरे! कोई सुन लेगा।"

मूलचंद, "सुनेगा तो सुने न। मैं तो सुनाना ही चाहता हूँ। तू दूर हो, सामने से चला जा।"

"खबरदार! खबरदार!!"

अब उस विकट आदमी का चेहरा गुस्से से लाल हो आया। बोला, "देखिए, हमको जल्दी जाना है।"

"तो बोलता क्यों नहीं? बोल, जल्दी बोल! जो कहना हो, सो कह के चला जा! जल्दी से।"

बात यह कि मूलचंद डरपोक आदमी नहीं थे।

उस दुष्ट के डराने से कुछ नहीं डरे। न एक पग भी पीछे हटे। लेकिन वह आदमी उनके इतना पास आ गया था कि उनको और तरह से खबरदार होने का अवसर नहीं था।

वह आदमी बोला, "मैं तो यही कहता था साहब कि आप पागलपना मत कीजिए। ऐसी कीमती चीज कपड़े में लपेटकर इस तरह खुले तौर से नहीं लाना चाहिए।"

मूलचंद, "नहीं चाहिए तो बला से! मुझे जो काम है सो किया है। तू अपना काम देख, तुझे इससे क्या मतलब है?"

"आप मेरी बात नहीं समझते। मैं कहता हूँ कि यह हार मुझे देकर आप जहाँ चाहिए, खुशी से जाइए। इसकी मुझे जरूरत है।"

"वहाँ तेरा सिर पहले काट लूँगा, तब कहीं जाऊँगा रे पाजी!"

"बस अब देर नहीं सही जाती। मैं एक–दो गिनता हूँ। जब पाँच कहूँगा और आप इसे मुझे नहीं दे चुकेंगे, तो यही छुरी आपके पेट में पैठ गई होगी।"

मूलचंद, "अरे बदमाश कहीं का। इतना लुचई तू करेगा, इतना साहस है तेरा।"

अब वह दुष्ट गिनने लगा, "एक, दो, तीन…"

उसके मुँह से अभी चार नहीं निकला था कि मूलचंद ने तेजी से उसके हाथ

की छुरी का फल उलट दिया और जोर से दाबकर चाहते थे कि उसकी देह में भोंक दें। लेकिन वह था बड़ा मजबूत। मूलचंद जो चाहते थे, सो नहीं बना। उसने जोर से कसा और उलटकर उनकी देह में गड़ाया। वह घाव खाकर गिर पड़े। झट वह गुंडा हार लेकर वहाँ से चलता हुआ।

## -: 5 :-

उधर, जासूस गेरुआ बाबा मूलचंद के मकान से चलकर अपना इरादा पक्का कर चुके कि जो चिट्ठी मूलचंद के टेबल पर रख आए थे, उसे पढ़कर वह क्या करता है, यह देखने की बड़ी जरूरत है। इसी ताक में आस-पास टहलते रहे। गहने की चोरी घर के भेदी से घर ही के आदमियों का काम हो सकता है। लेकिन ऐसा भी हो सकता है कि असल बात जासूस के ध्यान से अभी दूर हो। पहली बात विचारने को यह है कि मोहल्ले के लोगों से मूलचंद के चाल-चलन का पता लेकर उस पर सोलहो आना विश्वास कर लेना अथवा उस पर कार्रवाई करना ठीक नहीं होगा, क्योंकि सब लोग समान नहीं होते। किसी से उनकी भीतरी मिताई होगी, किसी से उनकी पटती नहीं होगी। जिनसे बनती होगी, वे तो उनकी बड़ाई और गुणों के पुल बाँध देंगे और जिनसे नहीं बनती होगी, वे उनकी निंदा करेंगे, क्योंकि परायी निंदा ऐसे दुष्टों के लिए मीठी खुराक है। ये लोग सरसों को पहाड़ ही बनाकर सुनानेवालों के सामने पेश करके रह जाते हैं। खैर, लेकिन बिना जड़ की बातें भी गढ़कर किसी के ऊपर दाग देने की कोशिश में पीछे पाँव नहीं रखते। और जब ये लोग यह देखते हैं कि किसी अजनबी से बात कहने का अवसर है, तब तो असल बात से छुआछूत भी नहीं होने देते। कानून की पाबंदी करके फॉर्म भरना और सीधे-साधे अफसरों के आगे कारगुजार बन जाना दूसरी बात है। लेकिन असल बात को शत्रु-मित्र आदि के जंजाल से बाहर निकलना और बात है।

जासूस को जब से घटना का हाल कहकर काम सौंपा गया है, तब से कई बार मूलचंद का पीछा करके उन्होंने देखा है कि संदेह का सूत हाथ नहीं आता। एक बार उनके मन में संदेह आया था कि यह आदमी बड़ा गहरा है। इसी कारण ऊपर से भीतरी भेद नहीं मिलता या ऐसा भी हो सकता है कि हाथ तंग होने से ऐसा काम किया हो। क्योंकि 'दरिद्रदोषेण करोतिपापम्' लेकिन ऐसा होने की जगह बहुत ही कम है, क्योंकि जिस ढंग से मूलचंद काम चला रहे हैं, उससे वह नासमझे नहीं जान पड़ते, लेकिन आदमी बड़े खबरदार और चौकस जान पड़ते हैं। बहुत हिसाबी

नहीं हैं तो भी जहाँ तक पता चलता है, बहुत देना भी नहीं है। ऐसे आदमी को चोर समझना बुद्धिमान आदमी का काम नहीं है।

इसके सिवाय जिस ऊँची चहारदीवारी से गहने चोरी गए थे, उसके देखते बाहर से चोर का आना और माल ले जाना बिल्कुल अनहोनी घटना है, लेकिन घर के भेड़ों से कहाँ क्या नहीं होता! फिर गहनों का बॉक्स हाते में ही खोला गया है। इससे जान पड़ता है कि चोर भीतर आया था। यह क्या फेंकनी की मदद से हुआ या यह भी एक चोरनी ही है? दाई बनकर भीतर इसी के लिए घुसी है।

मूलचंद का चाल-चलन ठीक समझ लेने पर इन बातों का अच्छी तरह निर्णय करना होगा। यह जासूस गेरुआ बाबा ने मन में पक्का कर लिया, क्योंकि उन्होंने समझ लिया कि इन बातों का असल भेद जाने बिना उस चोरी की जाँच में जाना मेहनत बेकार करना है।

यह सब विचार कर जासूस ने फिर आप-ही-आप कहा, 'चाहे जो हो चिट्ठी पाने पर ऐसा अब नहीं हो सकता कि मूलचंद अपनी प्यारी से बिना मिले ही विदेश चले जाएँ। नौकर के जबानी तो मालूम हुआ कि कल ही वह रवाना होनेवाले हैं। तब आज ही वह ससुराल की गैल दौड़ेंगे, यह बनी बात है।'

इतने में जासूस देखते हैं, तो मूलचंद बड़ी तेजी से नागिनी महल्ले को चले जा रहे हैं। रात का समय होने से पास आकर देखते हैं, तो चेहरे पर चिंता की गहरी छाप है। झट गेरुआ बाबा भी थोड़ी दूरी पर उसका पीछा करने लगे।

जब मूलंचद ससुराल पहुँचकर फेंकनी से फाटक पर बातें कर रहे थे, तब थोड़ी दूर पर गेरुआ बाबा भी छिपे थे, लेकिन इतनी दूर पर थे कि दोनों की बातें नहीं सुन सकते थे।

उनका भाव देखकर फेंकनी पर गेरुआ बाबा ने संदेह किया, लेकिन बातें जब तक नहीं सुनें, तब तक असल मामला कहाँ समझ सकते थे। जब फेंकनी वहाँ से भागी और वह बदमाश छुरा लिये उन पर चढ़ दौड़ा, तब उन्होंने सब देखा था। लेकिन जब तक वह अपनी जगह से आए, तब तक वह गुंडा मूलचंद को घायल करके चलता बना।

गेरुआ बाबा ने पास पहुँचकर देखा, तो मूलचंद धरती पर गिरे पड़े हैं। चोट गहरी लगी है। खून जारी है। कमजोरी बहुत है। एकदम बेहोश नहीं, किंतु उठ नहीं सकते। जख्म बड़ा है। गेरुआ बाबा ने पूछा, "क्यों साहब! चोट बहुत तो नहीं लगी है न?"

"देखिए मैं तो देख नहीं सकता। यहीं मारा है हत्यारे ने।" यही कहकर अपना कंधा दिखाया।

गेरुआ बाबा कहने लगे, "क्या कहें चांडाल ने जब छुरा ताना, तब मैंने देखा था, लेकिन यहाँ आते-आते वार करके चला गया।"

मूलचंद, "वह बदमाश गया किधर?"

"वह भाग गया। यहाँ है थोड़े। अच्छा मैं पकड़ूँ, आप उठेंगे?"

ज्यों ही गेरुआ बाबा ने इतना कहा था कि मूलचंद के न जाने कहाँ हाथ पड़ा। वे चिल्ला उठे। फिर धीरे-धीरे खड़े होकर कपड़ा टटोलने लगे। देखा तो हार नहीं है।

पहले जासूस ने समझा कि जख्म की तकलीफ से ही मूलचंद चिल्ला रहे हैं। कहने लगे, "आप घबराइए नहीं। इस पाजी का पता लगाकर हम पकड़ेंगे जरूर। ऐसे चांडाल को सब काम छोड़कर पकड़ना होगा।"

मूलचंद, "हाँ, जरूर इस हत्यारे को पकड़िए।"

गेरुबा बाबा, "हाँ, मैं उसको छोड़ूँगा नहीं। उसकी करनी का फल जरूर देना होगा। ऐसा करना चाहिए कि जरूर वह इस पाप का दंड पावे।"

मूलचंद, "क्या कहूँ, मेरी ऐसी चीज वह ले गया है कि जिसको मैं जीते-जी छोड़ना नहीं चाहता था। उस चांडाल के लिए आप जो कहिए मैं करने को तैयार हूँ।"

गेरुआ, "क्या चीज है साहब? यह बतलाने में कुछ हरज है।"

मूलचंद, "नहीं, हरज नहीं है। लेकिन ऐसा करना होगा कि इससे वह माल लेना होगा।"

गेरुआ, "हाँ, हाँ, जरूर! पहले उसको गिरफ्तार करना होगा। फिर पीछे जो-जो करना होगा किया जाएगा। इस घड़ी सबसे पहला काम है आपके घाव की मरहम-पट्टी।"

अभी मूलचंद के कंधे से खून बह रहा था। जासूस ने कहा, "आपका घर यहाँ से कितनी दूर है? मैं चाहता हूँ कि कंधे पर चढ़ाकर आपको ले चलूँ।"

मूलचंद, "घर तो मेरा बहुत दूर नहीं है। रास्ते में गाड़ी मिल जाए तो ठीक है। कमजोरी बहुत है। मैं चल नहीं सकूँगा।"

गेरुआ, "मैं नहीं चाहता कि आप पैदल चलें। आपको कमजोरी बहुत है। चलने से फिर आपको बेहोशी आएगी। आप मेरे कंधे पर चढ़ लीजिए। रास्ते में जहाँ

गाड़ी मिलेगी, वहीं उतर जाइएगा।"

मूलचंद, "नहीं साहब! बेहतर है आप एक गाड़ी लाइए, क्योंकि कंधे पर वहाँ तक पहुँचना नहीं हो सकता। न मैं पैदल ही चल सकता हूँ। इस कारण चाहे देर हो, लेकिन आप तकलीफ करके गाड़ी यहाँ ले आएँ तो बेहतर होगा।"

गेरुआ बाबा पंद्रह मिनट में गाड़ी लेकर आए। उनको सवार कराकर उनके घर पहुँचाया। नौकर को पासवाले डॉक्टर के यहाँ भेजा। वह गुडमैन कंपनी के यहाँ से एक डॉक्टर ले आया।

डॉक्टर ने देखा कि घाव गले के पास है, लेकिन उतना संगीन नहीं है। बोरिक लोशन से धोकर आइडोफार्म छिड़का और बोरिक कॉटन से पट्टी बाँध दी। साथ ही एक शीशी में स्पिरिट अमोनिया आरामेट, सिरपटि फोलियम कंपाउंड, मेग सलफर मात्रा में देकर आठ खुराक बना दिया और कहा, "दिन में दो बार पिया करें और पट्टी सबेरे-शाम बदल जाए करें। घर में रहें। बहुत हिले-डुले नहीं।"

यही सब कर-धरकर डॉक्टर चले गए। जासूस अभी उनके पास ही थे। उन्होंने धीरे से पूछा, "क्यों साहब! उस बदमाश को आप देखें, तो पहचान सकते हैं?"

मूलचंद, "जरूर! जरूर! उसको देखते ही मैं पहचान लूँगा। मुझे तो पंजाबी गुंडा मालूम हुआ।"

गेरुआ, "तो पुलिस में भी खबर दे देना तो अच्छा होगा। आपकी राय क्या है?"

मूलचंद, "हाँ, मैं इसके लिए जासूस भी लाऊँगा। लेकिन मैं पहले अच्छा हो लूँ तब, क्योंकि घर में कोई और आदमी नहीं है। महल्लेवासी को भी बुलाकर राय लूँगा। इस घड़ी रात बहुत गई है। इस समय कोई आएगा भी नहीं। अगर आप पुलिस में खबर देने की तकलीफ करते जाएँ, तो बड़ी दया होगी।"

गेरुआ, "पुलिस में क्या कोतवाली में रपट लिखाने को कहते हैं।"

मूलचंद, "हाँ, लेकिन कोतवालीवालों को तो घूँस खाने के सिवाय और कुछ काम नहीं है। काम के नाम ठनठन गोपाल है। बेहतर हो आप सी.आई.डी. के ऑफिस में जाकर सुपरिंटेंडेंट से इत्तला करें।"

गेरुआ, "सी.आई.डी. का ऑफिस तो इस घड़ी बंद होगा। अच्छा सबेरे सब काम छोड़कर हम पहले सी.आई.डी. में रपट लिखा देंगे।"

मूलचंद, "अच्छा सुनिए, बंद होगा, तो बेहतर है आप सेवा समिति में सीधे

चले जाएँ। उनके यहाँ गेरुआ बाबा का बड़ा नाम है। वही इस काम में हाथ डालेंगे तो ठीक होगा।"

गेरुआ, "अच्छा मैं सेवा समिति में ही जाता हूँ। इधर ही से खबर देता जाऊँगा। उनका ऑफिस तो आठों पहर खुला रहता है। इसमें मेरी भी राय है।"

मूलचंद, "क्या कहें, आपको तो मेरे लिए बड़ी तकलीफ हुई। आप इतना मेरे लिए करेंगे, इसका कुछ भी भरोसा नहीं था। भगवान् ने बड़े भाग्य से आप ऐसे सज्जन को भेज दिया। आपका नाम मैं जानना चाहता हूँ। जिंदगी भर आपकी नेकी नहीं भूलेगी।"

गेरुआ, "नहीं! नहीं! ऐसी कुछ बात नहीं। आप पर जो उस घड़ी आफत आई थी कि छुरा लिये कसाई आपको हलाल करना चाहता था। वैसी दशा में पत्थर को भी आँसू आ जाएँगे। भला ऐसा आदमी कौन होगा, जिससे आपका वह दुःख देखा जाता। मैं अभी जाता हूँ, सेवा समिति में खबर दूँगा। यह बिल्कुल साधारण बात है। मेरे लिए और जो हुकुम हो, मैं तैयार हूँ। अगर आपको कुछ हरज न हो, तो मैं कल सबेरे देखने को आऊँगा।"

मूलचंद ने बड़ी नरमी से उपकार माना और हाथ जोड़कर निवेदन किया, "आपकी नेकी से मैं कैसे उऋण हूँगा! दुनिया में आप सरीखे बिना मतलब के उपकारी हैं, तभी तो यह धरती थमी है। नहीं तो इस शहर में कौन किसको पूछता है! पूछता है, तो खाली रुपए को, जिसके लिए एक देवता मेरी यह दुर्गति आपके देखते-ही-देखते कर गए हैं। अहोभाग्य जो इस संकट के समय आपके दर्शन मिले, लेकिन अब मैं नहीं चाहता कि मेरे ही लिए इतनी तकलीफ करें। हाँ, इधर से जब पधारिए, तब दर्शन जरूर दीजिएगा।"

गेरुआ, "नहीं! नहीं! आप तनिक भी संकोच न करें। न मन में कुछ दूसरा भाव लावें। मैं अच्छी तरह आपके पिता को जानता हूँ। उनके ऐसा परोपकारी इस शहर में कौन है? मुझे आपसे मिलने में बड़ी खुशी हुई है।"

मूलचंद, "नहीं साहब! मैं तो किसी लायक नहीं हूँ। न कभी किसी का उपकार किया। भगवान् ने ऐसी गरीबी दी कि अपना ही पेट पालना कठिन हो रहा है। अपने को तो मैं संसार का एक भार ही समझता हूँ। नहीं जाने बड़ों के किस पुण्य-प्रताप से आप ऐसे धर्मात्मा का इस अवसर पर दर्शन हो गया। आपको इतना कष्ट देने से मैं लज्जित हूँ। अब और तकलीफ देना नहीं चाहता। रात भी बहुत गई है।"

गेरुआ, "आप मेरे लिए कुछ भी चिंता और संकोच न करें। आराम कीजिए। मैं इधर ही से सेवा समिति में आपके नाम से निवेदन-पत्र देता जाता हूँ। आप किसी बात की फिक्र मत कीजिएगा। चोट आपकी इतनी गहरी है कि इस घड़ी आराम की दरकार है। चुपचाप बेखटके होकर सोइए। दिल में घबराहट वगैरह कुछ भी आने मत दीजिएगा। मैं जाता हूँ। कल सबेरे आऊँगा।"

इतना कहकर गेरुआ बाबा वहाँ से चलते हुए।

## -: 6 :-

जब गेरुआ बाबा अपने ऑफिस में पहुँचे, बारह बज चुका था। सुपरिंटेंडेंट सामने बैठे सोच रहे थे। देखते ही बोले, "कहिए बाबाजी! कुछ काम बना या नहीं? एक चिट्ठी पड़ी है। जान पड़ता है मुरलीधर के यहाँ से आई है।"

गेरुआ, "काम तो बहुत कुछ रास्ते पर आ गया है। मूलचंद से खासी मित्राई हो गई है। उनको एक अच्छे जासूस की जरूरत है। वह गेरुआ बाबा को चाहते हैं, उनका नाम और यश उन्होंने बहुत सुना है। पहचानते नहीं हैं। इसलिए मुझे दूसरे ही रूप में जाना होगा।"

इतना कहकर गेरुआ बाबा चिट्ठी पढ़ने लगे। लिखनेवाली वही मुरलीधर की बहन नोखा बुढ़िया थी। उसने लिखा था—

"इस चोरी के मामले में आज रात को फेंकनी से बेजान-पहचान के आदमी ने जो बातें की हैं, वही लिखती हूँ। दोनों की बातचीत नीचे देती हूँ—

उसने कहा, "अरे! आ गई मेरी लक्ष्मी?"

फेंकनी, "तुमने कहा था कि आएँगे, तब आती नहीं तो करती क्या!"

"देखा, मैं अपनी बात तुम्हारे सामने कभी झूठी न पड़ने दूँगा।"

फेंकनी, "तो दे दो न वह कागज।"

"अरे, तो इतनी जल्दी काहे की पड़ी है?"

फेंकनी, "लाए हो या नहीं?"

"वह कागज मेरी जान के पीछे है, मैं उसको कहीं छोड़ता हूँ?"

फेंकनी, "तब देते काहे नहीं?"

"जब जून-बेरा होगी, तब न?"

फेंकनी, "बाप-रे-बाप! अब जून-बेरा कब होगी! तुमने कहा था कि प्यारी के घर में बगीचे से जाने को किस खिड़की से सुभीता होगा। सो मैंने बतला दिया

और तुमने काम कर लिया। तुमने कहा था कि काम कर देने पर और कुछ करना नहीं पड़ेगा। न और कोई फरमाइश बाकी रहेगी। कागज चुपचाप दे दोगे। अब सब काम कर दिया। मेरी ओर से कुछ कसर नहीं है। तब तुम अपनी बात पूरी करने में क्यों कसर करते हो?"

"तुमने जो गहने बतलाए थे, उनमें से एक तो हई नहीं है।"

फेंकनी, "मैंने जो देखा था सो कहा था।"

"दो हार कहा था न?"

फेंकनी, "हाँ, हाँ।"

"लेकिन गबदू तो वह एक नहीं लाया!"

फेंकनी, "कौन चीज?"

"अरे, हार नहीं ले आया हार! वह ऐसा बच्चा तो है नहीं कि फेंक आएगा। वैसी दामी चीज कुछ सुई तो है नहीं कि सरक पड़ेगी। इससे जान पड़ता है कि तुमने इस बार धोखा दिया है। वह गबदुआ गदहा नहीं है। उसी का काम है कि तुमको वहाँ के गारद से निकाला था।"

फेंकनी, "अब तो दादा हमारा नाकन दम आ गया। अब हमसे तुम लोगों का हर हुकुम नहीं सहा जाएगा। कागज दे दो हमारा।"

"तो हमारा वह हार दे दो।"

फेंकनी, "हार-वार मो का जानों।"

"हैं बड़ी उस्ताद फेंकनी। कहीं छिपा रखा है तुमने।"

फेंकनी, "अरे, हुलास बरम्ह जानें, मैंने नहीं छिपाया है। मोरी दोनों आँख फूट जाएँ।"

"ठीक कहती है, नहीं छिपाया है।"

फेंकनी, "अरे! आँख से दुनियाँ में बढ़कर कौन चीज है! उसको भी तो खा लिया। अब क्या चाहते हो भोंकू?"

"मैं किरिया-कसम पर विश्वास नहीं करता फेंकनी। तुम तो जानती ही हो।"

फेंकनी, "वाह, तुम्हीं दुनिया में अरकी के बन के आए हो। यह सब जो काम किरिया-कसम पर होता है सब झूठ है।"

"झूठ हो चाहे जो हो, लेकिन मैं तो कसम पर विश्वास रत्ती भर भी नहीं करता। बल्कि जो कसम खाता है, उसकी सब बातें झूठी ही समझता हूँ?"

फेंकनी, "कैसे रे भोंकुआ?"

"कैसे की बात ऐसी कि जो लोग कसम खाते हैं, वह झूठी बात को सच कहकर बतलाने के वास्ते ही खाते हैं। नहीं तो जो सच कहता है, उसको किरिया खाने की कुछ जरूरत नहीं।"

फेंकनी, "चलो-चलो ढेर हुआ। वह हमारा कागज दो भोंकू। अब देर मत करो! कहे देती हूँ।"

उस बेजान-पहचान के आदमी ने कागज देने के बदले कुछ इशारे की सीटी बजाई और झट वहाँ से भागकर कहीं छिप गया। थोड़ी ही देर में मेरे भाई के दामाद मूलचंद वहाँ पहुँचे। अब फेंकनी से इनकी बात होने लगी, लेकिन थोड़ी ही देर पर फेंकनी चिल्लाकर वहाँ से भाग गई। क्या हुआ कुछ मालूम नहीं हुआ। मूलचंद भी फाटक से चला गया। यह सब देखकर मुझे मालूम देता है कि चोरों का एक दल है, मूलचंद उनका सरदार है। फेंकनी भी उसमें मिली हुई है। गबदू और भोंकू दो गुंडे मूलचंद के साथ हैं, जो उसी दल के अगिया-बैताल हैं, जो मुझे मालूम हुआ, सो आपको लिख दिया है। अब जो कुछ असल बात हो, उसका पता आप लगा लीजिए।"

चिट्ठी पूरी पढ़ चुकने पर जासूस ने समझ लिया कि मूलचंद के हाथ से जो हार गुंडों ने छीन लिया है, उसी की बात हो रही है। मूलचंद किसी के दल में नहीं हैं, न गबदू और भोंकू उनके साथी ही हैं। ऐसा होता, तो वह भोंकू मूलचंद का खून करने की कोशिश हरगिज नहीं करता।

यहाँ जासूस गेरुआ बाबा को बड़ी चिंता हुई। पहले उन्होंने सुपरिंटेंडेंट से सब हाल सुनकर यही समझा था कि साधारण चोरी का मामला है और उनको मेहनत करके चोर को पकड़ना होगा।

सुपरिंटेंडेंट ने भी यही समझकर अकेले उनको काम सौंपा था और मन में विचारा था कि यह तो गेरुआ बाबा के लिए बाएँ हाथ का खेल है। उनको इसमें और कुछ मदद या सहायक दरकार नहीं होगा। लेकिन ज्यों-ज्यों गेरुआ बाबा आगे बढ़ते गए, त्यों-त्यों मामला बड़ा गहरा, बड़ा पेंचदार और बड़ा संगीन होता गया।

सुपरिंटेंडेंट साहब से उन्होंने कहा, "यह मामला जैसा हम लोगों ने पहले समझा था, साधारण चोरी का नहीं है। इसमें बड़े-बड़े पेंच हैं।"

सुपरिंटेंडेंट, "जी हाँ, हमें भी ऐसा भरोसा नहीं था। समझा था कि साधारण मामला है। यह बात सही है कि चोरी बहुत कम की नहीं गई है तो भी मामला चोरी ही का है, लेकिन अब इतने दिन से आप इसी में उलझ रहे हैं, तब तो देखता हूँ

कि बड़ा पेंचदार मामला है। आप कुछ सहायता देनेवाले चाहते हों तो खुशी से ले सकते हैं।"

"नहीं, साहब! सहायक अगर दरकार होगा, तो मैं आप माँग लूँगा। मुझे असलियत निकालना है और जब आप कोई सहायक इसमें देंगे, तो हमारे काम में खलल होगा। लाभ नहीं होगा, जब सहायक चाहिएगा, मैं निवेदन करके किसी को चुन लूँगा।"

"अच्छी बात है। आप अपना काम कीजिए।" यही कहकर सुपरिंटेंडेंट ने गेरुआ बाबा को विदा किया।

## -: 7 :-

रात के तीन बज गए थे। मूलचंद के दरवाजे पर कई बार पुकारने पर दरवाजा खोलकर उनका नौकर बड़बड़ाता हुआ बाहर आकर बोला, "कौन है! रात भर सोने नहीं पाया। ज्यों ही आँख लगी कि फिर किवाड़ भड़भड़ाने लगा। क्या काम है? इतनी रात के जो चिल्लाकर कपार खाए जाते हो?"

अब तो पुकारनेवाले ने कहा, "अरे, तुम्हारे मालिक के फॉर्म के वास्ते आए हैं। खबर दो।"

नौकर, "वाह! बड़े कामवाले आए। मालिक को अभी डॉक्टर कह गए हैं सोने के वास्ते! हम हरगिज नहीं जगा सकते। ऐसी संगीन चोट लगी है कि जगाने से उनका बड़ा नुकसान होगा।"

"अच्छी बात है। अगर जगाने से नुकसान होगा, तो सोने दो। मैं उनका नुकसान नहीं चाहता। उनके भले के वास्ते आया हूँ। जाव तुम भी सो रहो। मैं यहीं बैठता हूँ। सबेरे भेंट करूँगा।"

नौकर, "तो हम किवाड़ खोलकर तो नहीं छोड़ देंगे। आप बाहर उसी चौकी पर बैठिए। जब सबेरा होगा, तब भेंट हो जाएगी।"

"सबेरा नहीं सबेरा का बाप हो, तो भी उनको जगाना मत खबरदार! जब आप ही जागें, तब खबर देना।"

नौकर, "अजी, आप ही न तब क्या हम उनको जगाने जाते हैं! जगाने को लाट साहब आवे, तो भी हम नहीं जगा सकते और तो कोई किस खेत की मूली है!"

"जाव तुम सो रहो, गुस्से में हो। मैं यहीं बाहर चौकी पर बैठता हूँ। तीन तो बज गया है। घंटे-डेढ़ घंटे में सबेरा होता है।"

नौकर चुपचाप चला गया। वह आदमी वहीं बाहर की चौकी पर बैठा रहा।

जब सबेरा हुआ, नौकर ने आकर किवाड़ खोले। देखा, तो वह महाशय चौकी पर ही बैठे हुए हैं। हाथ में रामडंडा है। पाँव में सलीमसाही जूता, सिर पर लखनऊ सूइकाढ़ की दुपलिया टोपी है। बदन चौड़ी मुहरी के पंजाबी कुरते से ढका है। धोती सादी किनारी की साफ-सुथरी देखकर नौकर मन में लज्जित हुआ कि ऐसे भले आदमी को नाहक मैंने नींद में उतनी बात कही और भीतर न बिठाकर बाहर चौकी पर डाल दिया। फिर अभी जो उस दिन बिना जाने-पहचाने को भीतर जाने दिया था, उस पर मालिक ने जो डाँट-डपट की थी, वह याद आई। तब मन का पछतावा जाता रहा। और पूछने लगा, "आपका नाम क्या है? कहाँ से आए हैं? मालिक पूछते हैं।"

जवाब में उन्होंने कहा, "कह दो मैं सेवा समिति से आया हूँ। गेरुआ बाबा ने मुझे भेजा है। नाम है मेरा मेटूलाल।

नौकर ने कहा, "वाह, नाम भी पाया तो मेटूलाल! ऐसे साफ, सुथरे और सुघड़ आदमी और नाम मेटूलाल! तब तो अच्छा हुआ, जो रात के मैंने भीतर सोने नहीं दिया, क्योंकि सबकुछ आप मेट ही जाते हैं। तब इसको कहाँ याद रखते!"

मेटूलाल, "क्या कहूँ माँ-बाप ने जो नाम दिया, उसी को न जिंदगी भर ढोना होगा, तुम्हारा नाम क्या है भैया?"

नौकर, "मेरा नाम पूछकर क्या कीजिएगा? जाता हूँ, मालिक से पहले आपकी खबर दे आऊँ।" यही कह वह झट से भीतर गया। लेकिन फिर तुरंत लौटकर कहने लगा, "क्या कहूँ साहब! मालिक की तो नींद लग गई है। थोड़ा बैठिए! जब उठेंगे तब बात होगी।"

मेटूलाल, "ओ अभी कहते थे मेरा नाम-पता पूछते हैं और फिर कहते हो, नींद लगी है, यह कैसी बात!"

नौकर, "बात ऐसी कि ज्यों ही कुनमुनाने लगे, मैंने कहा एक आदमी पहर रात के तड़के से आकर बैठे हैं। उन्होंने कहा क्या नाम है? कहाँ से आए हैं? तभी मैं पूछने के वास्ते आपके पास आया। जब लौटकर गया, तब देखा तो फिर नींद लग गई है। इससे जगाया नहीं है। बैठिए, कुछ जल्दी तो नहीं है न!"

मेटूराम, "जल्दी तो है, लेकिन उनको तकलीफ देकर मैं अपनी जल्दी का काम भी पूरा नहीं करना चाहता। और सच पूछो तो भाई हमको उन्हीं के आराम होने की जल्दी है। अच्छा आओ तुम भी बैठो, बातें करें, तब तक जागेंगे न?"

वह नौकर आकर पास ही बैठ गया। उन्होंने पूछा, "कितने दिन से बाबू के यहाँ नौकरी करते हो भैया ? तलब क्या है ?"

नौकर, "तलब तो दस रुपया है, लेकिन खाली पिनसिन है। काम-वाम कुछ नहीं है, धोती धोना, नहलाना, कपड़े पहनाना, बस!"

मेटू, "और कितने आदमी नौकर हैं, तुम्हारे यहाँ ?"

नौकर, "आदमी तो हैं चार-पाँच। एक रसोई बनानेवाली मिसराइन हैं, एक सौदा-सुलुफ के वास्ते कहार है, एक दरवाजे पर के वास्ते सिपाही है और एक जनाने में रहनेवाली लौंडी है। गौ को घास लानेवाला, दूध दुहनेवाला और सानी-पानी करनेवाला एक ग्वाला है।"

मेटू, "तुम कितने दिन से नौकर हो ?"

नौकर, "हमको तो अभी बरस पूरा नहीं हुआ। अबकी दसहरे में साल पूरा होगा।" इतने में भीतर से पुकार सुनकर नौकर दौड़ गया। बात बीच में ही टूट गई। मेटूलाल ने जो बात ढीली थी, उसका मतलब भी पूरा नहीं हुआ।

## -: 8 :-

पहले जिस चिट्ठी की बात हम कह आए हैं, जिसे लिखकर सेवा समिति में भेजा था और सुपरिंटेंडेंट अवधेश नारायण ने गेरुआ बाबा को ऑफिस में पहुँचते ही दिखाया था। उस चिट्ठी को तो नोखा ने जब लिखकर एक लड़के के हाथ सेवा समिति में भिजवा दिया और आप सोने के लिए जाते समय मन में चिंता और दुःख करने लगी कि भाई का इतना सर्वनाश हो गया, जिससे मेरा निबाह होता था, जिसकी छाया में मैंने जिंदगी के बाकी दिन काट ले जाने का भरोसा किया था, उसकी यह गति हुई, तब मेरा दिन दूभर हो जाएगा।

इस समय वह बालक लौटकर आया और चिट्ठी पहुँचा आने का समाचार कहकर विदा हुआ। नोखा को फिर चिंता चढ़ी। फिर अपनी दशा विचारने लगी कि इतने में किसी के रोने-चिल्लाने की आवाज आई। फिर लोगों की दौड़-धूप और पाँव का धब-धब सुनाई देने लगा। नोखा भी घबड़ाकर कमरे से बाहर आई। जिधर से आवाज आई थी, उसी ओर चली।

प्यारी के कमरे में पहुँचकर देखती है, उनके बरामदे में सब पहुँचे हैं। मुरलीधर भीतर हैं। उनको घेरकर चारों ओर नौकर व लौंडी खड़े हैं। एक ओर प्यारी बेहोश पड़ी है। फेंकनी पास में बैठी उसे चेत कराने के लिए सेवा कर रही है। औरों को

हटाकर जब नोखा भीतर गई, तब दशा देखकर चौंक पड़ी। घर की सब चीजें तितर-बितर पड़ी हैं। पलंग की मसहरी कट-फटकर गिरी है। जान पड़ता है कमरे में कुछ लोगों ने आपस में बड़ी लड़ाई और धींगा-मुस्ती की है। बेहोश होकर जो प्यारी गिरी है, उसके उघरे हुए दोनों हाथ जख्मी हैं। सिर के बाल बिखरकर धरती पर लोट रहे हैं। उसके उज्ज्वल ललाट पर भी रक्त का गोल दाग पड़ा है। और पास ही कमरे के फर्श पर भी वैसा ही दाग पड़ा है। फेंकनी मुट्ठी बाँधे पास ही बैठी है। वह चेहरे से बहुत डरी दिखाई दे रही है। रह-रहकर लंबी साँस लेती और चिल्लाती है।

मुरलीधर कुछ देर तक कमरे में खड़े अवाक् होकर यह सब देखते हैं। अंत को बेटी की वह दुर्दशा देख जो मन में उद्वेग और व्याकुलता हुई थी, उसके कुछ ठीक होने पर, "हे भगवान्! बुढ़ापे में यह भी होना था।" कहा। अब सब लोग उनके दुःख में हमदर्दी दिखाते हुए भीतर आए। चेहरे से जान पड़ा कि सब लोगों को हाल जानने की चिंता है।

मुरलीधर ने लंबी साँस लेकर कहा, "काहे बेटी! क्या हुआ! बोलो! बूढ़े बाप का मुँह देखो! बोलो बेटी!" यही कहते हुए उन्होंने कन्या का सिर अपनी गोंद में उठा लिया। लेकिन झट बहन नोखाबाई उनकी गोद से लेकर प्यारी का सिर अपनी जाँघ पर रखकर बैठी।

उसके बाद सन्नाटा रहा। नोखा ने प्यारी की नाड़ी पर हाथ रखा। देखा तो सूत की तरह कभी-कभी अपना वेग जता देती है। आँखें खुली हैं। लेकिन मुर्दे की तरह स्थिर और कांतिहीन नहीं हैं। गंड-देश मलिन और सूखे हुए नहीं हैं। दो-एक जगह लाली भी है।

नोखा ने सब देखकर वहाँ आई हुई स्त्रियों से कहा, "मरी नहीं! अभी जान है उठाकर पलंग पर रख देना ठीक होगा।"

अब वह उठाकर पलंग पर रखी गई। मुरलीधर उसके सिर के पास झुककर खड़े हुए कि होंठ वगैरह हिलें या आँखों की पलकें गिरें-उठें, लेकिन देर तक वे आँखें वैसी ही खुली रहीं।

कुछ देर और बीतने पर आँखों में प्राण भाव आया और होंठ काँप उठे। फिर धीरे-धीरे हिलने लगे। पलकें भी चलायमान हुईं।

मुरलीधर और झुककर पास गए और कुछ सुनने के लिए वैसे ही झुके रहे। थोड़ी देर पर बहुत धीरे-धीरे उन्होंने सुना, "वह गया?"

मुरलीधर, "कौन गया बेटी? किसको कहती हो?"

प्यारी, "वही शैतान?"

मुरलीधर, "यहाँ तो कोई शैतान-वैतान नहीं है?"

प्यारी, "नहीं है! सच कहते हैं बाबूजी?"

मुरलीधर, "हाँ बेटी! मैं तुम्हारे पास खड़ा हूँ। तब तक यहाँ किसका डर है? तुम्हारे सब अपने तो हैं!"

अब प्यारी का चित्त मानो ठिकाने आया। अपने दोनों हाथ उठाकर उसने पिता का हाथ पकड़ लिया और फिर चुप हो गई।

ऐसा जान पड़ा कि दो-चार बातें ही कहकर वह थक गई है। इस कारण देर तक वह बहुत शांत रही।

थोड़ी देर पर उसने आँख खोलकर कमरे में चारों ओर देखा और अकबकाहट दिखाकर फिर रोकर बोली, "जान बची। मेरे गहने कहाँ?"

मुरलीधर, "कहती क्या हो बेटी! गहने कहाँ रखे हैं?"

अब फिर प्यारी दुःखी हुई तो फिर शिथिल हो पड़ी। मुरलीधर ने कहा, "जरा पानी तो लाना। ललाट से लोहू अभी तक बह रहा है।"

इतना सुनते ही आदमी दौड़ पड़े। इधर नोखा बगलवाले कमरे में गई और एक चिट्ठी सेवा समिति को लिखकर द्वारपाल के हाथ देती हुई बोली, "जल्दी जा। कहीं रास्ते में जरा भी न ठहरना।"

उसके चले जाने पर मुरलीधर ने कहा, "बड़ी आफत की बात है। पुलिस में खबर देना चाहिए।"

नोखा ने कहा, "न-न! थाना-पुलिस का नाम नहीं।"

मुरलीधर, "क्यों? खबर देने में क्या हरज है? कहीं कुछ असल बात का पता नहीं लगता। लड़की बेहोश पड़ी है। कुछ बतला नहीं सकती। मैं तो समझता हूँ, कोई चांडाल मेरी प्यारी की जान लेने आया था। जरूर पुलिस में इत्तला देकर उस हत्यारे को पकड़वाना चाहिए।"

नोखा, "अभी पुलिस का कुछ काम नहीं।"

मुरलीधर, "पुलिस बिना दूसरा कौन यह सब करेगा?"

नोखा, "यह सब काम सेवा समिति ही से होगा। वे ही लोग जासूसी करके इसका भेद लगावेंगे। सरकार भी उनको बहुत मानती है और सब लोग उन लोगों के काम से बड़े खुश हैं।"

मुरलीधर, "अच्छी बात है। हम भी इस सलाह को पसंद करते हैं। बहन वहीं खबर भेजो। मेरा मतलब यही है कि चांडाल का पता लगाकर पकड़ना और उसे उसकी करनी का फल देना चाहिए।"

नोखा, "मैं वहाँ चिट्ठी अभी भेज चुकी हूँ।"

मुरलीधर, "अच्छी बात है बहन! तुमने बहुत अच्छा किया। इस आफत में मेरा तो चित्त ठिकाने नहीं है। मैं समझ ही नहीं सकता कि क्या करना चाहिए? कई बार जब संकट पड़ा है, तुमने बड़ी ही समझदारी का काम किया है। अच्छा अब जरा प्यारी को देख लो तो इसका जख्म कैसा है? बहुत संघातिक तो नहीं है?"

अब नोखा ने प्यारी के पास जाकर उसको अच्छी तरह देखा और पानी से बहते हुए खून को धोकर जख्म साफ कर दिए। जहाँ कपड़ा बाँधने लायक था, वहाँ कपड़े बड़ी सावधानी से बाँध दिए। फेंकनी ने इस अवसर पर बड़ा काम किया। नोखा ने अच्छी तरह सब देखभाल और अपनी जाँच पूरी करके भाई से कहा, "नहीं, संघातिक नहीं है।"

मुरलीधर, "कैसे यह सब हुआ, तुम कुछ समझती हो बहन?"

नोखा, "अभी जब तक यह आप नहीं उठती, तक तक की सब बातें खाली अटकल होंगी। लेकिन प्यारी ने जो धीरे से कहा था कि गहने क्या हुए, उसका मतलब कुछ समझे हो?"

मुरलीधर, "न बहन, वह मैंने सुना तो, लेकिन कारण समझ में नहीं आया कि क्या बात है?"

नोखा, "बात ऐसी-वैसी नहीं बहुत संगीन है। फिर यह दुनिया बड़ी टेढ़ी जगह है। बहुत सँभलकर चलना होगा। पुलिस में ऐसे मामले देने से बदनामी होती है। जहाँ तक हो, इसमें छिपे-छिपे काम करना होगा। और असल बात जानना असल अपराधी का पता लगाकर उसको दंड दिलाना यह तो हम लोगों का असल कर्तव्य ही है। लेकिन सब काम जरा समझ-बूझकर करना ठीक होगा। सेवा समिति प्रजा की ओर से होने पर भी उसके काम ऐसे हैं कि सरकार भी खुश है। और सरकार खुश भी क्यों न हो, बिना तलब-तनख्वाह के जो लोग काम कर रहे हैं और काम अच्छा कर रहे हैं, उन पर सरकार को जरूर खुश होना चाहिए। सरकार तो प्रजा ही का काम उचित रूप पर होने के लिए इतना खर्च करती है, लेकिन इतने पर भी जब काम वैसा नहीं होता, तब इसमें काम करनेवालों की भूल है। सरकार क्या करेगी? वह तो काम करने के वास्ते दाम देती है और लेकर जो नमकहरामी करते हैं और

प्रजा का काम नहीं करते, वे ही अपराधी हैं। ये लोग इसी देश के आदमी हैं। सरकार को जहाँ तक करना है वह करती है, लेकिन इस देश के आदमी ही जब यहाँ की प्रजा को सताकर अपना भेट भरते हैं और यही अपना करतब समझते हैं, तब इसका कौन उपाय है। उसके लिए प्रजा-पालक सरकार का खुश न होना ही अचरज की बात है। यही सब विचारकर सेवा समिति की नेकनामी के भरोसे पर हमने वहीं ख़बर दी है। देखें वहाँ से कोई आदमी आ जाए और तब तक प्यारी को भी होश आ जाएगा। तब सब भेद खुल जाएगा।"

## -: 9 :-

जब नौकर नोखा की चिट्‌ठी लिये हुए सेवा समिति के दरवाजे पर पहुँचा, तब सब लोग चले गए थे। सुपरिंटेंडेंट अवधेश नारायण बाहरी बरांडे में टहल रहे थे। सर झुका हुआ था। मन-ही-मन कुछ चिंता कर रहे थे।

जब वह आदमी पहुँचा, तब उनकी चिंता का सोता रुक गया। उसको खड़ा देखकर पूछा, "कौन है ?"

"मैं बाबू मुरलीधर के मकान से आया हूँ। गेरुआ बाबा को खोजता हूँ।"

सुपरिंटेंडेंट, "वह तो बाहर गए हैं।"

"उनके वास्ते एक चिट्‌ठी लाया हूँ।"

सुपरिंटेंडेंट, "अच्छा चिट्‌ठी दे दो। जब वह आएँगे, उनको दे देंगे।"

"नहीं, सुपरिंटेंडेंट साहब को देने का हुक्म है। दूसरे को नहीं दे सकते।"

सुपरिंटेंडेंट, "मैं ही हूँ सुपरिंटेंडेंट। लाओ चिट्‌ठी।"

"बहुत अच्छा।" कहकर उसने प्रणाम किया और चिट्‌ठी देकर अलग खड़ा हो गया।

सुपरिंटेंडेंट ने वह चिट्‌ठी खोलकर रोशनी में पढ़ी, उसमें यों लिखा था—

*'बाबाजी! आप तुरंत आइए। प्यारी को कोई अधमरा करके उसके कमरे में छोड़ गया है। वह बेहोश पड़ी है। आप आने में देर मत कीजिए।*

*नोखा।'*

पढ़कर उन्होंने कहा, "अच्छा तुम जाव, मैं गेरुआ बाबा को जल्दी से भेजता हूँ।"

जब वह प्रणाम करके चला गया, तब सुपरिंटेंडेंट ने अपने नए बालदूत को

बुलाया। यह अभी थोड़े दिनों से सेवा समिति में आया था। लड़का नौ या दस वर्ष का होगा, लेकिन चतुराई, तेजी और मुस्तैदी देखकर सुपरिंटेंडेंट ने उसे अपना खास बालदूत बनाकर रखा था। गुप्त संवाद कहीं भेजने की जल्दी और जरूरत होती थी, तब उसको बुलाकर सौंपते थे।

उस जरूरी चिट्ठी को लिफाफे में डालकर उन्होंने नए लिफाफे में बंद किया और ऊपर मेटूलाल का नाम लिखकर बालक के हाथ पर रखा और मूलचंद के यहाँ ले जाकर गेरुआ बाबा को देने का हुक्म दिया। यह भी समझा दिया कि बड़ी खबरदारी से देना, जिसमें कोई ताड़ न सके।

लड़के ने, "बहुत अच्छा।" कहकर लिफाफा हाथ में लिया और अपना खाकी कुरता पहना। उसने डाक के ब्वॉय मेसेंजर को इधर आते-जाते देखकर उन्हीं के जैसा कुरता और दुरंगी मुरेठा सुपरिंटेंडेंट से हठ करके बनवाया था। बात यह कि सुपरिंटेंडेंट महाशय उसका बड़ा आदर करते थे। उसको होनहार देखकर अपने लड़के के समान प्यार से पालने लगे थे। जिस चीज के लिए मचलता था, उसको वह चीज देते थे। ब्वॉय मेसेंजर के जैसा कुरता और मुरेठा भी उसको बनवा दिया था। उसके वास्ते बढ़िया कमीज और किनारीदार काला फीता पाड़ की धोती भी खरीद दी थी। मारवाड़ी पगड़ी भी बनवा दी थी। बालक सबका सेट बनाकर कायदे से अलग-अलग रखता था। जब जैसी मौज आवे, तब तैसा वेश बनाकर रहता था या शहर में जाता था।

उस घड़ी सुपरिंटेंडेंट का हुक्म सुनकर उसके मन में ब्वॉय मेसेंजर बनने की सूझ गई थी। बस हाथ में रसीद बही और लिफाफा लेकर बायसाइकिल पर सवार हो गया और मूलचंद के दरवाजे पर पहुँचा तो देखा खिदमतगार बैठा लैंप साफ कर रहा है और दरवाजे तिपाई पर बैठा हुक्का गुड़गुड़ा रहा है। उसने लैंप साफ करनेवाले को पास बुलाकर पूछा, "यहाँ कोई मेटू बाबू आए हैं?"

"नाम तो नहीं मालूम, लेकिन एक मेहमान आए हैं। क्यों, क्या काम है बच्चा?"

"अच्छा जरा लैंप रख दो और जाव बाबू से कहो उनसे भेंट करने को एक आदमी आया है।"

"वाह जी! तुम हो तो छोटे, लेकिन बातें बड़ों की-सी करते हो!"

"तुम जाव जल्दी। इस घड़ी छोटे-बड़े का पहचान मत करो। पहले सरकारी काम करो, पीछे बात।"

"तुम क्या कोई सरकारी काम करने आए हो ?"

"हाँ! हाँ! तुम इसको नहीं समझोगे। जल्दी जाव, उनको खबर दो।"

लैंप साफ करनेवाला उठकर भीतर गया और थोड़ी ही देर में मेटूलाल आ पहुँचे। सामने ही तार का हरकारा देखकर उन्होंने उसकी रसीद बही में सही की और तार लेकर खोला। भीतर का लिफाफा देखकर कुछ चौंके। लेकिन वह भाव बड़ी सावधानी से भीतर ही दबाकर बोले, "अच्छा जाव।"

वह बालक 'नमस्ते' कहकर चलता हुआ। उसकी चलन और उसका चेहरा देखकर मेटूलाल मन में कहने लगे, 'लड़का जैसा सुशील है, वैसा ही चतुर है। रूप भी भगवान् ने अच्छा दिया है। उसका चेहरा किस आदमी से मिलता है, याद नहीं आता!'

थोड़ी देर में आप-ही-आप उन्होंने कहा, 'हाँ! मुरलीधर से इसका चेहरा बहुत मिलता है। ठीक जैसे उनका शॉर्ट एडिशन हो। जैसे कोई बहुत बड़ा फोटो सामने रखकर उसको नगीने में लगाने के लिए छोटी कॉपी उतारी जाए।'

## -: 10 :-

"मालिक को खबर दो कि बड़ी रात से आकर कोई बैठा है। आप सोते रहे, इसी से भीतर नहीं आने दिया।" यह सुनकर तब वह उस पर बिगड़े और बोले कि "क्यों खबर नहीं दी तुमने और भीतर नहीं आने दिया क्यों ?"

"भीतर आने देने का फल तो पड़ोस में मिल ही गया है। इसी डर के मारे भीतर आने देने की हिम्मत नहीं हुई।"

मूलचंद, "तुमने अच्छा नहीं किया। मैं समझता हूँ, यह वही महाशय हैं, जिनको मैंने बुलाया था। जरूर यह गेरुआ बाबा होंगे।" वह नौकर अपनी भूल पर जब लज्जित होकर चुप रहा तब उसने कहा, "अच्छा! जाव बुला लाओ जल्दी।"

नौकर झट बाहर जाकर उनको बुला ले गया और उनको पास ही आसन देकर बिठाया।

बैठते ही उन्होंने कहा, "आप ही गेरुआ बाबा हैं।"

"जी नहीं! मैं उनका दूत हूँ। उन्होंने मुझे भेजा है। वह एक जरूरी काम के वास्ते गए हैं।"

मूलचंद ने परिचय पाकर कहा, "जान पड़ता है गेरुआ बाबा ने आपको भेजा है। तब आप उनके बड़े विश्वासी हैं। अच्छी बात है, उन्होंने बड़ी कृपा की। मैं तो

इस घड़ी बड़ी तकलीफ में हूँ। उनकी कृपा का धन्यवाद है।"

"आप अब चिंता न कीजिए! अच्छे हो जाइएगा। जान पड़ता है, आपकी कोई कीमती चीज खो गई है।"

मूलचंद, "जी हाँ! वह तो मैं आपको कहता हूँ, लेकिन इतनी दया चाहता हूँ कि आप किसी से यह सब बातें जाहिर मत कीजिएगा। हाँ! जब माल मिल जाए और चोर का पता लग जाए, तब गिरफ्तार करने पर खुले इजलास में खोल दिया जाए तो कुछ हरज नहीं है।"

मेटूलाल, "कोई बात आपके कहने से बाहर नहीं होगी। आप कहिए।"

मूलचंद, "कहना तो यही है कि एक हार चोरी गया है। लेकिन यह हार मेरा नहीं है और है भी असल में जिसके पहनने की चीज, उससे न जाने कैसे अलग हुआ। लेकिन मेरे हाथ में वह एक अजीब ढंग से आ पड़ा। अफसोस है कि यह मेरे पास से भी चोरी गया। बात यह हुई कि जब मुझे मिला तब संध्या को मैं उसे प्यारी को लौटाने गया। वहाँ जाने पर बड़ी आफत आई। एक डाकू ने उसे छीन लिया और मेरी यह दशा कर दी। लेकिन जान पड़ता है मुरलीधर के घर पर हाथ मारने जा रहा था। अगर मैं बीच में नहीं मिलता तो, उन्हीं पर वह वार करता।"

इतना सुनकर मेटूलाल ने उनकी ओर अच्छी तरह देखा। और कहा, "मुझे साफ आपकी बात समझ में नहीं आई। इतना आपके बयान से मालूम होता है कि मुरलीधर के घर में कोई प्यारी नाम की है, उसका हार आपके हाथ पड़ गया है। मुरली बाबू का नाम तो शहर भर जानता है और उनकी कोठी भी मुझे मालूम है। लेकिन पूरा हाल उनकी चोरी जाने का और डाकू का चेहरा-मोहरा अच्छी तरह आप बतलावें, तो बड़ा काम हो।"

यही बातें हो रही थीं कि खिदमतगार ने पहुँचकर खबर दी कि डाकघर का हरकारा आपके वास्ते आया है।

इतना सुनते ही मूलचंद के पास से मेटूलाल उठकर चले आए। फिर उनसे जो बातें हुईं वह सब तो हम लिख ही आए हैं।

अब नोखा की चिट्ठी में लिखी घटना की ही उन्हें सबसे अधिक चिंता थी। इसी से एक बहुत जरूरी काम आ पड़ने की बात कहकर उन्होंने मुहलत माँगी और झट वहाँ से चल पड़े।

मूलचंद, "नसीब की बात ऐसी है कि इस समय गेरुआ बाबा आप तो नहीं आ सके, लेकिन आपको उन्होंने भेजा, सो आपको भी किसी अधिक जरूरी काम

के वास्ते जाना पड़ता है। अच्छा तो आप जब वहाँ से छुट्टी पावें, तब जरूर कृपा करें।"

तुरंत आने का वचन देकर मेटूलाल वहाँ से विदा हुए और एक जगह अकेले में जाकर गेरुआ बाबा बन गए।

जब मुरलीधर के मकान पर पहुँचे, वहाँ उनकी राह ही देखी जा रही थी।

जब भीतर गए, मुरलीधर और आदमियों को विदा करके नोखा और फेंकनी के साथ प्यारी की खाट के पास ही बैठे थे। देखते ही बोले, "अरे! आप पर फिर आफत आई!"

मुरलीधर, "क्या कहें बाबाजी! दिन बिगड़ते हैं, तब ऐसा ही होता है। देखिए आपके सामने ही सब है। इस बार तो सब चौपट हुआ देखते हैं।"

घर में चारों ओर तेज नजर डालते हुए गेरुआ बाबा ने कहा, "अच्छा, घटना तो बतलाइए।"

मुरलीधर, "मैं तो बाहर के कमरे में था साहब! भीतर से चिल्लाहट सुनकर आया, तो मालूम हुआ कि प्यारी के कमरे से आवाज आती है। लेकिन दरवाजा बंद था। जब जोर किया, तब कब्जा टूट गया। भीतर घुस आया, तो सब चीजें तितर-बितर देखीं। लड़की नीचे खून से डूबी पड़ी थी। नहीं जानता किस चांडाल ने यह दशा की है।"

उनकी बात सुनकर गेरुआ बाबा ने उस घर के भीतर-बाहर चक्कर दिया और सब देखकर खिड़की खोल डालने पर भीतर-बाहर देखा। देखते-देखते दरीची पर खून से लदफद एक जगह छोटे पाँव का निशान मिला।

खिड़की के पास एक फव्वारा देखकर उसको अच्छी तरह जाँचा, तो मालूम हुआ कि उस पर आदमी नहीं चढ़ सकता। अगर कॉर्निस पर भार देकर उतरा हो, तो भी फव्वारे पर जोर पड़ेगा और वह बोझ से टूट जाएगा, लेकिन फव्वारे पर भी एक जगह खून भरे पाँव का दाग लगा है। इससे जान पड़ता है जरूर, वहाँ चांडाल ने पाँव रखा था।

मुरलीधर, "ढंग से तो यही दिखाई देता है कि फव्वारे पर से वह आकर उतरा है। लेकिन उनके भार से वह टूटा नहीं यह बड़ा आश्चर्य है।"

गेरुआ, "इन दोनों जगहों पर पाँव रखा है।"

मुरलीधर, "आप क्या समझते हैं?"

गेरुआ, "मैं समझता हूँ, जो इस पर चढ़ा था, वह आदमी नहीं है।"

अकचकाकर मुरलीधर ने कहा, "क्या, आदमी नहीं है।"

इसी समय फेंकनी बोली, "अरे, बबुई को चेत हुआ है।"

मुरलीधर पलंग के पास पहुँचे। गेरुआ बाबा जहाँ थे वहीं रहे। इसी समय नोखाबाई ने गेरुआ बाबा के पास पहुँचकर धीरे से कहा, "अब जान पड़ता है इस चोरी का भेद खुलेगा। एक बार प्यारी को कुछ चेत आया था। तब वह बोली रही कि अब समझ गई कि गहना उसका कहाँ गया है?"

उसी समय मुरलीधर ने गेरुआ बाबा को बुलाया। जब वह पलंग के पास पहुँचे तो फेंकनी उठकर मसहरी की आड़ में जा खड़ी हुई। उसका एक हाथ साड़ी की आड़ में जाकर तर्जनी और अँगूठे के सहारे किनारी की बत्ती बना रहा था, दूसरा आँचल सँभाल धड़कती हुई छाती को मानो दाबे था। चेहरे से डरी हुई जान पड़ती थी।

मुरलीधर जब बेटी के पास पहुँचे तो प्यारी ने उनका हाथ पकड़ लिया। उन्होंने उसका सिर सँभालकर तकिए पर ठीक कर दिया और ललाट पर हाथ फेरकर प्यार से बोले, "काहे बेटी! अब कैसा है? कुछ बल आया? कुछ कहोगी?"

डरती हुई प्यारी ने चारों ओर देखकर कहा, "अब भी डर लगता है!"

मुरलीधर, "न बेटी! डरो मत! यहाँ तो हम लोग मौजूद ही हैं। देखती नहीं गेरुआ बाबा भी सामने हैं। डर किस बात का? अगर तुम कह सकती हो, तो कुछ हाल तो बतलाओ! क्या बात हुई!"

प्यारी ने मुँह से कुछ नहीं कहा। लेकिन वह एक बार गेरुबा बाबा की ओर और फिर पिता की ओर देखकर चुप रह गई।

गेरुआ बाबा ने भाव समझकर निडर करने के लिए कहा, "बोलो बेटी! सब हाल कहो! डरने का क्या काम है?"

प्यारी ने बहुत थोड़े में कहा, "जब मैं दरवाजा बंद करके सोने चली, तब देखती हूँ तो भीतर दराज के पास एक भयानक आदमी खड़ा है। उस पर जो गहने का खाली बॉक्स था उसको उलट-पलटकर देख रहा है। उसके ऐसा विकट तो कभी नहीं देखा था दादा!"

मुरलीधर, "वह कैसा आदमी था बेटा!"

प्यारी, "न बाबूजी! आदमी नहीं था।"

धीरे से गेरुआ बाबा बोले, "मैं तो पहले ही कह चुका हूँ।"

प्यारी, "लेकिन आदमी ही की तरह हाथ-पाँव था। सीधा खड़ा रहा। चेहरा

देखे से वहाँ डर लगता रहा। दोनों आँखें आग की तरह जल रही थीं। देह भर में रोएँ थे। जान पड़ता था, जैसे वनमानुस हो।"

सब लोग चौंककर बोल उठे, "वनमानुस?"

प्यारी, "मैंने समझा कि उसको पकड़ लूँगी। दौड़कर धरने गई तो लगा नोचने-बकोटने। फिर वही बॉक्स उठाकर कपार पर ऐसा मारा कि लहू-लुहान हो गया। खून आँख में पड़ा। मेरी आँखें बंद हो गईं, फिर उसने बॉक्स से मारा। अब मैं चिल्लाई तो लेकिन गरमी चढ़ गई। फिर मैं नहीं जानती कि कहाँ क्या हुआ? लेकिन वनमानुस मेरा गहना ले गया है।"

गेरुआ बाबा वनमानुस की बात सुनकर मन में सोचने लगे, 'यह बात अलबत्ते सोचने की है कि वनमानुस किसका है और किसने इसको यह सब सिखलाया है? फिर यह भीतर क्यों आया? जब एक बार चोरी कर ले गया था, तो किसी और गहरे मतलब से आया था?'

यही सब मन में सोच-विचार कर गेरुआ बाबा ने मुरलीधर से पूछा, "अच्छा, आपका या आपकी लड़की का इस शहर में कोई दुश्मन है?"

मुरलीधर, "मैं तो जहाँ तक जानता हूँ इस शहर की बात कौन कहे, इस दुनिया में हम लोगों का कोई दुश्मन नहीं है।"

अब जासूस को बाहर जाने की जरूरत पड़ी। उनको कुछ देख-भाल और सलाह करना था। जब कमरे से निकले नोखा भी प्यारी के कमरे से अपने कमरे को गई।

जिस समय वनमानुस की बात पर सब लोग अकचका रहे थे, उसी समय फेंकनी मसहरी की आड़ में खड़ी मन-ही-मन सब समझ रही थी। लेकिन मुँह से कुछ कह नहीं सकती थी। गेरुआ बाबा की कनखी उसी पर थी। वह उसका रंग-ढंग, उसके चेहरे का भाव और उसकी लंबी साँस सब देख-सुन रहे थे।

जब सब लोग वहाँ से चले गए, तब फेंकनी झट पलंग के पास आकर घुटने के बल बैठी और सिसक-सिसकर रोने लगी।

प्यारी ने कहा, "रो मत फेंकनी? मुझे वैसा संघातिक घाव नहीं लगा है। खाली डर गई थी और डर से ही ऐसी दशा थी। अब डर छूट गया है। खिड़की जो खुली है, इसे बंद कर दे। सर्दी मालूम देती है।"

बिसूरती हुई फेंकनी ने झट उठकर खिड़की बंद कर दी। गेरुआ बाबा मुरलीधर के साथ आकर बाहर बैठे।

बाबा ने कहा, "देखिए सेठजी! आप घबराइए मत। घटना तो ऐसी ही भयंकर है, लेकिन तो भी विपत में धीरज से काम होता है। 'धीरज धरिय, तो उतरिय पारा। नाहीं त बूड़ सकल परिवारा।' आपके घर पर जो लगातार दो वारदातें हो गई हैं, इसमें डकैती ही नहीं, बल्कि चांडालों का मतलब आपकी लड़की की जान लेने का मालूम देता है।"

मुरलीधर, "मेरी लड़की का कौन ऐसा दुश्मन है? फिर उसके दुश्मन का भी दुश्मन बात क्या है? कुछ समझ में नहीं आता।"

गेरुआ, "देखिए, मेरी बुद्धि में जो आता है, वही मैं आपसे कहता हूँ। लेकिन मैं निश्चय होकर कोई बात नहीं कह सकता कि यह बात पक्की है। लेकिन इतना जरूर है कि जिस वनमानुस ने आपकी कन्या के गहने चुराए हैं, उसका कोई मालिक है। उसने उसको स्त्रियों का गहना चुराना सिखलाया है। वनमानुस फव्वारे पर सुगमता से चढ़कर उतर सकता है। उसके लिए कुछ कठिन नहीं है। और आपकी लड़की के गहने इसी तरह चोरी किए गए हैं, लेकिन इतनी ही बात बीच में अड़ती है कि वह वनमानुस फिर भीतर क्यों आया है? चोरी ही करने का मतलब था, तब तो वह चोरी कर ही चुका था, फिर आने-जाने की जरूरत क्या थी? उसका फिर आना और लड़की को घायल करना कह रहा है कि उसके मालिक का मतलब आपकी लड़की की जान लेना था। दुनिया में किसका क्या मतलब है और कोई किस गरज से घूम रहा है, सो नहीं कहा जा सकता, लेकिन काम देखकर उसके करनेवाले की गरज का अटकल किया जाता है। इसके सिवाय एक बात यह है कि आपकी लड़की जीती है। जब डाकू सुनेंगे तब जरूर समझ लेंगे। आपने उसी के जुबानी पता पाया कि गहने वनमानुस के ही हाथ से चुराए गए हैं। उससे बेहतर यह कि आप यह जाहिर करें कि डाकू घर में घुसकर माल-असबाब ले गए हैं और लड़की को भी इस तरह जख्मी कर गए थे कि उसकी जान निकल गई है। बस इसी को सुनकर वे सब बेफिक्र हो जाएँगे। और समझेंगे कि असल बात किसी को जाहिर नहीं हुई है। लेकिन लड़की को यहाँ रखने से काम नहीं बनेगा। किसी-न-किसी तरह असल भेद खुल ही जाएगा। बेहतर है कोई विश्वासी आदमी प्यारीबाई को दूर ले जाकर रक्षा करे। तब सब लोग समझेंगे कि सचमुच लड़की मर गई है। एक दवा ऐसी खिला दी जाए कि लड़की मुर्दे की तरह हो जाएगी। यहाँ तक कि डॉक्टर भी नहीं पहचान सकेगा। दाह करने के लिए बाहर ले चलकर वहाँ जो करना होगा, सब कर दूँगा। लेकिन यह काम बड़ी खबरदारी से करना होगा और

मरघट तक भी अपने बड़े विश्वासी आदमियों को साथ ले जाना होगा। आप खुद रहिएगा और बाकी मेरे अपने आदमी रहेंगे। ऐसा नहीं करने से चोर नहीं पकड़ा जा सकता। और आज रात तक अगर आसामी नहीं पकड़ा जाएगा तो मामला बड़ा गहरा हो जाएगा।"

पहले तो मुरलीधर इस काम में राजी नहीं होते थे, लेकिन बहुत कुछ समझाने-बुझाने पर उन्होंने हामी भरी। गेरुआ बाबा यह कहकर विदा हुए कि थोड़ी देर में दवा लेकर आएँगे।

कुछ देर बीत जाने पर गेरुआ बाबा बग्घी करके फिर मुरलीधर के मकान पर पहुँचे। उनके हाथ में दवा देकर उसी गाड़ी पर लौट गए।

ऑफिस में पहुँचकर उन्होंने दिन की जरूरी बातें पॉकेट बुक में लिख लीं और डायरी भरकर विश्राम करने चले गए।

## -: 11 :-

सबेरा होते ही मुरलीधर के मकान पर कुहराम पड़ गया। फेंकनी भोंक फाड़कर रोने लगी। नोखा भी हाय बेटी! हाय प्यारी! करने लगी। मुरलीधर लड़की के कमरे में जाकर शोक के मारे अधीर होने लगे और घर के आदमी भी सब उदास हो पड़े। डॉक्टर बुलाए गए। उन्होंने जाँच कर देखा और कहा, "यह तो मामला खतम हो चुका है।"

उनकी बात सुनकर मुरलीधर ने रात की सब घटना बयान करते हुए कहा, "रात को डाका पड़ा था। एक डाकू मेरी प्यारी को घायल करके भाग गया है। सिर से खून बहुत देर तक जाता रहा। लेकिन तो भी ऐसी उम्मीद नहीं थी कि जान निकल जाएगी। इसी से डॉक्टर उस रात को नहीं बुलाया, लेकिन जब लड़की होश में आई, तब बहुत डरी थी। रह-रहकर चौंक उठती थी। देखा तो उतने डर की बात नहीं है। इसी से फेंकनी लौंडी को यहाँ करके हम लोग चले गए। उस समय बारह बजे थे। घंटे भर बाद आकर मैं फिर देख गया। और एक ठंडी दवा भी पिला गया था। उससे कुछ मगज ठंडा हुआ भी था। कुछ घंटे बीतने पर लौंडी ने खबर दी कि लड़की एकदम काठ की तरह पड़ी है। हिलती-डुलती तक नहीं, न साँस ही चलती है। तब आपको बुलाया है।"

डॉक्टर ने कहा, "आपके खानदानवालों का दिल बड़ा कमजोर है। यही कारण है कि यह हालत हुई है। नहीं तो कोई जख्म उतना संघातिक नहीं है। लेकिन

दिल की हरकत बंद होने ही से यह लड़की मरी है। मैं सर्टिफिकेट देता हूँ। सबेरे ही मैं कॉरोनर से मिलूँगा। आप उसकी चिंता मत कीजिए। लेकिन उस चांडाल डाकू को पकड़ने की कोशिश कीजिए। जरा दाह-कर्म में जल्दी मत कीजिएगा। कॉरोनर की रिपोर्ट होने पर संस्कार करना होगा।"

यही सब बातें समझाकर डॉक्टर चले गए।

## -: 12 :-

जिस सड़क पर मुरलीधर का मकान है, उसी के मोड़ पर एक छोटी किंतु बड़ी साफ-सुथरी तीन मंजिली अटारी चिकचिका रही है। उसी में एक स्त्री रहती है। उमर अड़तालीस पचास बरस की होगी। उनके साथ एक लौंडी और एक टहलुआ है। रंग-ढंग से जान पड़ता है कि उस स्त्री का समाज से कुछ स्नेह-नाता नहीं है। कोई उसके घर न आता है, न वह किसी के काम-प्रयोजन में जाती है। उस स्त्री के मोहल्ले में दुष्ट-बदमाशों की बस्ती नहीं है।

रात के ग्यारह बज गए हैं। वह स्त्री अपने कमरे में लौंडी के साथ बैठी महाभारत कथा पढ़ रही है। कुंती और उनके पाँचों पुत्रों की कथा चल रही है। कर्ण उनकी कन्यावस्था के पुत्र हैं। कुरुक्षेत्र के युद्ध के समय कुंती ने अपने पुत्रों को वह समाचार दिया, यही बातें हो रही थीं कि तीसरे मंजिल से चिल्लाहट सुनाई दी। लेकिन मालूम हुआ कि चिल्लाहट आदमी की नहीं है। उसके डेकरने से बड़ी घबराहट हुई। बार-बार वह चिल्लाहट सुनाई देने लगी। स्त्रियाँ चौक उठीं। जब वह स्त्री आवाज ताड़कर ऊपरवाली कोठरी में पहुँची तो देखा दरवाजे पर भोंकू लाठी लिये खड़ा है और भीतर एक भयंकर जानवर है। हाथ-पाँव आँखें सब आदमी-से हैं, मुँह बंदर से मिलता है, शरीर में देह भर रोएँ हैं और वही भोंकू की लाठी खाकर डेकर रहा है।

स्त्री, "अरे! यह तुम क्या कर रहे हो? यह कैसा भालू है? मैं घर में रहती हूँ और कुछ नहीं जानती। यह तो आदमी की आँख है दादा। इसको लेकर तुम यहाँ करते क्या हो? आज तक तुमने इसकी कुछ बात मुझसे नहीं कही। यह कैसी बात है?" क्रोध में आकर स्त्री यही कहती हुई अपने कमरे में चली गई। भोंकू भी उसके पीछे गया।

जब वह अपने कमरे में पहुँची, लौंडी को बाहर जाने का इशारा करके भोंकू भीतर गया और कहने लगा, "मालकिन।"

वह चौंककर बोली, "अरे! यहाँ तू किस वास्ते आया है ?"

हाथ जोड़कर भोंकू बोला, "जरा बैठ जाव मालकिन। कुछ बातें कहनी हैं।"

स्त्री भोंकू का भाव देखकर चौंकी। उसके चेहरे पर डाह और बदला लेने का भाव था। स्त्री बैठ गई, कुछ दूर पर भोंकू भी बैठ गया। वह बोला, "यह तो आप जानती हैं कि मैं ही मालिक हूँ और सब मेरे हाथ में है ?"

स्त्री, "रुपया-पैसा सब तुम्हारे हाथ में रहा। उसका क्या था ? मैं क्या जानती ? सब तुम्हीं जानते होगे।"

भोंकू, "आप तो जानती ही हो। गुनधर साहु मरती बार बहुत धन छोड़ गए थे। वही सब आपको मिला है ?"

स्त्री, "यही मैं जानती हूँ। और आज तक यहाँ के इस मकान का किराया वगैरह सब उसी रुपए से खर्च तुम चलाते हो, लेकिन कितना रुपया या कितने का प्रामेसरी नोट कहाँ जमा हैं और उसका सूद कितना मिलता है, यह सब मैं कुछ नहीं जानती। इतना जानती हूँ कि मरने से पहले तुम उनके पास थे। उसके बाद से बराबर यहीं हो। तुमको मैं उनका नौकर जानती हूँ। लेकिन सब रुपया-पैसा तुम्हारे हाथ है। तब नौकर काहे को, तुम तो मालिक ही हो। जब मेरा रुपया होने पर भी मेरे हाथ में कुछ नहीं है, तब मैं तो कुछ नहीं हूँ।"

भोंकू, "अच्छा! अब यह सब धन चला जाए, तो क्या आप भीख माँगती फिरोगी मालकिन ?"

स्त्री, "यह तुम क्या बकते हो भोंकू ? मैं तुम्हारी बात कुछ भी समझ नहीं सकती। तुम्हारा ढंग देखने से मुझे बड़ा डर लगता है।"

भोंकू, "मेरे हाथ में सब है, मैं जो चाहूँ, सो कर सकता हूँ।"

स्त्री, "तो जो तुम्हारे धर्म्म में आवे, सो करो, मैं क्या कहूँ ?"

भोंकू, "देखिए गुनधर साहु, जिनके साथ आप इस शहर से भाग गई थीं, वह बड़े सुंदर जवान और भले आदमी थे। काशी जाकर भी यह बड़े भलेमानुस के जामे में रहे। बड़े ठाट से उनका वहाँ चलता रहा। आप वहाँ उनकी घरनी और आपके वह पति थे। चाल-चलन जैसी अच्छी, रूप भी वैसा ही सुंदर देखने में था, लेकिन वह भीतरी बड़े भारी डाकू थे।"

स्त्री, "डाकू थे ?"

भोंकू, "हाँ, आप जो जानती थीं कि बार-बार काशी किसी काम के लिए जाते थे, लेकिन वह काशी का बहाना करके कभी काशी, कभी पटना, कभी प्रयाग या

और जगह जाकर अपने गिरोह से मिलते और डाकूपना करके माल लाते थे और उसी से अपना काम चलाते थे। मैं भी उन्हीं के गिरोह का एक डाकू हूँ। जब पिछली बार गए, तब पुलिसवालों के पंजे में पड़ गए। लेकिन पुलिसवाले उन्हें पकड़ नहीं पाए, दूर से गोली मारकर घायल किया। लेकिन उसी चोट से उनकी जान चली गई। मरती बार मुझसे गंगा-माता और विश्वनाथ की कसम देकर, आपको मेरे ही ऊपर सौंप गए। हम लोग कसम खाकर जो बात देते हैं, उसको जान रहते तक निबाहते हैं। मैंने आज तक उसका निबाह किया है। आपको तो उन्होंने मरती बार यही कहा था कि शिकार में गए थे। एक शिकारी की गोली मुझे लग गई है ?"

स्त्री, "हाँ, मुझसे तो मरती बेर यही कह गए।"

अब भोंकू की बात सुनने पर स्त्री को बड़ा डर हुआ। उसने मन में कहा, "बाप रे बाप! अभी न जाने क्या कहेगा!"

भोंकू, "यहीं आपको उन्होंने धोखा दिया। उनको गोली शिकारी की नहीं, पुलिसवाले की लगी थी।"

स्त्री, "अगर यही बात सही है, तो हम लोग का खर्च कैसे चलता है ?"

भोंकू, "सब मैं ही चला रहा हूँ और कहाँ से आता है ?"

स्त्री, "तो इतना रुपया तुम कहाँ से पाते हो ?"

भोंकू, "सब हमारा गबदू लाता है।"

स्त्री, "गबदू क्या इस वनमानुस का नाम रखा है ?"

भोंकू, "हाँ, मालकिन! यही गबदू हम लोगों का खर्च चलाता है। आपके धर्म्म-कार्य, पाठ-पूजा सबका खर्च यही जुटाता है। मैंने इसको खरीदकर सब सिखाया है। अब यह जो काम करता है, वह आदमी से हरगिज नहीं हो सकता। यह बड़ा चालाक आदमी है। हमारे इशारे पर काम करता है। कभी भूलता नहीं।"

स्त्री, "ऐं!"

भोंकू, "आपने समझा नहीं मालकिन! बात यह है कि यह गबदू एक चालाक चोर है।"

स्त्री, "चोर है ?"

भोंकू, "हाँ, जहाँ कहें इशारे पर पहुँच जाएगा, जिसको इशारा करें, उसी को ले आएगा। वह बड़े आदमियों के घर में घुसकर बहू-बेटियों के गहने चुरा लाता है। मैं सोने के गहनों को गलाकर पीटकर चौरस करके सर्राफ के यहाँ बेच देता हूँ। उनमें कोई हीरा-लाल जड़े हों, तो उनको उखाड़कर, काटकर, तराशकर, नया

करके जौहरियों के हाथ खर्च करता हूँ। इसी तरह तो दिन काटता हूँ।"

स्त्री, "तो हम लोग चोर की चोरी से अपना काम चलाते हैं!"

भोंकू, "हाँ मालकिन! असल बात तो यही है।"

स्त्री, "बस करो भोंकू! मैं ऐसे पैसे को प्रणाम करती हूँ। इससे भीख माँगना ही अच्छा है।"

इतना सुनने पर भोंकू उस घर से चुपचाप बाहर हुआ। स्त्री बहुत देर तक अपने बिछौने पर करवट बदलती रही। बहुत रात गए पर उसे नींद आई थी। इस कारण सबेरे देर से जागी। फिर लौंडी को बुलाकर गंगा नहाने गई।

स्नान करके लौटती बेर कुछ दिन चढ़ आया। रास्ते में मुरलीधर का मकान पड़ा। उस घर के सब आदमी शोक में थे। भीतर से स्त्रियों का रोना सुनाई देता था। लौंडी ने दरबान से जाकर पूछा, "क्या हुआ है ?" उसने कहा, "मालिक की लड़की प्यारी को डाकुओं ने मार डाला है।"

दरबान से लौंडी की यही बातें हो रही थीं। और मालकिन रास्ते पर खड़ी थीं। दरबान ने कहा, "इसी रात को बिचारी लड़की मर गई है। बुरी तरह से घायल कर गए थे। डॉक्टर आते-आते मर गई। वही एक लड़की थी और कोई घर में नहीं है।"

उसी समय दूसरे महल की खिड़की का परदा उठा। मुरलीधर सामने दिखाई पड़े। उनका चेहरा मलीन था।

मुरलीधर ने देखा मालिकन और लौंडी पास-ही-पास खड़ी बातें करतीं और खिड़की की ओर ताक रही हैं। मालकिन ने मन में कहा, "अरे! यह क्या दशा है ? यह तो जीते हैं।" मुरलीधर ने दोनों को देखकर परदा फिर गिरा दिया और धीरे से भीतर चले गए। ऐसा जान पड़ा कि जो कुछ उन्होंने देखा, उससे दिल पर बड़ी चोट आई।

उधर, लौंडी ने सब हाल जाकर मालकिन से कहा। डाकुओं के हाथ से प्यारी का मारा जाना सुनते ही उसके भीतर बड़ी वेदना-सी हुई।

## -: 13 :-

जासूस गेरुआ बाबा सवेरे ही उठे। उन्होंने मुरलीधर के घर जाने का ठीक किया, क्योंकि कॉरोनर की जाँच हो जाने पर लाश मिलेगी। इन सब कामों में बड़ी खबरदारी की दरकार थी। अपनी मदद के लिए उन्होंने मनलायक विश्वासी आदमी ऑफिस से चुन लिये।

जब ऑफिस से बाहर निकले तो देखा कि एक बालक हरकारा एक छोटे कदवाले आदमी के साथ सामने से आ रहा है। उस अनोखे नाटे आदमी को देखते ही गेरुआ बाबा को बाबू मूलचंद के घायल होने की बात याद आई। उनके मन में आया कि वह आदमी भी वैसा ही था, जिसने उनको घायल किया था। लेकिन जल्दी से वह ऑफिस के पास आकर उस लड़के को छोड़ दिया और आप झट चला गया। वह लड़का ऑफिस के बरांडे की ओर अलसाया हुआ धीरे-धीरे चलता था।

उन दोनों को देखकर गेरुआ बाबा वहीं टहलने लगे। उनको पहचानकर लड़के ने प्रणाम किया। गेरुआ बाबा ने लड़के से पूछा, "तुम्हारा क्या नाम है ?"

"मेरा नाम तो नगीना है।"

गेरुआ, "रहते कहाँ हो ?"

"पास ही खपरैल के मकान में रहता हूँ।"

गेरुआ, "तुम्हारे माँ-बाप हैं ?"

इतना सुनने पर उसने सिर झुका लिया। आँखों से कई बूँद आँसू निकलकर टपक पड़े। भारी आवाज से बोला, "अब तो नहीं हैं, लेकिन..."

गेरुआ, "जो आदमी साथ आया, वह तुम्हारा कौन है ?"

"मुझे मालूम नहीं।"

गेरुआ, "तुमसे वह क्या कहता था ?"

"राजी-खुशी पूछता रहा और यह भी पूछता रहा कि महीना बढ़ा या नहीं ?"

गेरुआ, "तुमसे यह बात आज ही पूछता था ?"

"नहीं, जब मिलता तब पूछता है। कभी कुछ तकलीफ होती है, तो देता भी है। जब मेरी नौकरी लगी थी, तब इसने मेरी बहुत मदद की है। इसी उम्र में मैंने बड़ी-बड़ी ठोकरें खाई हैं। बहुत जगह नौकरी की है। जान पड़ता है, नव बरस से मैं ऊपर का हूँ।"

गेरुआ, "कैसे समझा कि तुम नव बरस के हो ?"

"यही आदमी कहता है। इसी से सुना है।"

गेरुआ, "नाम जानते हो इसका ? कहाँ रहता है सो मालूम है ?"

"नाम तो जानता हूँ भोंकू है, लेकिन मालूम नहीं कहाँ रहता है। कभी-कभी आता है। फिर गायब हो जाता है।"

गेरुआ, "अच्छा अगर तुम इसका ठिकाना जाँचकर हमको बतला दो, तो हम

पाँच रुपया तुमको मिठाई खाने के वास्ते देंगे। बोलो लोगे?"

"अच्छा देखेंगे।" कहकर लड़का चला गया। गेरुआ बाबा फिर ऑफिस लौट गए। और अपने अफसर अवधेश नारायण से बात करके बाहर चले। इस बार सीधे मुरलीधर के मकान की ओर रवाना हुए।

आधी रात के समय जब गेरुआ बाबा मुरलीधर की बहन नोखा की चिट्ठी पाकर उनके मकान की ओर गए, तब उनके मकान से थोड़ी दूर पर मोड़ के पास एक मकान के सामने एक सिपाही पहरेवाले से भेंट हुई, वह उस मकान के सामने बड़ा चकित होकर देख रहा था, गेरुआ बाबा ने पूछा, "यहाँ क्यों खड़ा है?"

सिपाही, "इस मकान के ऊपरवाली कोठरी से एक अजीब चिल्लाहट आई है।"

उसकी बात सुनकर गेरुआ बाबा ने और तो कुछ नहीं पूछा, लेकिन उस मकान का खयाल करके चले गए। जब लौटे, तब उन्होंने देखा कि दो स्त्रियाँ उसमें घुस गईं। एक की आयु अधिक थी, ढंग से मालकिन जान पड़ती थी, दूसरी लौंडी। उन्होंने बगलवाले दुकानदार से पूछा, तो वह कुछ पता नहीं दे सका।

आज जब मुरलीधर के मकान पर पहुँचे, उनको उदास पाया। उन्होंने समझा कि इसकी घटना से ऐसा हुआ होगा। गेरुआ बाबा को आदर से आसन देकर बोले, "आज मैं आपसे एक बात कहना चाहता हूँ। मैंने आपके सुपरिंटेंडेंट अवधेश नारायण को खबर भेजी है। आपने आती बेर रास्ते में दो स्त्रियों को देखा है?"

गेरुआ, "हाँ, दोनों एक तीन मंजिले मकान में चली गई हैं।"

मुरलीधर, "आप फिर उनको देखें तो पहचान लेंगे?"

गेरुआ, "हाँ, मैंने खयाल करके उनको देखा है। सामने आते ही पहचान लूँगा।"

मुरलीधर ने एक फोटो देकर कहा, "अच्छा आप देखिए तो इस फोटो को?"

देखकर गेरुआ बाबा बोल उठे, "हाँ, यह उन्हीं में एक का फोटो है, जो बड़ी उम्र की है और जिसको मैं मालकिन समझता हूँ। दूसरी इसकी लौंडी है। बात इतनी ही है कि यह फोटो आजकल का नहीं, कई बरस पहले का है।"

मुरलीधर, "आप भूलते तो नहीं हैं न?"

गेरुआ, "नहीं, नहीं!"

मुरलीधर, "अच्छी बात है, सुपरिंटेंडेंट भी आते होंगे। उनसे यह बात मैं कह दूँगा। आपके कहे मुताबिक मैंने सब काम कर डाला है। देखिएगा सब आपको सँभालना होगा।"

गेरुआ, "कुछ परवाह नहीं, डॉक्टर हई हैं। मैं भी मौजूद रहूँगा"

मुरलीधर, "हाँ, ऐसा ही तो बंदोबस्त हुआ है।"

इसी समय अवधेश नारायण आ पहुँचे। उनको आदर से बैठाकर मुरलीधर ने कहा, "आपको याद होगा। कई बरस हुए, मैंने अपनी स्त्री की खोज के लिए निवेदन किया था। आज देखा तो वही स्त्री एक लौंडी के साथ नहाकर सामने से गई है।"

सुपरिंटेंडेंट ने बात सुनकर गेरुआ बाबा की ओर देखकर कहा, "मैं तो आपको यह बात पहले भी कह चुका हूँ।"

मुरलीधर, "हाँ, इन्होंने भी उन दोनों को किसी घर में घुसते देखा है।"

गेरुआ बाबा के हाँ कहने पर उनमें बातें होने लगीं फिर थोड़ी ही देर पर गेरुआ बाबा वहाँ से विदा होकर बाबू मूलचंद के यहाँ चले। रास्ते में वहाँ के अखबार का एडिटर मिला। उसको घर का नंबर और सड़क बताकर कहा, "कोई संवाददाता भेजकर खबर लीजिए, वहाँ कोई घटना हुई है।"

वहाँ से आगे बढ़ने पर वह एक जगह मेटूलाल बने और मूलचंद के मकान पर पहुँचकर नौकर को खबर दी। वहाँ से परवानगी पाते ही उनको वह भीतर ले गया। अब मूलचंद के पास बैठकर उन्होंने कहा, "आप मुझे बड़ा लापरवाह और आलसी समझते होंगे। लेकिन क्या करूँ, मैं एक जरूरी काम में फँस गया था।"

अब नरमी से मूलचंद ने कहा, "नहीं, आप ऐसा मत समझिए। जब आप तकलीफ करके आ गए हैं, तब मेरा सब काम सिद्ध ही है।"

फिर मूलचंद सच कहने लगे, "अब समझ लीजिए कि कल रात की घटना से मेरे मन में बड़ा उद्वेग है। कल जहाँ तक मैंने आपको कहा था उससे आगे कहता हूँ। जो चीज मेरे पास से उस चांडाल ने छीन ली है, वह एक जड़ाऊ हार था। सोने का बना था। हीरे, मोती, लाल, पुखराज करीने से जड़े थे। उसमें जो सबसे बड़ा हीरा बीच में था वह उसमें से उखाड़ा गया है। वह प्यारी का है, यह मैं जानता हूँ। दहेज में और गहने जो मिले थे, उसमें से उस हार को मैंने खासतौर से देखा था। आधी रात से कुछ पहले मैं यहाँ आया था। उसके बिहान ही मैं बाहर जानेवाला था। लेकिन इसी आफत में पड़कर जा नहीं सका। मैं ससुराल से लौटकर बगीचे के किनारे आता था। बाहरी फाटक खुला देखकर संदेह हुआ, क्योंकि रात बहुत जा चुकी थी। इसी कारण मैं भीतर घुसा। तब मैंने देखा तो दो चोर धीरे से रास्ते की आड़ में छिप गए। मैंने झपटकर उनको पकड़ना चाहा। दोनों दो ओर भागे। मैंने एक

का पीछा किया, जिसका मैंने पीछा किया, उसकी अनोखी चाल देखकर मैं चकित हुआ। कभी सीधा चलता, कभी हाथ धरती में रखकर चौपायों की तरह दौड़ता था। इस तरह वह तेजी से गुलाब के पेड़ों के बीच से होता हुआ भागा, उस समय मैंने सुना कि कोई आदमी झाड़ी में छिपा है और धीरे से 'गबदू, गबदू आ!' कहकर पुकार रहा है। मैं बराबर दौड़ता जाता था। जब एक ही दो फाल पर वह रह गया, तब मैंने हाथ बढ़ाकर पकड़ना चाहा। उसके हाथ में देखा, तो कोई चीज चमक रही है। उसने वह चीज धरती पर फेंक दी। मैंने उसे उठा लिया। इस अवसर में वह दूर भाग गया। पीछे मैंने बगीचे में बहुत ढूँढ़ा, लेकिन कहीं किसी का पता नहीं चला। तब मैंने वह चीज देखी तो वही हार है। मैं देखते ही पहचान गया। मैं उस घड़ी वहाँ न पहुँचता तो चोर जरूर उसे ले जाते। मैं उसी चीज को वापस देने के वास्ते गया था। किसी वजह से घर में नहीं गया। फेंकनी लौंडी को देखकर मैंने उसके हाथ में देना चाहा, उसको न जाने क्या हो गया। वह पागल की तरह चिल्लाकर भाग गई। फिर तो मुझ पर जो आफत आई, वह आप ने देखा ही होगा।"

गेरुआ, "हाँ, मैंने देखा था और उसके सिवाय और बातें भी मुझे मालूम हुई हैं। मैं आपका वह हार बहुत जल्द बरामद करूँगा। इस घड़ी एक काम के वास्ते जा रहा हूँ। फिर आपसे मिलूँगा।"

## -: 14 :-

जब गेरुआ बाबा ऑफिस से मुरलीधर के महल की ओर जाने को चले, तब लड़के को एक आदमी के साथ उन्होंने देखा था। फिर उसे छोड़कर वह दूसरे रास्ते चला गया। बालक ऑफिस की ओर आया, उससे गेरुआ बाबा की जो बातें हुईं, वह सब पाठकों को मालूम हो चुकी हैं।

जब गेरुआ बाबा और सुपरिंटेंडेंट भीतर जाकर मिले, उन्होंने कहा, "मैं अभी मुरलीधर के लड़के से बात करके आया हूँ।"

सुपरिंटेंडेंट, "ऐं! मुरलीधर का लड़का! मुझे तो यही नहीं मालूम था कि उनको लड़का है। मुझसे तो दस बारह बरस से मेलजोल है, लेकिन कुछ खबर मैं नहीं जानता कि उनको लड़का है!"

गेरुआ, "अच्छा, दस बरस से उधर की बात तो आपने सुनी है।"

सुपरिंटेंडेंट, "यह आपकी पहेली मैं नहीं समझ सकता कि क्या कह रहे हैं?"

गेरुआ, "आपने एक बार मुझसे कहा था कि नव-दस बरस हुए, मुरलीधर

की स्त्री बाहर चली गई। उसकी फिर कुछ खबर नहीं मिली। चिट्ठी में एक लड़का पैदा होने की बात उसने लिखी थी। उसी तारीख के मुताबिक वह लड़का दस-बारह बरस का होगा।"

सुपरिंटेंडेंट, "हाँ, यह बात मैंने ही आपसे कही थी। मैं मानता हूँ।"

गेरुआ, "वही एक लड़का है, इस घड़ी दस-बारह बरस का होगा। इसी शहर में है। उसका नाम इस घड़ी नगीना है। जब जरूरत हो, यह लड़का मिल सकता है।"

सुपरिंटेंडेंट, "अच्छी बात है बाबाजी! खुद मुरलीधर की चिट्ठी मौजूद है। लड़का हो या लड़की। जो कोई उसको उनके पास पहुँचाएगा, वह पाँच हजार रुपया इनाम पाएगा।"

गेरुआ, "अच्छी बात! यह तो पक्का है कि यह लड़का है। और उसका चेहरा मानो मुरलीधर का शॉर्ट एडिशन है। माँ-बाप हैं या नहीं, उसकी कुछ खबर उसको नहीं है।"

"अच्छा, आपने ऐसा लड़का देखा है, तो उस पर निगरानी रखिए।" यह कहकर अवधेश नारायण मुसकराए।

गेरुआ, "वह पास ही खपरैल के मकान में रहता है। हरकारे का काम करता है।"

अब फिर गेरुआ बाबा ऑफिस से निकलकर मुरलीधर के मकान को रवाना हुए। लेकिन रास्ते में वह लड़का मिला। उसको लिये हुए लौट आए। सुपरिंटेंडेंट ने देखा, तो उन्हीं का गुप्तचर है। "अच्छी बात है। आप जाइए, यह तो हमारी नजर ही में रहेगा।" यही कहकर गेरुआ बाबा को वहाँ से विदा कर दिया और आप उस बालक से कई बातें पूछकर इन्होंने अपना संदेह मिटा डाला और पहले जितना उसका आदर-प्यार करते थे, उससे अधिक करने लगे।

इसके बाद वह ऑफिस के कमरे में आए। तुरंत ही मुरलीधर के यहाँ से खबर आई और चट वहाँ चले गए।

वहाँ जो बातें हुईं, वह सब हम ऊपर कह आए हैं। अब मुरलीधर के मकान से चलकर अवधेश नारायण मुरलीधर की निकली हुई स्त्री देवीबाला की खोज में चले।

गेरुआ बाबा के बतलाए हुए ठिकाने से मुड़कर पहुँचकर उसी घर में घुसे। भीतर जाकर दाई! दाई! पुकारने लगे। दाई ने नीचे आकर पूछा, "का है?"

अवधेश, "तुम तो पहचानोगी नहीं। मैं आया हूँ बहुत दूर से। मालकिन से कुछ कहना है।"

लौंडी, "अभी तो नहाकर आई हैं। पूजा पर बैठी हैं। थोड़ी देर पर आना।"

अवधेश, "हमको यहाँ रहना नहीं है। दो-दो बात तो करना ही है। पूजा करती हैं, तो करती रहें, वहीं से सुन लें।"

लौंडी, "आमर! कहाँ से आए हो, जो ऐसी बात करते हो?"

अवधेश, "मैं उन्हीं से कहूँगा। यहाँ से चिल्लाना ठीक नहीं होगा।"

यह कहते हुए वह दाई की न मानकर ऊपर चले गए। जहाँ से खड़ी वह बात करती थीं, दरवाजे पर जाकर देखा, तो मालकिन पूजा पर बैठी हैं। फोटो की याद बनी ही थी। देखते ही उन्होंने पहचान लिया। कहा, "मैं देवीबाला से कुछ कहना चाहता हूँ।"

स्त्री बोली, "क्या कहना है?"

"जरा पानी तो लाओ दाई!" कहकर अवधेश नारायण ने पहले उसको विदा कर दिया। तब अकेले में वे कहने लगे, "मैं आपसे आपके लड़के की कुछ बात कहने आया हूँ।"

स्त्री, "लड़का हमारे कहाँ है?"

अवधेश, "आपके निकल आने से पहले जो लड़का पैदा हुआ था, उसी की बात मैं कह रहा हूँ।"

स्त्री, "तुम्हारी बात समझ में नहीं आती। जान पड़ता है किसी दूसरी देवीबाला की बात तुम करते हो!"

अवधेश, "देखिए, फजूल टालमटोल से काम नहीं बनेगा। मैं जासूस हूँ। आप मुरली बाबू की घरनी, नाम आपका देवीबाला है। आपकी सब बातों का मुझे पता है। नाहक गड़ा मुर्दा क्यों उखड़वाती हैं!"

यह बात सुनकर स्त्री बड़ी अकचकाई। मन में सोचने लगी। बात क्या है, उन्होंने इसके साथ मुझे बुलवाने का इरादा किया है क्या! लेकिन ऐसा भरोसा नहीं होता। मुरली घमंडी आदमी ऐसा काम नहीं करेगा। वह अपने चैन से दिन काट रहे हैं। यह काम क्यों करेंगे! इसके साथ ही अपनी दुर्दशा याद आई। जिसके मोह में पड़कर घर से निकली थी, उसका खराब स्वभाव, इस समय की हालत, भोंकू के पंजे में रहना, यह विचारकर बड़ा दुःख हुआ। निदान उनकी बातों पर कुछ भला-बुरा न कहकर बोली, "आपका मतलब क्या है?"

अवधेश, "आप जब घर से निकल गए, उसके तीन महीने पर आपने अपने संतान होने की बात लिखकर अपने मालिक को भेजी थी?"

स्त्री, "हाँ, भेजी रही।"

अवधेश, "यह भी लिखा था कि इसी संसार में कहीं उनका लड़का है। यहाँ तक कि माता को भी मालूम नहीं कि कहाँ है?"

स्त्री, "इसमें आप भूलते हैं।"

अवधेश, "अच्छी बात है, ऐसी भूल चाहते भी हैं।"

स्त्री, "नहीं, फिर भी आपने नहीं समझा। जिस लड़के की बात आप कह रहे हैं, वह तो तीन ही दिन में मर गया।"

अवधेश, "वह लड़का था या लड़की?"

स्त्री, "लड़का!"

अवधेश, "तब तो आप ही भूलती हैं?"

स्त्री, "नहीं, ऐसा नहीं हो सकता।"

अवधेश, "इतना जोर देने का कारण?"

स्त्री, "बात यह कि गुनधर की और बात में चाहे जितनी शिकायत हो, लेकिन मुझे इतना चाहते थे कि मुझे दुःख होने का भय करके उन्होंने बालक के मरने की खबर मुझे नहीं दी। उनका एक नौकर था, उसी ने खबर भेजी थी। उस समय हम लोग काशी में थे। अब सोच लीजिए कि वह कैसे जीता होगा?"

अवधेश, "अच्छा, वह नौकर कहाँ है?"

स्त्री, "यहीं है। आप चाहें तो मैं पुकार दूँ।"

अवधेश, "अच्छी बात है, बुलाओ। लेकिन इतनी दया जरूर कीजिए कि उसको पता न दीजिए। नहीं तो कुछ भी बात नहीं बतलावेगा। मैं इस परदे के अंदर जाकर छिप जाता हूँ।"

लौंडी को पुकारकर मालकिन ने पूछा, "भोंकू कहाँ है?"

"वह चोर कोठरी में है।" बात यह कि इस समय रोज वह कुछ देर उसी चोर कोठरी में रहता था। मालकिन ने अकचकाकर पूछा, "चोर कोठरी कैसी?"

लौंडी, "सीढ़ी के नीचे जो छिपी कोठरी है, उसी में रोज इस समय जाता है और ठक-ठुक करता है और तो कुछ पता नहीं है।"

मालकिन, "अच्छा, उसको मेरे पास भेजो।"

अब बुलाहट पाकर भोंकू आया। अवधेश नारायण आड़ में छिपकर सब देखने-सुनने लगे।

मालकिन, "मैंने एक बड़ी अनोखी खबर पाई है भोंकू!"

भोंकू, "कौन खबर मालकिन?"

"लड़के की खबर मिली है। मैं तो जानती थी कि दस बरस हुआ होगा, वह जन्मा और मर गया था।"

इतना सुनकर वह भोंकू चुप हो रहा। स्त्री ने पूछा, "क्या सचमुच वह मर गया था?"

भोंकू, "इतने दिन पर आज आपको क्यों संदेह हुआ मालकिन?"

मालकिन, "मुझे मालूम हुआ कि वह जीता है।"

फिर भोंकू चुप रहा। स्त्री ने पूछा, "सब बात साफ बोलकर बतलाओ भोंकू!"

भोंकू, "क्या बतलाऊँ?"

मालकिन, "यही कि वह जीता है या नहीं?"

भोंकू, "हाँ, मालकिन वह आज भी जीता है।"

मालकिन, "ऐं! तो मेरा बच्चा अभी जीता है?"

भोंकू, "हाँ, मालकिन जीता है।"

इतना सुनते ही मालकिन मानो आसमान से गिरी। वह कहने लगीं, "तो इतना ठगपन मेरे साथ क्यों किया?"

भोंकू, "अब मैं आपसे कुछ छिपाना नहीं चाहता। इतने दिन तक छिपाने की जरूरत थी। बालक अभी जीता है। बात यह थी कि आपके मालिक गुनधर बाबू उस लड़के की झंझट पसंद नहीं करते थे।"

मालकिन, "लड़के-बच्चे झंझट होते हैं?"

भोंकू, "हमको तो उन्होंने हुक्म दिया था कि इसको गला दबाकर मार डालो।"

मालकिन, "ओफ, बाप रे बाप! ऐसे हत्यारे?"

भोंकू, "मैं तो सरकार को बतला ही चुका हूँ कि वह बड़े निर्दयी और कठ-करेजी थे। लेकिन थे बड़े सुंदर, जो सरकार को मालूम ही है। मैंने उस लड़के की जान नहीं मारी। एक बुढ़िया को सौंप दिया था। उसके बाद वह खुद खत्म हो गए। उसके बाद मैं उस लड़के को यहाँ लाया। अब तक वह जीता-जागता है। बड़ा होशियार और होनहार है। मालकिन सौ-हजार में एक है। मेरी बराबर उस पर नजर है।"

उकताकर मालकिन ने पूछा, "इस घड़ी वह कहाँ है?"

भोंकू, "इसी शहर में है।"

मालकिन, "तो कहाँ है? कैसे जीता है?"

भोंकू, "एक जगह बालदूत का काम कर रहा है मालकिन।"

मालकिन, "अच्छा, उसको मेरे पास ले तो आओ।"

भोंकू, "बहुत अच्छा, मैं लाऊँगा मालकिन।"

मालकिन, "ठीक बोलो लाओगे न?"

भोंकू, "हाँ, मालकिन लाऊँगा काहे नहीं? आपका लड़का आपसे दूर रखने में मुझे क्या मिलेगा?"

"अच्छा लाना।" हुक्म सुनकर भोंकू चला गया। अब अवधेश नारायण बाहर आए। मालकिन ने पूछा, "सब सुन लिया आपने?"

अवधेश, "हाँ, सब सुना है हमने।"

मालकिन, "मैं तो बड़े अचरज में हूँ।"

अवधेश, "हाँ, अचरज में होने की तो बात ही है।"

मालकिन, "अच्छा, आप उस लड़के का क्या करेंगे?"

अवधेश, "उसके बाप के पास पहुँचा देंगे।"

मालकिन, "नहीं, आप हमको देवें। हमें कोई नहीं है।"

अवधेश, "ऐसा कैसे होगा?"

मालकिन, "काहे नहीं होगा? जरूर हमको ही देना होगा।"

अवधेश, "देखिए, आप नाराज न होना मालकिन। माँ के पास लड़के को रहने में सुख है सही, लेकिन जब वह माँ पति छोड़कर घर से निकल गई, तब लड़के का मोह करने की क्या जरूरत है? कानून तो उसे बाप ही के पास न पहुँचाएगा?"

इतना सुनने पर वह बिसूर-बिसूरकर रोने लगी। अवधेश नारायण ने कहा, "मैं आज आपके पास इसलिए आया था कि आप लड़के की सब बात जानती होंगी। और आपसे इसका पूरा पता लग जाएगा कि वह मुरलीधर ही का है। लेकिन देखते हैं, तो आपको कुछ भी खबर नहीं है। लेकिन दया-माया आपको है। आप चिंता न कीजिए। वह लड़का मेरे ही पास है। लेकिन आप जो लड़के को माँगती हैं, उसमें विचार कीजिए तो उसको बाप के यहाँ रहने में ही उसकी भलाई है। खाली लिखने ही पढ़ने का सुभीता नहीं, बल्कि मुरलीधर का वारिस उसके सिवाय दूसरा कोई नहीं है। लेकिन आपके पास रहने में बड़ी गड़बड़ी है। पहले तो आपसे किसी से कुछ नेह-नाता नहीं। फिर उसको आप अपनी सब बातें बतला भी नहीं सकतीं। और उसके बाप की सब जायदाद दूसरा कोई भोग करे, यह तो उचित नहीं है न! फिर मुरलीधर गंभीर आदमी हैं। उसको आपके कलंक की बात हरगिज नहीं कहेंगे। आप

सब नीच-ऊँच, भला-बुरा विचार कीजिए। देखिए, मैं जो कहता हूँ, उसमें भलाई है या नहीं?"

मालकिन रो-रोकर कहने लगीं, "हा भगवान! मैं अपने बेटे की भी कोई नहीं ठहरी। हाँ, संसार में मेरा रहना नहीं के बराबर है। सबकुछ होते हुए भी मेरा कुछ नहीं है। धिक्कार है, मेरी कुबुद्धि पर। हाय!" यही कहकर वह बिसूरने लगी और अवधेश नारायण वहाँ से विदा हो गए।

## -: 15 :-

जब अवधेश नारायण अपने ऑफिस में पहुँचे। देखते हैं तो गेरुआ बाबा बैठे कुछ चिंता कर रहे हैं। दो-एक बातें दोनों महाशयों में हुईं। फिर दोनों अपने-अपने आराम कमरे में चले गए।

लेटे-लेटे सुनते हैं तो सड़क से अखबार बेचनेवाला चिल्लाता जाता है, "बड़ी गजब खबर है। भयंकर डकैती! बड़े घर में खून।"

गेरुआ बाबा ने बाहर निकलकर एक कॉपी अखबार की खरीदी। उसमें देखा तो मुरलीधर के घर पर डाका पड़ने और उनकी लड़की के खून होने की खबर छपी है। प्यारी के गहने चोरी जाने का समाचार दिया हुआ है।

जिस समय गेरुआ बाबा अखबार पढ़ रहे थे, उसी समय भोंकू ने भी एक अखबार लेकर अपनी मालकिन के हाथ में पहुँचाया। वह सब समाचार पढ़कर आँसू बहाने लगीं। मन में कहने लगीं, 'मेरी लड़की की यह दशा हुई है। यहीं बैठी मैं सुन रही हूँ। कुछ कर नहीं सकती! ऐसी अभागिन! ऐसा कर्म हमारा!'

भोंकू ने खबर पढ़कर उससे और ही ढंग का स्वाद पाया। मन में कहने लगा, 'यह काम हमारे गबदू का है। उसी ने इस स्त्री का खून किया है। लेकिन इस काम से आफत आएगी। बेहतर है कि इस गबदू को अब मार-काटकर गंगा में डाल दें, जिसमें कुछ किसी को पता न लगे। लिखा है कि चोट वैसी संगीन नहीं थी, लेकिन डर के मारे दिल की हरकत बंद होने से मौत हुई है। अगर मरने से पहले उसने सब घटना बयान कर दी होगी, तब तो जासूस के मारे जेल से जान नहीं बचेगी। अब ऐसा करना चाहिए कि गबदू का किसी को कहीं कुछ पता न लगे।'

यही सब सोच-विचारकर भोंकू ने मन में ठीक किया कि कारण की जाँच के बाद एक बार फेंकनी से भेंट करके सब तय करके सब ठीक करना होगा।

उधर, अखबार में छपी खबर पढ़कर हाल जानने के लिए मुरली बाबू के

दरवाजे पर लोगों की बड़ी भीड़ हुई। कॉरनर की जाँच खत्म होने में देर नहीं लगी। काम पूरा करते ही, संस्कार करने का हुक्म देकर वह चले गए। अब भीड़ में तरह-तरह की बात होने लगी। भोंकू किनारे खड़ा सब देख-सुन रहा था।

इसी समय फेंकनी घर से बाहर आई। देखते ही भोंकू उसके पास गया। उस पर और किसी ने तो ध्यान नहीं दिया, लेकिन ऊपर खड़े गेरुआ बाबा की आँखों से वह ओट नहीं हुआ।

दोनों में कुछ देर बातें हुईं, फिर भोंकू चला गया। अकेले फेंकनी खड़ी देख रही थी, क्योंकि सुनती थी कि प्यारीबाई की लाश लोग लिये आ रहे हैं। इतने में गेरुआ बाबा ने बगल से आकर उसका हाथ पकड़ा और दूर जाते हुए भोंकू को दिखाकर पूछा, "यह आदमी कौन है ?"

वह तो अकबकाकर उनका मुँह ताकने लगी। कुछ जवाब नहीं दिया। तब उन्होंने कहा, "बोल जल्दी। नहीं तो जानती है न कि हम क्या करेंगे ?" इतना कहकर उन्होंने ऊपर का कपड़ा उतार डाला।

अब यह डरकर बोली, "उसका तो नाम भोंकू है।"

गेरुआ, "बस हो गया। यही मैं भी समझता था।"

अब मुरलीधर के पास पहुँचकर उन्होंने सावधान कर दिया कि बड़ी मुस्तैदी से लड़की की खबरदारी करें। कोई किसी तरह हटा न देवे या और कुछ न करे।

ऊपर से देह उतारने में बहुत देर लगी। रात के आठ बज गए और यह देर जान-बूझकर की गई थी। कोई आठ बजे चुने हुए कई आदमी अरथी पर लेकर चले। इस अवसर पर वहाँ किसी जरूरी काम के न होने से गेरुआ बाबा ऑफिस चले गए।

ऑफिस पहुँचकर गेरुआ बाबा ने देखा तो उस नगीना नाम के लड़के को पास बिठाकर सुपरिंटेंडेंट कुछ सोच रहे थे। फिर बोले, "तुम चिंता मत करो। हम तो तुमको आदर करते थे और प्यार से पालते थे। यह सब तुमको होनहार देखकर किया था। लेकिन अब तुमको इस तरह भटकना नहीं होगा। अब अपने पिता के पास तुमको हम पहुँचाएँगे। वह तुमको पाल-पोस और पढ़ा-लिखाकर सुशील, गुणवान लड़का बनाएँगे। अब तुमको कमी किसी बात की नहीं रहेगी।"

बालक, "तो क्या सचमुच मैं अपने पिता को देख सकूँगा ?"

सुपरिंटेंडेंट, "हाँ! हाँ!"

बालक, "वाह! तब तो बड़े आनंद की बात होगी। अच्छा वह भी मुझे पाकर सचमुच खुश होंगे!"

सुपरिंटेंडेंट, "अरे! वह बड़े कोमल चित्त के आदमी हैं। तुम्हारे वास्ते तो पागल हो रहे हैं।"

इसी समय गेरुआ बाबा आ गए थे। इससे अलग कमरे में सुपरिंटेंडेंट को बुला ले गए। वहाँ बातें होने लगीं। गेरुआ बाबा ने कहा, "अब तो मेरा काम बिल्कुल रास्ते पर आ चला है।"

सुपरिंटेंडेंट, "कौन चोरीवाला या खूनवाला?"

गेरुआ, "दोनों ही।"

सुपरिंटेंडेंट, "लेकिन आपने बड़ी जल्दी कर ली।"

गेरुआ, "गहने कहाँ हैं, सो मालूम हो चुका है और जिस चांडाल ने सुशीला की जान लेनी चाही थी, उसको भी पहचान गया हूँ।"

सुपरिंटेंडेंट, "चाही थी, लेकिन जाहिर में तो खून कर चुका!"

गेरुआ, "हाँ, वह बड़ी बातें हैं। अभी थोड़ा काम और बाकी है।"

सुपरिंटेंडेंट, "तो मेरी कुछ मदद चाहिए क्या?"

गेरुआ, "जी हाँ।"

सुपरिंटेंडेंट, "अच्छा पक्का हो चुका। अब कुछ संदेह तो नहीं है? अब बतलाइए यह बात कि कैसे पकड़ेंगे? वैसा बंदोबस्त हो।"

गेरुआ, "मेरा असामी रोड नंबर के मकान में रहता है। भोंकू उसका नाम है। वह एक वनमानुस को सिखलाकर पक्का करके लाया है। इसी से अमीरों की बहू-बेटियों के गहने-जवाहरात वगैरह चोरी करवा ले जाता है। मुरलीधर के गहनों का सुबूत मैं पा चुका हूँ। भोंकू का घर चारों ओर से घेर लेना होगा; जिससे असामी भाग न सके, क्योंकि वह इसी रात को एक बजे की गाड़ी से भागनेवाला है। ठीक काम होने से सब माल भी मिल जाने का भरोसा है। अभी वह कुछ बेच नहीं सका है। मैं सब सर्राफा को खबरदार कर चुका हूँ। इसके सिवाय यह कहीं जा भी नहीं सका है। अभी उसको पकड़ने से माल मिलेगा।"

सुपरिंटेंडेंट, "देखिए, कहीं कुछ भूल न हो।"

गेरुआ, "नहीं साहब! सब ठीक है।"

सुपरिंटेंडेंट, "लेकिन वही तो मुरलीधर की स्त्री देवीबाला का मकान है।"

गेरुआ, "हाँ, मैं भी ऐसा ही समझता हूँ।"

सुपरिंटेंडेंट, "मैंने तो भोंकू को देखा है।"

गेरुआ, "अरे! आप उस चोर को देख चुके हैं?"

सुपरिंटेंडेंट, "हाँ, मैं इस नगीना की बात इसकी माँ और भोंकू दोनों के मुँह से सुन चुका हूँ।"

गेरुआ, "अच्छा, लड़के की बात कल पर रखिए। मेरा मामला ग्यारह बजे के भीतर सब ठीक-ठाक हो जाना चाहिए।"

सुपरिंटेंडेंट, "कुछ परवाह नहीं! मैं घेराव करने को आदमी भेजता हूँ। आप अपना बाकी काम ठीक-ठाक कर लीजिए। बस मैं आधे घंटे में वहाँ जाऊँगा। वहीं गिरफ्तारी का सब सामान तैयार रखूँगा। थाने-पुलिस के सब आदमी तैनात होंगे। मैं अभी डी.एस.पी. के यहाँ जाता हूँ।"

"बहुत अच्छा।" कहकर गेरुआ बाबा चले गए।

वहाँ से मुरलीधर के मकान पर पहुँचे और भीतर जाते ही फेंकनी की बुलाहट हुई।

जब वह सामने आई, अकेले गेरुआ बाबा ने कहा, "देख फेंकनी! जो कुछ पूछता हूँ, ठीक जवाब दे, नहीं तो जानती है, तेरी क्या गति मैं करूँगा।"

वह सुनते ही घबड़ा गई। कुछ देर सहमकर बोली, "क्या पूछते हैं?"

गेरुआ, "और सब बात पूछने से पहले तुमको मैं इतना बतला देना चाहता हूँ कि वह भोंकू इसी रात को गिरफ्तार किया जाएगा। उसकी चोरी का पता लग गया है। उसका ठिकाना भी मालूम हो चुका है। अब वह भाग नहीं सकता। तुम यही ठीक बतला दो कि बबुई की चोरी के मामले में तुम क्या-क्या जानती हो? तुम इसमें बात जानती हो, यह पता लग गया है। अगर झूठ कहोगी तो जेल में ठेल दी जाओगी।"

इतना सुनते ही फेंकनी गेरुआ बाबा के पाँव पर गिर पड़ी और गिड़गिड़ाकर बोली, "मोको जेलखाना मत दीजिए। सब ठीक मो कहे देती हूँ। पहले हम लोग मेरठ में रहती रहीं। मेरा बाप डाकुओं के गोल में रहता था। मुझसे वह डाकुओं का लेने और लोभ में डालकर लोगों को लाने का काम लेते थे। एक बार वह पुलिस के हाथ में ऐसे पड़े कि भाग न सके, क्योंकि भागती बेर गोली खाकर गिर पड़े। उसी से उनकी जान चली गई। मैं पकड़कर जेलखाने भेजी गई। भोंकू ने अपने वनमानुस से मुझको वहाँ से निकाला। मैंने वैसा कुछ कसूर नहीं किया था। खाली डाकुओं ने मुझे बुलाकर काम करा लिया था। इसी से वहाँ उन लोगों ने फिर गिरफ्तार नहीं किया। तभी से मैं भोंकुआ के हाथ पड़ गई। वह कहता है न जाने उसके पास कौन कागज है, इससे हमको जब चाहे जेलखाने में डाल सकता है। मेरठ से मुझे वह यहाँ लेकर आया। मैं कई बड़े घरों में दाई थी। मेरा काम वहीं की बेटी-बहुओं के गहने कहाँ

रखे हैं, इसकी खबर भोंकू को देना। वही यह बात अपने वनमानुस को समझा देता है और वह भी ऐसा चालाक है कि समझकर सब काम कर लेता है और गहना लाकर उसको दे देता है। जिस दिन प्यारी बबुई का गहना गया था, उस दिन मैंने वनमानुस को देखा था। यह समझा था कि डराने से यह छोड़कर भाग जाएगा। मैंने एक चाबी बहू के गहनों के बॉक्स का ताला खोलने के लिए उनकी चाबी का साँचा बनवा लिया था। मैं बबुई को बहुत चाहती थी। मेरा इरादा नहीं था कि उनके गहने चोरी जाएँ, इसी से जब मैं डराई, तब बॉक्स लेकर भागने लगी। मैंने इसको पकड़कर खींचा इसी से बॉक्स खुल गया और मेरे हाथ में चोट आई। एक हाथ में तो गहना पकड़ा, लेकिन वनमानुस बड़ी ताकतवाला था, छीनकर ले भागा। उसने कई बार मुझे भोंकू के साथ देखा था। यही खैर हुई, नहीं तो मेरी भी हालत वह बबुई की कर देता। हाय मोरी बबुई! ओह चांडाल के हाथ से तुमको मरना लिखा रहा।"

गेरुआ, "अच्छा एक हीरा तुम्हारे घर में कैसे गया?"

फेंकनी, "मोहूँ हैरान हूँ, जान पड़ता है खींचा-खींची में कहीं मोरे कपड़े में रहा। बस साथ चला गया। मोको कुछ खबर नहीं।"

अब गेरुआ बाबा फेंकनी को लेकर ऑफिस चले। वह डरने लगी, लेकिन बाबा ने कहा, "अगर तुमने सच कहा है, तो डरने की कुछ बात नहीं।" ऑफिस से सब लोग देवीबाला के मकान को चले। वहाँ देखा तो पुलिस उस घर को घेरकर बैठी है। कोई किसी ओर भाग नहीं सकता। सुपरिंटेंडेंट अवधेश नारायण ने पूछा, "कुछ नई बात है?" उसने जवाब दिया, "जी नहीं। कुछ नई नहीं है। दो गाड़ीवान भीतर आए थे, वे चले गए हैं।"

गेरुआ, "हम लोग गाड़ी आने से पहले के आए हुए हैं।"

धक्का देते ही दरवाजा खुला। भीतर से एक ने कहा, "गाड़ी कहाँ है?" फिर एक गुट भीतर घुसा। बरांडों में सब सामान धरा तैयार मिला। सफर की तैयारी है। जान पड़ता है, फेंकनी से भोंकू ने सुना था कि वनमानुस ने प्यारी को घायल किया और प्यारी ने जासूस को कह दिया है। इसी से इतनी जल्दी भागने की तैयारी हुई है।

गेरुआ ने पूछा, "वह नौकर भोंकू कहाँ है?"

लौंडी ने कहा, "कौन जाने आज संझा के कहाँ गया है! कह गया है कि आज नहीं आएगा।"

अच्छी तरह ढूँढ़ने पर भी कहीं भोंकू का पता नहीं चला। जब सब थक गए, तब अवधेश नारायण ने कहा, "चलो चोर कोठरी में देखें, उसमें जरूर मिलेगा।"

गेरुआ, "ऐसा क्यों आप समझते हैं ?"

सुपरिंटेंडेंट, "जब मैं देवीबाला से मिलने आया था। तभी पता लगा कि उसमें रहता है।"

अब गेरुआ बाबा और अवधेश नारायण कई आदमियों के साथ चोर कोठरी की खोज में जीने से उतरे, तो किवाड़ की फाँक में जरा रोशनी आ रही थी। भीतर देखते हैं तो उसमें पुरजे हैं, एक शीशी में दवा भी रखी है और कई तरह की दवा शीशियों में धरी है। भोंकू चूल्हे के पास पिछौड़ बैठा है। यह देखकर वे बड़े खुश हुए। लेकिन भोंकू ऐसा तन्मय होकर काम करता था कि उसको कुछ खबर नहीं हुई, जब तक गेरुआ बाबा ने यह नहीं कहा, "अब तो पिंजड़े में आ गए।"

जब उसने देखा, गरजकर बोला, "ओहो! तुम लोग हो! कुछ परवा नहीं।" एक ही लात में रोशनी बुझाकर बोला, "मुझे अब भी नहीं पाओगे।"

भोंकू ने समझा था कि अँधेरे में धक्का देकर निकल जाएँगे, लेकिन रोशनी बुझते ही अवधेश नारायण और गेरुआ बाबा के जासूसी लैंप जगमगा उठे। अब देखा तो उजियाले में खड़ा है। कहीं भागने का उपाय नहीं।

उसने देखा तो हाथों में दो ओर से दो पिस्तौल की नाल उसकी खोपड़ी ताक रही है।

कुछ परवाह नहीं की और गरजकर पूछा, "क्या कहते हो ?" जवाब मिला, "बस हथकड़ी में बँध जाए।" उसने कहा, "ऐसा मैं न करूँगा।"

यही कहकर तेजी से उसने एक पिस्तौल की नाल मुँह में करके लबलबी दबा दी। खोपड़ी उड़ी और वह गिर गया। देखा तो उसी घर में एक ओर मुरलीधर के सब गहने पड़े हैं।

शोर सुनकर मालकिन नीचे आईं। गेरुआ बाबा ने पूछा, "क्या हाल है ?"

मालूम हुआ कि काशी जाने की तैयारी थी।

गेरुआ, "आपको मालूम है, हम लोग यहाँ क्यों आए हैं ?"

मालकिन, "नहीं, मैं तो नहीं जानती।"

गेरुआ, "हम लोग उस आदमी को गिरफ्तार करने आए हैं, जिसने मुरली बाबू के गहने चुराए हैं।"

मालकिन, "मेरे घर में चोर है ?"

गेरुआ, "हाँ, और चोर को देखा भी है। गहने भी मिल गए हैं। लेकिन चोर बड़ा तेजीवाला है। उसने अपने को आप ही मार डाला। आप भी इसमें शामिल हैं।"

मालकिन, "मैं भी?"

गेरुआ, "जी हाँ, यह चोर आपका नौकर है, नाम है भोंकू।"

मालकिन, "वह भोंकू मेरा नौकर होने पर भी, वह चोर है। यह मैं कैसे जान सकती हूँ?"

उसका भाव ऐसा दिखाई दिया कि वे ठीक विचार नहीं कर सके कि वह इसमें है या नहीं।

गेरुआ बाबा एक थैली में सब गहने उठाकर ले गए। पहले मरघट की खबर मँगाई। मालूम हुआ कि मुरलीधर अभी वहाँ नहीं पहुँचे हैं। झट उनके मकान पर पहुँचे। देखा तो बाप-बेटी बैठे बातें कर रहे हैं।

गेरुआ बाबा ने सब गहने मुरली बाबू के सामने रखे। अब दोनों की खुशी का ठिकाना नहीं रहा। उनको दिए गए वचन के अनुसार उन्होंने पारितोषिक दिया। अब गेरुआ बाबा का यश भी बहुत बढ़ गया।

अब प्यारी का हाल संक्षेप में कह देना जरूरी है। गेरुआ बाबा ने चोर की आँख में धूल डालने की गरज से एक दवा प्यारी को पिला दी थी। इससे आदमी कई घंटे ऐसा ही हो जाता है कि बड़ा प्रवीण वैद्य डॉक्टर भी पहचान नहीं सकता कि मरा है या बेहोश है। उसी से प्यारी बेहोश थी। बाकी बातें पहले ही कही जा चुकी हैं। उनका मतलब यही था कि चोर समझेगा कि गबदू के घाव से ही प्यारी बेहोश थी और मर गई। फिर होश में नहीं आई, न पता चला कि किसने क्या किया? लेकिन अखबार में जैसा बयान छपा था, उसकी ध्वनि से चोर ने ताड़ लिया कि उतनी संगीन चोट न होने पर भी जब वह मर गई, तब दाल में कुछ काला जरूर है। उसी से भोंकू ने जल्दी-जल्दी भागने की तैयारी की थी। जब सामान बोरिया-बिस्तर बँधना तैयार कर लिया, गेरुआ बाबा ने जाँच कर ठीक निशाना दाग दिया और चोर गिरफ्तार हो गया। उसके गिरफ्तार होने की खबर पाते ही मुरलीधर लड़की को ऊपर ले गए और उसके बाद वह होश में आई।

अब प्यारी के मन में यही दुःख हुआ कि नाहक उस दिन संदेह करके स्वामी को अपराधी समझ दुर्भाव दिखाकर चिट्ठी लिखी। इसके लिए भीतर बड़ी वेदना-सी हुई। जब सुना कि वनमानुस के हाथ से गिरा गहना पाकर स्वामी देने आए थे और उसी अवसर पर डाकू ने उन पर चोट की, तब प्यारी की तकलीफ का कोई किनारा न रहा। मुरलीधर सबेरे उठते ही दामाद से जाकर मिले और उन्होंने मूलचंद के आराम होने की बात लौटकर कन्या को सुनाई।

फिर निरोग होने पर वह बड़े आदर से ससुराल में पधराए गए। दोनों ओर से बीती घटना कहकर अपना-अपना दुःख दूर किया गया। अंत में सबको सुख हुआ, जिसका परिणाम अच्छा हो, वही अच्छा होता है।

चोर गिरफ्तार होने के दूसरे दिन मुरलीधर बाबू के घर सुपरिंटेंडेंट अवधेश नारायण पहुँचे और उनके बेटे का पता मिलने की बात उन्होंने कही। अब मुरलीधर की खुशी का ठिकाना नहीं रहा। उन्होंने बड़ी प्रसन्नता से इनाम देकर अपना वचन पूरा किया। सुपरिंटेंडेंट ने इनाम लेकर उसमें से गेरुआ बाबा को भी दिया और शेष सेवा समिति के स्थायी कोष में डाल दिया। बालक को धीरे-धीरे अपना दिन फिरने का अनुभव हुआ। वह योग्य शिक्षक के हाथ सौंपा गया। उसकी बुद्धि तीक्ष्ण थी। बड़ी तेजी से पढ़ने और बढ़ने लगा।

फेंकनी ने भोंकू के हाथ में पड़कर ही सब किया था। उसका प्रायश्चित्त करने के लिए अपने को सबसे छिपाकर रखा। वह स्वामी के पास जीते ही मर गई थी। बेटा-बेटी के लिए भी मर चुकी थी। जिनसे आदर पाकर माता को आदर होता है, उस सुख से भी वंचित रही। मालकिन भी स्वामी की धन-संपत्ति के उपभोग से दूर होकर एक कोने में दिन बिताती रही।

महानुभाव मुरलीधर बेटा-बेटी को लेकर सुख से दिन काटने लगे। बेटे की उम्र होने पर ब्याह कर दिया। प्यारी घर जाकर मूलचंद के घर की गृहिणी हुई। मुरलीधर बाबू का घर नगीना के रूप-गुण और गृहलक्ष्मी पतोहू के आने से जगमगा उठा। दोनों ओर सुख-संपत्ति विराजने लगी। भगवान् ने उनका दिन फेरा, वैसे सबका फेरे।

इति।

□

# बहराम की बहादुरी

जब हम महाराजा बिलासपुर (शिमला हिलस्टेट) के साथ रामेश्वरम् स्टेशन से धनुषकोटि पहुँचकर कोलंबो के लिए डुपलेक्स जहाज पर सवार हुए तब स्टीमर की रवानगी का भोंपा बजा, उससे कई मिनट पहले हम सब साथियों ने समुद्र का जल माथे चढ़ाकर प्रणाम किया। यह हिंद महासागर हम लोगों का प्राचीन तीर्थ है और लौटती बार न जाने किस रास्ते आएँ, इसका कुछ ठिकाना नहीं है। इस कारण सामने आए हुए अवसर को छोड़ना नहीं चाहिए।

बातें यों है कि राजा बिलासपुर महाराजा सर विजयचंद बहादुर के सी.आई. डी. हर साल समुद्र में दो-चार सप्ताह सैर करने जाते थे। सन् 1907 से हर साल हमको भी अपने साथ ले लिया करते थे। 'भारत जीवन' के संपादक और अध्यक्ष बाबू रामकृष्ण वर्मा ने मुझसे राजा साहब का परिचय सन् 1906 में करा दिया था। उस साल राजा साहब बजरों पर सवार होकर हरिहर क्षेत्र का मेला देखने के लिए काशी से कार्तिक शुक्ल परिवा को रवाना हुए थे। रास्ते में गहमर पड़ा। गंगा तट पर ठहरकर वहीं उन्होंने उस दिन का भोजन किया। राजा साहब यात्रा में रसोई विभाग के सब कर्मचारियों को सदा रखते थे। चार रसोई बनानेवाले, एक रसोई का दरोगा, एक रसोई का सामानवाला और चार पहरेदार साथ रहते थे। खजांची टहलुओं और अन्य सेवक अलग सब मिलकर पचास आदमी थे। राजा साहब ने गहमर नाम सुनकर जासूस की याद की। और रामकृष्ण ने मेरे झोंपड़े पर सिपाही भेजा।

मैं जासूस के लिए झोंपड़े पर बैठा हुआ लिख रहा था। सिपाही ने सामने पहुँचकर कहा, "राजा बिलासपुर आपको याद कर रहे हैं।" मैंने पूछा, "कहाँ हैं?" उसने कहा, "तत्पर पधारे हैं।"

मैं तुरंत उसके साथ ही शिवाला घाट पहुँचा, वहीं वर्माजी ने मुझसे उसका परिचय कराया। उसी साल दिसंबर में बाबू रामकृष्ण का देहांत हो गया। हर साल

राजा साहब नवंबर से जनवरी तक भारत के विभिन्न तीर्थों की यात्रा करते थे। सन् 1914 में राजा साहब ने लंका की यात्रा की तैयारी की। दूसरी यात्रा में धनुषकोटि से हम लोग कोलंबो के लिए रवाना हुए।

हम लोगों की यात्रा रामेश्वरम् स्टेशन से हुई थी। वहाँ से धनुषकोटि पर गए थे। धनुषकोटि का वर्णन वहाँ वालों ने यों बताया कि भगवान् रामचंद्र जब लंका विजय करके लौटे, पुल से जो समुद्र पर नल-नील द्वारा आदि बनाया गया था, उसे धनुष के धमके से तोड़ दिया गया। उसी स्थान का नाम धनुषकोटि है।

उसी धनुषकोटि से हम लोग 'डुपलेक्स' स्टीमर पर सवार होकर लंका के लिए रवाना हुए। रवानगी का भोंपा बजने से पहले ही हम लोगों ने रत्नाकर का निर्मल नीर माथे चढ़ा लिया था। यह हिंद महासागर हम लोगों का प्राचीन तीर्थ है—लंका दहन के बाद जब हनुमानजी अपनी पूँछ बुझाने के लिए एक कुंड में कूद पड़े थे, वहीं पूँछ बुझाकर तब सीता के यहाँ विदा माँगने अशोक वाटिका में गए थे।

लेकिन हम लोगों का 'डुपलेक्स' स्टीमर बीस ही पच्चीस मील आगे गया होगा कि पीछे से एक मोटर डोंगी तीर की तरह सीधी आती हुई दिखाई पड़ी। उस पर जो झंडियों का कुछ इशारा हुआ, उसके परिणामस्वरूप 'डुपलेक्स' समुद्र में खड़ा हो गया। जब मोटरबोट पास पहुँची, तब पेंडी लगा दी गई। डोंगी पर से हथियारबंद पुलिस इंस्पेक्टर उतरकर स्टीमर पर आ गए। एक ने स्टीमर के कप्तान से कान में कुछ कहा। कप्तान साहब भकभकाकर इंस्पेक्टर की ओर देखने और उसके हाथ का पिस्टल टटोलने लगे।

इंस्पेक्टर ने कहा, "आप स्टीमर छोड़िए। हम लोग कोलंबो तक चलेंगे। यहाँ रोकने की कुछ जरूरत नहीं है।"

कप्तान, "लेकिन हमको तो उसका कुछ पता नहीं है। उसकी हुलिया भी मिली है?"

"हमको मद्रास पुलिस कमिश्नर का टेलीग्राफ मिला है कि बहरामजी डुपलेक्स स्टीमर पर माना हुआ है, अपना नाम उसने बदल दिया है, और मुहम्मद कासिम अली के नाम से कोलंबो फोर्ट के बंबई होटल का मालिक बना है। पहले दरजे का टिकट लिया है। रंग गोरा, कद का कुछ लंबा, छोटी गरदन, आँखें उज्ज्वल, बदन पर अचकन और पाजामा, माथे पर खोजों की पगड़ी, पाँव में सलीमशाही, लाल जोड़ा है, कंधे पर उसके जख्म है, साथ में नौकर-चाकर कोई नहीं, अकेला है।"

यह बात कप्तान साहब और पुलिस इंस्पेक्टर में बहुत धीरे हुई, लेकिन थोड़ी

देर में सब यात्रियों को इसकी खबर लग गई। सुनते ही सबका कलेजा काँप गया।

जिस बहराम के डर से बंबई भर के धनी-मानी थर्राते हैं, कभी जवान, कभी बूढ़ा, कभी साहब, कभी डॉक्टर बनकर, कभी भोजपुरी लटैन होकर, कभी मराठा का रूप लेकर जो लोगों का माल मारा करता है, जिसकी गिरफ्तारी के लिए मध्य प्रदेश के सुप्रसिद्ध जासूस मुहम्मद सरवर भी खासतौर से तैनात हुए हैं, वही बहराम आज इस जहाज पर सवार है। सुनते ही सबकी धोती ढीली हो पड़ी। लोगों के पाजामे-पतलून पसीज गए।

बात बड़े आश्चर्य की है। बहराम तो अकेला कुछ सहस्त्रबाहु तो है नहीं न, पुराने जमाने का भीम है, फिर वह धरती पर भी नहीं है कि भाग सके। एक थोड़े से लंबे-चौड़े जहाज पर मानो नजरबंद है। तो भी इस देश के लोगों की कमजोरी का क्या कहना कि उस स्टीमर पर जितने महाराष्ट्र, तामिल, हिंदू, मुसलमान, क्रिस्तान थे सब थर्रा उठे। सब पर मानो उसका जज्बा आ गया।

दशा तो सचमुच ऐसी ही है। वह भारत है भी इसी दशा में। किसी के पास बचने का कोई हथियार नहीं है। अगर कोई हथियारबंद या एक भी प्रबल शत्रु हिंदुस्तान के किसी के घर में आ जाए तो उसका पाँव पकड़कर गिड़गिड़ाने और हाथ जोड़ने के सिवाय और कोई उपाय ही नहीं है। तब इस तरह एक डाकू का जहाज पर आना सुनकर सब पर कँपकँपी का आना कुछ आश्चर्य तो है नहीं ।

पहले दरजे में पेड़ा साहब नाम के एक अँगरेज सयाने थे। यह लंका के गवर्नर के दफ्तर में काम करते थे। साथ में अठारह-उन्नीस वर्ष की एक लड़की मिस एलिस थी। साहब हिंदुस्तान की सैर करके तूतोकेगरिन होकर गए थे। घूम-घामकर मद्रास से कोलंबो लौट रहे थे। उनसे मेरी मुलाकात मद्रास के एक मोर स्टेशन पर वेटिंगरूम में हुई थी। उनकी कन्या एलिस के साथ मैं मद्रास से ही हुआ था। मेरा उसका कोर्टशिप भी शुरू हो गया था।

एलिस ने मुझसे कहा, "क्यों मिस्टर नेल! बहराम इस स्टीमर पर है, तब तो बड़ी आफत की बात है, लेकिन तसल्ली की बात यह है कि वह गिरफ्तार हो गया।"

मैंने कहा, "अच्छा चलो देखें, लेकिन सुनते हैं वह बहराम है बड़ा धूर्त। मैं नहीं कह सकता, वह कैसे पकड़ा जा सकेगा!"

एलिस, "लेकिन वह तो इस स्टीमर में बंद सा हो चुका है। अब गिरफ्तार नहीं होगा तो जाएगा कहाँ?"

अब जहाज के कप्तान पहले दरजे के यात्रियों की हाजिरी लेने पहुँचे, थे ही वे उँगलियों पर गिन लेने लायक। बारी-बारी से पुकार होने लगी और साथ में इंस्पेक्टर खड़े सबका चेहरा देखने लगे।

मैं जब एलिस के साथ पहुँचा, तब उन्होंने पुकारा—'मिस्टर टेलर!' हाजिर कहकर टेलर सामने आए। एक आदमी ने उनको पहचाना। कप्तान ने पुकारा—मेजर वाटलिंग! अब वाटलिंग सामने आए, एक ने आवाज दी मेरे काका हैं।

कप्तान ने पुकारा, "सोराब!"

एलिस बोली, "सोराब तो गोरा नहीं है।"

इनमें तो कोई बहराम नहीं है। किसी के साथ उसका हुलिया नहीं मिला।

जो लोग अकेले थे, जिसके साथ और कोई या परिवार नहीं था, उनको भी देखा-जाँचा गया। एक आदमी और बाकी रहे। वह कोने में खड़े थे, उनका नाम पुकारा गया—मिस्टर मुहम्मद! मिस्टर मुहम्मद कोने से निकलकर सामने आए। सबने देखा। उनका गोरा रंग, आँखें उज्ज्वल, कोतह गरदन है, पोशाक अचकन नहीं, कोट-पतलून है। पुलिस इंस्पेक्टर ने पूछा, "अच्छा मिस्टर मुहम्मद को कौन पहचानता है?"

किसी ने कुछ जवाब नहीं दिया।

अब तो इंस्पेक्टर का संदेह बढ़ा। उन्होंने पूछा—

"आप तो मुसलमान हैं न?"

मुहम्मद सरवर, "जी हाँ। मुसलमान होना तो कोई पाप नहीं।"

इंस्पेक्टर, "आपका पूरा नाम?"

"पूरा नाम है, दीन मुहम्मद कासिम अली।"

इंस्पेक्टर, "बहराम मुहम्मद नाम बताकर इस स्टीमर पर सवार हुआ। अच्छा आपके कंधे पर कोई जख्म है?"

बिगड़कर उन्होंने कोट उतार दिया। देखा गया तो कंधे के पास पीठ में जख्म है। अब सबको विश्वास हो गया कि बहरामजी यही हैं।

अब इंस्पेक्टर उनको साथ लिये हुए कप्तान के केबिन में पहुँचे। इसी समय बीबी रास साहिबा वहाँ हाँफती हुई आईं। बोलीं, "अरे मेरा सर्वनाश हो गया! मेरे नेकलेस के हीरे और याकूत-पुखराज सब किसी ने निकाल लिये हैं।"

अब हम सब लोग मिसेस रास के केबिन की ओर दौड़ पड़े। वहाँ देखा तो नेकलेस पड़ा है। हीरे-जवाहरात सब निकाल लिये गए हैं।

बड़े आश्चर्य की बात है कि बीबी रास के केबिन से बराबर यात्रियों का आना-जाना हो रहा है।

वह नेकलेस गहने के बॉक्स में था, जो कपड़ों की तह में था। बहुत थोड़ी देर के लिए मिसेस रास वहाँ से हटी थीं। इतने में ही वह सब माल हीरे-जवाहरात कैसे निकाल लिये गए। इनका कुछ भी पता नहीं चला।

सब लोग कहने लगे, यह काम उसी बहराम का है। दूसरे से ऐसी सफाई हो ही नहीं सकती। यह काम बड़े पक्के चोर का है।

सब लोग घंटी की आवाज सुनकर दस्तरखान पर पहुँचे, तब मालूम हुआ कि मिस्टर मुहम्मद गिरफ्तार कर लिये गए हैं। अब सब लोग बहुत डरे, लोगों में यह बात होने लगी कि बहराम किसी का कीमती माल नहीं छोड़ेगा।

मैं एलिस के साथ डेक पर चहलकदमी कर रहा था। चाँदनी छिटकी थी। चाँदनी में जहाज की मनोहर छवि निहार रहा था। हम दोनों में खुलकर बातें हो रही थीं। जब सवेरा होने को आया तो देखा मिस्टर मुहम्मद टहल रहे हैं। मालूम हुआ कि सब बातों का उचित और विश्वास योग्य जवाब देकर पुलिस के हाथ से छूट गए हैं। अब सबको यह चिंता बढ़ी कि बहराम है कौन?

पुलिस ने दीन मोहम्मद को छोड़ तो दिया, लेकिन अभी बहुतों के मन में पहला विश्वास जमकर बैठा था। एलिस ने कहा, "देखो यह मिस्टर मुहम्मद गोरा है। अकेला है। कंधे पर जख्म है। छोटी गरदन है। जरूर यही बहराम है। सब हुलिया इसी से मिलता है। नहीं तो दूसरा कौन बहराम हो सकता है? लेकिन है यह बड़ा जादूगर। नहीं तो भला इस तरह सफाई से इतनी जल्दी इतना काम कर लेना दूसरे से कहाँ हो सकता है?"

हम लोग कई संगी-साथी खड़े यही बात कर रहे थे कि मिस्टर मुहम्मद लोगों की ओर आए। इस समय एलिस और मिसेज रास हटकर यहाँ से सरक गईं। थोड़ी देर पर उस जहाज में एक विज्ञापन घुमाया गया कि जो आदमी बहराम को पकड़ेगा उसको पाँच सौ रुपया इनाम दिया जाएगा। मिस्टर मुहम्मद ने कप्तान से कहा, "अगर बहराम को पकड़ने में कोई मदद नहीं देगा तो मैं खुद उस पाजी से लड़ूँगा। ऐसी बदमाशी मुझसे सही नहीं जाएगी।"

यात्रियों ने ताने से कहा, "क्या खूब? बहराम पर बहराम! डाकू पर डाकू!"

उसी दिन से मिस्टर मुहम्मद स्टीमर का कोना-कोना ढूँढ़ने लगे।

नाविकों से पूछने लगे। यात्रियों से जाँच करने लगे। रात-दिन छाया की तरह

घूमते रहे, लेकिन बहरामजी या चोरी की गई चीजों का कुछ भी पता नहीं लगा। कप्तान ने भी स्टीमर भर ढूँढ़वा डाला। दोनों पुलिस इंस्पेक्टरों ने भी बड़ी कोशिश की, लेकिन कुछ भी पता नहीं चला। सब मेहनत बेकार गई।

एलिस ने कहा, "अगर अच्छी तरह ढूँढ़ खोज की जाए तो जरूर चीजें मिल जाएँगी। वह हजार चालाक है तो क्या, जवाहरात कहीं फेंक देगा थोड़े! जरूर कहीं इसी स्टीमर पर छिपा रखा है।"

मैंने कहा, "छिपा रखा है जरूर! लेकिन देखना यह चाहिए कि रखने की जगह कहाँ-कहाँ है? जहाज को ढूँढ़ डालना तो अनहोनी बात है। जैसे मान लो कि हमीं बहराम हैं तो इसी अपने बैग में तो वह हीरे-पत्थर छिपा सकता है, उसका छिपाना कौन कठिन है? उन चीजों की बिसात ही क्या है?"

एलिस, "मैं सुनती हूँ, चोर-खूनी अपना काम कितनी ही सफाई से करें, अपने पीछे कुछ-न-कुछ छोड़ जाते हैं, जिससे जासूस लोग उनको पकड़ने के लिए सूझ निकालकर उन्हें गिरफ्तार कर ही लेते हैं।"

"हाँ, लेकिन बहरामजी तो कुछ रख नहीं गया! क्यों?"

"बात यह है कि बहरामजी अव्वल दरजे का उस्ताद है। वह चोरी करने के साथ ही इस बात का ध्यान रखता है कि पीछे उसको कोई पकड़ न सके। इसी चालाकी से तो वह अब तक पकड़ा नहीं गया!"

एलिस, "तो तुम्हारे कहने का मतलब है कि वह पकड़ा नहीं जाएगा, न चोरी की गई हुई चीजें मिलेंगी, क्यों?"

"मैं तो ऐसा ही समझता हूँ।"

अंत में मेरा ही कहना सत्य हुआ। बहुत कुछ खाक छानने पर भी बहरामजी का कहीं पता नहीं लगा। न चोरी किए हुए माल की कुछ खबर मिली।

दूसरे दिन सूरज उगते ही मालूम हुआ कि कप्तान साहब की सोने की घड़ी नहीं मिलती। अब तो कप्तान के मिजाज का पारा बहुत ऊँचे चढ़ गया। वह बड़ी सरगर्मी से अपनी घड़ी की खोज करने लगे। उन्होंने मिस्टर मुहम्मद पर बड़ी कड़ी नजर रखी।

उसके दूसरे दिन जब सबेरा हुआ, असिस्टेंट कप्तान की जेब में वह घड़ी पाई गई। लोगों में बड़ी ही दिल्लगी की लहर आई। बहराम बड़े मजाक का डाकू है। किसी की उसको कुछ परवाह नहीं है, जब चाहा, तब माल मारा, जब चाहा, तब लौटा दिया।

मिसेज रास ने कहा, "मिस्टर मुहम्मद उर्फ बहराम तो बड़ा भयंकर आदमी है। माल चुराकर पकड़ने का इश्तिहार जारी करता है। चोरी करके भी तमाशा देखने के लिए उसको लौटा देता है। ऐसा जबरदस्त चोर कौन होगा ?"

कोलंबो पहुँचने से एक दिन पहले रात में एक नाविक डेक पर पहरा देता था। इसी समय एक ओर से किसी की चिल्लाहट सुनाई दी, वहाँ अँधेरा था। नाविक ने देखा तो एक आदमी पड़ा हुआ, हाय-बाप मचाए है। कभी-कभी जोर से चिल्ला उठता है। उसके सिर पर शॉल लिपटी है। हाथ-पाँव रस्सी से कसकर बँधे हैं। नाविक ने उसके बंधन खोल दिए। वह जब उठ खड़ा हुआ तो देखा मिस्टर मुहम्मद हैं। जब उनका मिजाज ठिकाने हुआ, तब उन्होंने बयान किया—

"मैं चोर की खोज में लगा था। इसी समय किसी ने पीछे से आकर मेरा सिर कपड़े से ढककर बाँध दिया और मुँह ऐसा कर दिया कि मैं बोल नहीं सका। जब वह चला गया, तब मुँह ढीला पाकर चिल्लाया हूँ।"

देखा तो मुहम्मद के कपड़े में एक कागज पिन किया हुआ है। उसको पढ़ा गया तो यों लिखा था—

'बहराम मिस्टर मुहम्मद का 500 रुपए लेकर उनका धन्यवाद करता हूँ।'

मिस्टर मुहम्मद ने देखा तो सचमुच उनके नोटों में से 500 रुपए के नोट गायब हैं।

अब इस घटना के बाद किसी को मिस्टर मुहम्मद को बहराम कहने का साहस नहीं हो सकता। लेकिन यात्रियों में इतना विवेक-विचार कहाँ! सब कहने लगे कि यही मुहम्मद चोर है। वही सब चालाकी चल रहा है।

लेकिन फिर भी समझदारों के मन में यह बात आई कि कोई आदमी अपने को इस तरह जकड़कर बाँधे, हो ही नहीं सकता। अब सब यात्री डर के मारे काँपने लगे। बड़े संकट का सामना है। जो सामने नहीं, जिसका कुछ पता नहीं, उसका कौन सामना करेगा। अगर यह जाहिर हो जाए कि अमुक आदमी बहराम है, तब तो सब उससे खबरदार हो सकते थे या उसके मुकाबले में आते। नहीं मालूम इतने आदमियों में कौन बहराम है। क्या जाने यह मेरे मित्र ही बहराम हों। मैं खुद भी बहराम हो सकता हूँ। एक-दूसरे का विश्वास कैसे कोई करे।

अब यात्रियों में संध्या के बाद किसी को बाहर निकलने की हिम्मत नहीं होती। दिन को भी सब मन में डरने लगे कि क्या जाने किस पर किस ओर से कौन आफत आ पड़े।

सब लोग घड़ी-घड़ी आफत के कगार पर तैयार समझकर भीतर-ही-भीतर सुकड़कर सोंठ होने लगे। एक आदमी के उसने जवाहरात चुराए, दूसरे को जकड़कर बाँधा और 500 रुपए के नोट उड़ा लिये। कप्तान की घड़ी लेकर लौटा दी। अब न जाने किसकी जान ले ले। अब सब यात्री डर गए। नाविक, कप्तान सब पर जज्बा आ गया। सबमें हड़कंप होने लगा। अंतिम दिन जब कोलंबो पहुँचना था, सबके चेहरे पर हवाइयाँ छूट रही थीं।

लंका की राजधानी कोलंबो बंदरगाह दूर से दिखाई देने लगा। अब मन में भरोसा हुआ कि वहाँ वह चांडाल जरूर पकड़ा जाएगा। तब पता लग जाएगा कि कौन बहरामजी है। कहीं जरूर वेश बदलकर हम लोगों में ही छिपा है।

जब स्टीमर बंदरगाह में जा पहुँचा, मिलिटरी पुलिस के कई आदमी आ चढ़े। उन्होंने भी कहा, "इस स्टीमर पर बहरामजी डकैत सवार है। सब आदमी एक-एक कर उतर जाएँ।"

देखा तो बंदरगाह का प्लेटफॉर्म हथियारबंद पुलिस से भरा है। मैंने एलिस को पुकारकर कहा, "देखा, बहराम की अगवानी किस ठाठ से हो रही है!"

एलिस, "हाँ तैयारी तो हुई है लेकिन अगर वह हम लोगों से पहले ही यहाँ आ डटा हो तो भी आश्चर्य है।"

मैं एलिस की बात पर चौंक उठा। कहा, "देखो प्यारी! वह जो बूढ़ा आदमी है, जिसकी वर्दी पर पुलिस लाल मखमल से टाँका गया है, वह जो पुलिस बोट पर खड़ा है।"

एलिस, "हाँ, वही न जो काला छाता लिये है!"

"हाँ-हाँ! पहचानती हो वह कौन है? एलिस न।"

मिस्टर टेलर, मेजर वालटिंग, मिस्टर सोराब। सब बारी-बारी से उतर गए। उनके बाद मिस्टर मुहम्मद उतरने लगे, एलिस बोल उठी, "क्यों मिस्टर वेल! मैं तो समझती हूँ यही बहरामजी है।"

"अगर यही बहराम है तो इसका और मुहम्मद सरवर का एक ही फोटो लेना चाहिए। तुम हैंड कैमरा उठाओ।" कहकर कैमरा एलिस को दिया।

लेकिन फोटो नहीं लिया जा सका, क्योंकि मिस्टर मुहम्मद उतर गए थे। जब उतरती बेर मिस्टर मुहम्मद मुहम्मद सरवर के पास बगल में पहुँचे, तब कप्तान और दोनों इंस्पेक्टरों ने उनसे कान में कुछ कहा था। मुहम्मद सरवर ने सिर हिलाकर नाहीं की और मिस्टर मुहम्मद चले गए।

अब निश्चित हो गया कि मिस्टर मुहम्मद बहरामजी नहीं हैं, तब वह है कहाँ।

अभी स्टीमर पर पच्चीस-तीस यात्री बाकी थे। मैंने एलिस से कहा, "चलो अब भीड़ कम है, हम लोग उतर चलें। तुम्हारे माँ-बाप पीछे आएँगे।"

बस पहले एलिस चली, मैं उसके पीछे-पीछे चला। थोड़ा आगे जाने पर मुहम्मद सरवर ने हाथ के इशारे से मुझे रोका।

मैंने कहा, "क्यों?"

मुहम्मद सरवर, "जरा ठहरिए। जल्दी मत कीजिए। इतनी भीड़ है।"

मैं, "देखते नहीं साथ में महिला है, भीड़ में।"

मुहम्मद, "आप बहरामजी नहीं हैं?"

मैंने हँसकर कहा, "क्या खूब! मैं बहराम, न बहराम का भाई मैं तो मिस्टर वेल हूँ।"

मुहम्मद, "अच्छा।"

"जी हाँ बहराम तो मिस्टर मुहम्मद के नाम से इस पर सवार···"

मुहम्मद, "यह सब तुम्हारी चालाकी अब नहीं चलेगी। बहराम नाहक क्यों तंग करते हो?"

इसी समय मुहम्मद सरवर ने मेरे कंधे पर हाथ मारा। मैं तकलीफ के मारे चिल्ला उठा। मुहम्मद सरवर ने ठीक उसी हुलियावाले टेलिग्राम के अनुसार मेरे जख्म पर हाथ मारा था। अब एलिस को देखता हूँ तो उसका चेहरा पीला हो गया है। हाथ काँप रहे थे। वह हम लोगों की बातें सुनकर ही सूख गई थी। मैंने उसके चेहरे को देखकर उसका हाथ ताका, जिसमें मेरा कैमरा लिये हुए थी।

वह खड़ी रहने के बदले खटाखट आगे बढ़ी। मैं समझ गया कि वह मेरा इशारा समझ गई है। एलिस पैड़ी ही पर थी कि उसके हाथ से कैमरा छूटकर सिंधु-जल में जा गिरा। नहीं जानते, उसने खुद फेंका या छूट पड़ा।

अब उसी कैमरे में मिस्टर मुहम्मद का 100 रुपए का नोट और बीबी रास के जवाहरात रखे थे। मेरी चोरी के सबूत तो जो कुछ थे, सब सिंधुदेव के उदर में जा रहे।

अब मैंने मुहम्मद सरवर से कहा, "अच्छा, चलो मुहम्मद सरवर, अब मैं तुम्हारे साथ चलने को राजी हूँ। इस घड़ी इनकार नहीं करूँगा।"

बस दोनों साथ लिये।

# उपसंहार

कोलंबो में जब हम लोग सवेरे राजा साहब सहित पहुँचे, संध्या के पाँच बजे एलिया प्रेस गए। अपने मासिक जासूस के वास्ते कॉपी चंद्रप्रभा प्रेस को भेजने की चिंता चढ़ी, मन में सोच रहा था। महाराजा साहब का दिया हुआ फाउंटेनपेन कागज पर दौड़ने को तैयार था कि किसी ने पीछे से आकर मेरी आँखें बंद कर लीं। मैंने मियाँ सोहनसिंह, जमादार कीनाराम, श्रृंगारसाज बैजूराम, हाजिरी बाबू हरीदास, प्रधान योद्धा लहना सिंह, मास्टर दयासिंह, वैद्य धरमसिंह सबका नाम लिया, लेकिन आँख नहीं खुली। तब मैंने कहा नहीं पहचान सकता! तब उसने हाथ आँखों से हटाकर कहा, "पहचान कभी की नहीं है। आप चिंता में क्यों बैठे हैं?"

मैंने कहा, "जासूस के वास्ते कॉपी भेजने की चिंता है।"

उसने कहा, "मैं बहरामजी हूँ। मुहम्मद सरवर को धोखा देकर भाग आया हूँ। मैं डुपलेक्स स्टीमर पर आपबीती कहता हूँ! यही जासूस के लिए काफी होगा। वही लिख लेवे। इस घड़ी मेहनत न करें!"

मैं उसकी बात पर राजी हो गया। यही ऊपर लिखा हाल उसने बयान किया। मुहम्मद सरवर के हाथ से कैसे छूटे यह मैं पूछता ही रहा कि वह खटाखट नीचे उतरकर रफूचक्कर हो गया, कुछ नहीं बतलाया।

□

# बहराम बंदीखाने में

# बहराम की विशेषता

हम इस बात से बहुत प्रसन्न थे कि बहराम अपनी बात का बड़ा सच्चा था। उस पर उसी की करनी से आफत के बादल चारों ओर से मँडरा रहे थे, लेकिन वह किसी की कुछ परवाह नहीं करता था, सदा हँसता चेहरा लिये मस्त बना रहता था।

वह जब मिलता, तब प्रसन्न बदन ही मिलता था। उसमें एक बात बड़ी विचित्र देखी कि वह जब मिला, तब वह नए रूप में ही मिला और हर बार तभी उसको पहचाना, जब उसने स्वयं अपना परिचय दिया।

इस कारण हम आज तक उसकी असली सूरत नहीं देख सके। एक बार बहराम ने मुझसे कहा था।

"आईने में अपनी सूरत देखकर मैं खुद अपने को पहचान नहीं सकता। मैं खुद अपनी आकृति भूल गया हूँ, तब दूसरे मुझे कैसे पहचान सकते हैं?"

यह आज तक कोई नहीं कह सकता कि यह बहराम है या बहराम का रूप है। लोग कहा करते हैं, यह काम बहरामजी का है। मतलब यह है कि हमारे काम से ही हमारा परिचय मिलता है।

कहने का अभिप्राय यह है कि रूप बदलने में उसकी बराबरी का दूसरा कोई है, यह कहते संदेह होता है। चेहरे की मांसपेशियों को वह अच्छी तरह अपने काबू में रखता था। इसी से अपना रूप जैसा नए-नए शेप में बदला करता था।

बहराम डाकू था, लेकिन उसका डाका डालना भी नए ढंग का था। वह कभी किसी गरीब का एक पैसा भी नहीं लेता था। साधारण चोर की तरह वह जो पाता था, वही नहीं हथिया लेता था। वह अपना हथकंडा, नित नया-नया हुनर सदा दिखलाया करता था। उसके हथकंडे देखकर बड़े-बड़े जासूसों को भी चक्कर आ जाता था। खूबी यह कि जहाँ से वह काम कर जाता था, वहाँ अपना कुछ भी पता-निशान नहीं छोड़ जाता था।

बहराम खून कभी नहीं करता था। एक बार उसने कहा था कि खून करके किसी का माल लेना तो कुछ बहादुरी का काम नहीं है। जैसे कोई सोता है और हाथ में भुजाली लिये गए, उसका गला रेतकर या पेट में भोंककर उसका सब लूट लिया इसमें कौन सी करामात है। ऐसे कामों को मैं बड़ी नफरत से देखता हूँ। खून-खराबे की तो कुछ जरूरत ही नहीं है। चतुराई से ही सब काम हो सकता है। मैं सब अपना काम सफाई और चालाकी से ही करता हूँ।

बात यह है कि बहराम अपनी कारवाई से सर्वसाधारण की भी हमदर्दी पाया करता था। जासूस तातजी उसके प्रधान बैरी थे। उन्होंने कैसे कोलंबो में उसको गिरफ्तार किया, यह अलग लिखने की बात है। लेकिन गिरफ्तारी के बाद सेंट्रल जेल में बंद रहकर भी उसने किस तरह काशी में डकैती की थी वही आज कहना चाहता हूँ।

# दीवान रघुवंश प्रसाद नारायण सिंह

काशी में रघुवंश प्रसाद नारायण सिंह के राजमहल सी सुदृढ़ सुविशाल अटारी पतित पावन जाह्नवी के बाएँ तट पर सर्वजन दर्शनी, सबकी श्रद्धा की वस्तु थी। उसको दीवान-मंडल कहते थे किंतु उसको एक दुर्भेद्य किला कहना अधिक उपयुक्त होता। उसके तीन तरफ पत्थर की अलंघ्य चहारदीवारी थी, खाई नहीं और एक ओर मातेश्वरी भगवती गंगा पाददेश धोती हुई कल-कल नाद से बह रही थी। इसी कोठी में हिंदुस्तान के सबसे पहले बड़े लॉर्ड वॉरेन हेस्टिंग्स, जिनके ऊपर बनारस के राजा और अवध की बेगमों पर अत्याचार करने के अभियोग में विलायत में मुकदमा चला था, जान बचाने के लिए छिपे हुए थे। उस समय राजा चेतन सिंह के आदमियों ने उन्हें पकड़ने के लिए इस कोठी को घेर लिया था। उस समय बड़े लॉर्ड वॉरेन हेस्टिंग्स साहब बहादुर ने एक सुरंग के रास्ते भागकर अपनी जान बचाई थी। रघुवंश प्रसाद नारायण सिंह के परदादे श्रीमान काशिराज सरकार के दीवान थे। वे अपने बाहुबल से अपार धन कमाकर मर चुके थे। उन्होंने अपने समय में गंगातट का वह विशाल महल और लाट साहब की वह बनारसवाली कोठी ये दोनों अटारियाँ बनवाई थीं।

लेकिन बाबू रघुवंश प्रसाद नारायण सिंह के पूर्वज ऐसे हुए कि सब संपत्ति फूँक-तापकर खाली हाथ हो गए। जो कुछ बची-खुची संपत्ति थी, उसी के श्री रघुवंश प्रसाद नारायण सिंह अधिकारी हुए।

लेकिन रघुवंश नारायण प्रसाद सिंह की कृपणता में बड़ी प्रसिद्धि थी। वह अपनी कंजूसी के कारण घर-घर की चर्चा में रोज शामिल किए जाते थे। इतने कंजूस थे कि उनके नाते-गोते के आदमी भी उनसे खुश नहीं रहते थे और इसी कारण रघुवंश प्रसाद नारायण सिंह भी सबसे अलग रहते थे।

रघुवंश प्रसाद नारायण सिंह के मन में यह धारणा थी कि सब लोग उनकी

संपत्ति हथियाने के लिए ही तैयार हैं। इसी कारण वह सदा सशंक रहते थे। रोज सूरज डूबते बेरा उनका सिंहद्वार झनाके के साथ बंद कर दिया जाता था और उसमें वह अपने हाथ से खूब मजबूत दूसरी चाबी से हरगिज न खुलनेवाला ताला लगाकर चाबी अपने पास रखते थे और कोई रास्ता उनके उस महल में घुसने का नहीं था।

एक दिन जब चिट्ठी बाँटनेवाला पोस्टमैन बोला, "मैं और कोई नहीं हूँ दीवान साहब! मैं आपके दरबार का पुराना चिट्ठी-रसा हूँ।" यही कहकर उसने कहा, "एक रजिस्टरी चिट्ठी आपके नाम की आई है।"

उन्होंने सही करके रजिस्टरी चिट्ठी ले ली। वे उसे बहुत ही विस्मित होकर खोलने लगे। बात यह है कि उस समय कोई कहता कि आपके नाम का वारेंट है तो भी उनको उतना आश्चर्य नहीं होता, जितना रजिस्टरी चिट्ठी से हुआ। उनका कोई भी दुनिया में अपना नहीं था, न किसी नाते-गोते के आदमी से अपना कुछ ऐसा नाता ही रखते थे, न किसी से कभी चिट्ठी-पत्री करते थे। ऐसी दशा में यह सुनकर बहुत अकचकाए थे कि उनके नाम रजिस्टरी चिट्ठी आई है, वह चिट्ठी मद्रास से आई है, जानने पर तो और आसमान से गिरे। चिट्ठीवाला सही की हुई रसीद लेकर चला गया था। अब रघुवंश नारायण प्रसाद सिंह उसे खोलकर पढ़ा। उसमें लिखा था—

सेंट्रल जेल मद्रास<br>9 सितंबर, सन् 1890<br>रघुवंश नारायण प्रसाद सिंह

महोदय

आपके महल के पूरब ओर एक कोठरी है, जिसमें छोटा-सा दरवाजा लगा है। उसमें चौबीसों घंटे घोर अंधकार रहता है। उस गुप्त कोठरी का पता हमारे आपके सिवाय और किसी को नहीं है। उसी कोठरी में अनेक जवाहरात जड़े हाथीदाँत का एक बेशकीमती सिंहासन पसंद है। आपको तो मालूम ही है कि उस सिंहासन को आपके परदादा दीवान साहब ने महाराजाधिराज काशिराज के स्वागत के लिए बनवाया था। जब कभी किसी सुअवसर पर महाराजाधिराज पधारते थे, तब उसी पर विराजमान होते थे। वैसा सिंहासन आजकल बड़े-बड़े राजा-महाराजाओं के यहाँ भी दुर्लभ है। वह इस समय बेचा जाए तो दस लाख का भी नहीं मिलेगा। मैं

सिंहासन लेना चाहता हूँ, इसी से लिखता हूँ कि अच्छी तरह खूब खबरदारी से पैक करके महसूल चुकता रेल से मेरे नाम भेज दीजिए। आज के आठवें दिन तक अगर पार्सल रवाना नहीं हो जाएगा तो 31 सितंबर की रात को मैं उसे ले लूँगा और साथ ही उदूल-हुकुमी के जुर्माने में आपका सोने का अतरदान भी ले आऊँगा।

आपका

बहरामजी

चिट्ठी पढ़ चुकने पर रघुवंश नारायण प्रसाद सिंह को जड़ैया आ गया। सिर से पाँव तक काँपने लगे। साथ ही बहराम का दस्तखत पढ़ने पर उन पर भय घहराया। बात यह है कि दीवान साहब बराबर अखबार पढ़ा करते थे। बहरामजी का डकैती का हाल उनसे छिपा नहीं था। वह यह भी जानते थे कि बहरामजी पर बहुतेरे जासूस पकड़ने के लिए छुटे हुए हैं। ठगी-डकैती के कमिश्नर वहाँ दूर उसकी गिरफ्तारी के वास्ते जी-जान से लगे हुए हैं, लेकिन वह हाथ नहीं आता। जासूस मुहम्मद सरवर उसके ऊपर तैनात है। यह भी दीवान साहब को अखबारों से पता लग चुका था कि कोलंबो से पकड़कर वह मद्रास लाया गया है, यहीं की सेंट्रल जेल में बंद है। ऐसी दशा में वह काशी आकर डाका कैसे डाल सकता है! इतना तो सिंहजी को भरोसा था, लेकिन उसको गुप्त कोठरी और उसमें रखे हुए दसलखी सिंहासन का पता कैसे मालूम हुआ, जब इस बात पर विचार करते थे, तब और हवास खो देते थे, क्योंकि उनको पक्का विश्वास था कि उनके उस सिंहासन का पता उनके सिवाय और किसी को नहीं है।

अब रघुवंश नारायण प्रसाद सिंह मन में कहने लगे कि हमारे इस दुर्गम महल में वह कैसे घुस सकता है। यह तो बिल्कुल अनहोनी बात है। तो भी उनके भीतर यह बात लगी कि क्या जाने उस धूर्त डाकू बहरामजी का इस अटारी में किसी तरह दाखिल होना संभव हो जाए तो क्या ठिकाना है।

निदान उन्होंने उसी दम वह चिट्ठी पुलिस के बड़े साहब को भेजकर अपनी रक्षा का निवेदन किया। जवाब में बड़े साहब ने लिखा कि बहराम इस घड़ी मद्रास की जेल में बंद कर दिया गया है। उस पर बहुत कड़ा पहरा है। ऐसा हो नहीं सकता कि जेलखाने से ऐसी चिट्ठी लिख सके। न वह डकैती करने के लिए यहाँ आ ही सकता है। किसी ने आपको डराने के लिए यह चिट्ठी मसखरापन से लिखी है।

लेकिन पुलिस के बड़े साहब के जवाब से सिंहजी को तसल्ली नहीं हुई। वह

बार-बार बहराम की चिट्ठी पढ़ने और विचारने लगे कि वह सिंहासन के साथ ही अतरदान भी ले जाने को धमकाता है और तारीख बतलाता है। इस तरह तारीख घंटा बतलाकर डाका डालना किसी वैसे का काम हरगिज नहीं है, न बहराम ऐसा-वैसा डाकू ही है। अखबारों में हम उसकी बहादुरी का हाल बराबर पढ़ते रहते हैं। दक्षिण हाते में उसका हुक्म दर्शनी हुंडी की तरह सकारा जाता है। पुलिस के बड़े साहब तसल्ली दे रहे हैं तो क्या, हमको हरगिज धीरज नहीं आता।

पुलिस ने जब इनको कुछ सहायता नहीं दी, तब रात उनकी इसी चिंता में बीती। उनके भीतर बड़ा उद्वेग, बड़ी खलबली और बड़ा भय रहा। उन्होंने अब समझ लिया कि इस महासंकट से कोई नहीं बचा सकता।

मन में सोचने लगे कि अब किसकी सलाह लें, किसकी शरण में जाएँ। किसी से ऐसा मेल-जोल भी नहीं है। यही सब सोचते-सोचते चारों ओर से निराश हो गए, तब उनके मन में आया कि किसी बड़े होशियार, तजुरबेकार, बहादुर जासूस की शरण लेनी चाहिए, तभी यह बेड़ा पार लगेगा। कई दिनों तक दीवान साहब को बड़ी चिंता रही। उसी अवसर पर एक अखबार में उन्होंने नई खबर छपी देखी उसमें लिखा था—

"मशहूर जासूस तानजी मालश्री एक महीना की छुट्टी लेकर काशी गए हैं। उनको इंदौर सरकार से फरमान खास मिला है, अहिल्याबाई घाट पर एक अटारी में रहते और वहीं जी बहलाने के लिए मुंशीघाट एक अटारी में बुर्जी पर गंगाजी में वंशी फेंककर मन प्रसन्न करने की परवानगी दी गई है। उनको मछली के शिकार का बड़ा शौक है।

इस खबर के पढ़ते ही श्री रघुवंश प्रसाद नारायण सिंह को बड़ी आशा हुई। उन्होंने कहा कि तानजी मालश्री बंबई के जासूसों में प्रमुख हैं। वह जरूर इस अवसर पर हमारे आड़े आएँगे। सिंहजी ने यह भी कहा कि इस मौके पर खर्च में कोताही करना ठीक नहीं होगा।

□

# मुंशीघाट की बुर्जी पर

रघुवंश प्रसाद नारायण सिंह मन में खूब सोच-विचारकर एक दिन मुंशीघाट पहुँचे। वहाँ तीसरे पहर देखते हैं तो एक ओर कई आदमी साबुन से कपड़े साफ कर रहे हैं, दूसरी ओर एक बुर्जी पर ढलती उम्र के एक आदमी पानी में वंशी फेंककर टंडेरी ताक रहे हैं।

दीवान साहब ने पास जाकर उन्हें खूब देखा। फिर सम्मान दिखाकर नरमी से बोले, "आपका नाम क्या तानजी है?"

उस आदमी ने दीवान साहब को एड़ी से चोटी तक अच्छी तरह निहारकर कहा, "जी हाँ! फरमाइए।"

इतना जवाब देने पर भी उनकी नजर बराबर पानी पर तैरती हुई टंडेरी पर ही रही। रघुवंश प्रसाद नारायण सिंह ने नरमी से ही कहा, "मैं आपके शिकार में खलल डालने आया हूँ, पहले इसी की माफी चाहता हूँ।"

अब शिकारी बाबू ने उनकी बातों पर उचित ध्यान दिया। पास बिठाकर बोले, "आपका क्या मतलब है, कहिए। मैं शिकार भी खेलता रहूँगा और आपकी बातें भी सुनूँगा। मैं एक साथ तीन काम कर सकता हूँ, किसी में कमी नहीं आ सकती। मैं गट्टूलाल शतावधानी का चेला हूँ।"

अब रघुवंश प्रसाद नारायण सिंह ने अपने ऊपर आई हुई सब विपत्ति कह सुनाई। तानजी ने अपनी वंशी पर ठीक तरह से ताकते हुए ही सारी बातें सुनकर कहा, "चोर में इतना साहस कहाँ है जो इस तरह नोटिस देकर चोरी करेगा और बहराम को तो मैं अच्छी तरह जानता हूँ। वह इस समय जेल में बंद पड़ा है। मैं ही उसे कोलंबो से गिरफ्तार करके लाया हूँ। वह इस घड़ी ऐसे विकट पहरे में बंद है कि मद्रास सेंट्रल जेल से हरगिज हट नहीं सकता। आप बिल्कुल बेफिक्र रहें।"

रघुवंश प्रसाद नारायण सिंह, "अगर वह जेल से भाग आए तब?"

तानजी ने उन्हें घूरकर कहा, "आप कैसी बात करते हैं! मद्रास की सेंट्रल जेल ऐसी नहीं है कि ऐसे-वैसे चूहों की चौकड़ी उसकी चहारदीवारी लाँघ सकें।"

रघुवंश प्रसाद नारायण सिंह, "लेकिन बहराम तो बड़ा···।"

बीच में ही बात काटकर तानजी बोल उठे, "आप नाहक घबराते हैं। बहरामजी आदमी है। न तो वह पुराने जमाने का ऋषि-मुनि है, न उसने उड़नखटोला ही रखा है, जिस पर वह उड़कर आ सके। वह तो आजकल ऐसे पिंजड़े में बंद है, जिसमें चिड़िया भी पर नहीं मार सकती।"

रघुवंश प्रसाद नारायण सिंह वहाँ से होकर लौट गए, लेकिन निश्चिंत भी नहीं हो सके। कई दिन बीत गए। आप ही आप कहने लगे, जासूस तानजी का कहना सही है। आजकल नोटिस देकर कोई डाका डालेगा। जरूर किसी ने दिल्लगी की है।

उसके बाद 30वीं सितंबर को एक टेलीग्राम रघुवंश प्रसाद नारायण सिंह के नाम आ पहुँचा। उसमें लिखा था—

माल नहीं आया। कल रात के वास्ते सब तैयार रहे खबरदार! तार को भेजनेवाला बहरामजी ही था। तार पढ़ लेने के बाद रघुवंश नारायण सिंहजी को चक्कर-पर-चक्कर आने लगा। उन्होंने होश सँभालकर आप ही आप कहा, यह तो अब दिल्लगी नहीं रही, मामला बड़ा गहरा हो गया है। अगर दे-दिलाकर सिंहासन ही बचाते तो सब चौपट हो जाएगा। ठीक कहा है अर्द्ध ···बुध सरवस जाता।

खूब सोच-विचार कर सिंहजी फिर मुंशीघाट पहुँचे। आज भी तानजी उसी तरह पानी में टंडेरी ताकते हुए बुर्जी पर मिले। उनको लिफाफे सहित तार हाथ में देकर बोले, "ओफ्, आज तो साहब देखिए न तार आया है।"

तार पढ़कर तानजी बोले, "क्या बात हुई?"

रघुवंश नारायण सिंह, "बात क्या कल की ही तो बदान है।"

तानजी, "किस बात की?"

रघुवंश नारायण, "मेरे घर डाका पड़ने की!"

तानजी, "आप पागल हो गए हैं क्या?"

रघुवंश नारायण, "पागल नहीं साहब, मेरा दिमाग बोलता है। बहराम जरूर आएगा। अगर दया करके आप कल की रात मेरे घर पर रहें तो उसको पकड़ सकेंगे। आपका नाम भी होगा और मेरा माल भी बच जाएगा।"

तानजी, "सुनिए साहब, मुझे नाम तो चाहिए नहीं। मैं ही उसे कोलंबो से पकड़कर लाया हूँ, ज्यों ही एलविस पैलेस से उतरकर बाहर हुआ मेरे इशारे से उसे

साथियों ने हथकड़ी भर दी थी। आप बेखटके रहें, वह यहाँ आ ही नहीं सकता। इन सब वानरघुड़कियों से आप डरिए नहीं।"

रघुवंश नारायण, "नहीं साहब, वह जरूर आएगा। आप अगर मेरे घर पर कल रहें तो ऐसा हो सकता है कि आएगा तो भी लौट जाएगा। मुझे आपके बिना तसल्ली नहीं होगी। मेरा आग्रह आप कबूल करें तभी मुझे धीरज होगा।"

तानजी, "देखिए साहब! आप समझते नहीं। ऐसी दिल्लगी में मैं जाकर बदनामी नहीं उठाऊँगा।"

अब बहुत विनती करके रघुवंश प्रसाद नारायण सिंह जी ने कहा, "मैं इसका पक्का वादा करता हूँ। चाहे जो हो जाए, मैं किसी तरह किसी से यह बात जाहिर नहीं करूँगा कि आप इसमें पड़े हैं।"

तानजी, "नहीं बाबू साहब! आप मुझे नाहक तंग मत कीजिए। मैं छुट्टी में हूँ। इस विश्राम के अवसर पर ऐसे बखेड़े में मुझे मत घसीटिए।"

गिड़गिड़ाकर रघुवंशजी ने कहा, "मैं आपको एक सौ रुपए दूँगा। आप मेरी बात मान लीजिए।"

तानजी, "क्या कहा आपने फिर तो कहिए?"

रघुवंश नारायण, "एक रात के वास्ते मैं आपको एक सौ रुपए भेंट करूँगा, आप और क्या चाहते हैं?"

तानजी, "मैं एक पैसा भी नहीं चाहता, आप बस इस समय मुझे विश्राम करने दीजिए।"

अब दीवानजी बढ़ने लगे। जनता में वह दीवान साहब ही मशहूर थे। सब लोग उन्हें कृपण दीवान ही कहा करते थे। लेकिन इस मौके पर वह बढ़ने लगे। सौ से दो सौ, तीन सौ, पाँच सौ, एक हजार फिर होते-होते वह पाँच हजार तक गए। फिर बोले, "इससे अधिक तो मैं नहीं दे सकता तानजी साहब।"

अंत में तानजी को राजी होना पड़ा। इच्छा न रहते भी अब दीवान साहब की बात को टाल नहीं सके। बोले, "क्या कहें सिंहजी! मैं तो चाहता नहीं था, लेकिन आपकी विनती अब इतनी चढ़ गई है कि अब नहीं करना आदमियत के बाहर होगा। खैर! कल शाम को मैं आऊँगा। आपके नौकर लोग हैं तो विश्वासी आदमी न?"

रघुवंश नारायण, "विश्वासी की बात ऐसी है कि वे लोग काम तो बहुत दिन से करते हैं लेकिन···"

तानजी, "अगर लेकिन है तो जाने दीजिए। मैं अपने ही विश्वासी आदमी

लाऊँगा। आप जब उनका विश्वास नहीं करते तो बेहतर है कि कल रात के वास्ते आप उन्हें बिदा कर दीजिएगा। वह सब घर में रहने नहीं पाएँ। क्योंकि कच्चे आदमियों से काम बनता नहीं बिगड़ता ही है। नीम-हकीम खतरे जान होते हैं।"

सबेरा होते ही डाका पड़ने का दिन आ पहुँचा। विचार कर दीवान साहब ने अपना घर राई-रघी, कोना-अँतरा सब ढूँढ़कर देख लिया कि कोई पहले से आकर छिपा तो नहीं है। जब पूरी तसल्ली कर चुके तब उन्होंने नौकरों को बाहर भेजकर अपना सिंहद्वार बंद किया और दो बंदूकें खूब साफ लक-दक करके रख दीं।

संध्या को तानजी अपने दो विश्वासियों के साथ आ पहुँचे। उन्होंने राजमहल सी दुर्भेद्य अटारी अच्छी तरह देख डाली। बोले, "बाप का मकान तो खूब मजबूत है। सिंहद्वार के सिवाय कहीं से कोई भीतर आ ही नहीं सकता। तीन ओर खूब मजबूत दीवार खड़ी है। एक ओर गंगाजी हैं। द्वार बंद कर देने पर तो कहीं से किसी के आने की सुविधा नहीं है?"

रघुवंश नारायण, "नहीं, एक सुरंग भर है।"

तानजी, "वह कहाँ है?"

रघुवंश नारायण, "वह पश्चिम ओर है।"

तानजी, "खैर, तो बहराम अगर सुरंग से नहीं आए, तब तो उसको कोई दूसरा उपाय नहीं है। बेहतर है कि हम और आप दोनों उस सुरंग के मुँह में रात भर पहरा देवें। ज्यों ही सुरंग के मुँह से निकलेगा, मैं उसी दम उसको गोली मारूँगा। अच्छा आपका वह दौलतखाना है कहाँ?"

रघुवंश नारायण, "वह तो पूरब तरफ है।"

तानजी, "वहाँ मेरे दोनों आदमी पहरे पर रहेंगे।"

तानजी ने उन दोनों को बुलाकर समझाया, कहा, "देखोजी, तुम लोगों का इसी खजाने पर रात भर के वास्ते पहरा रहेगा। पल भर भी आँख झपकने नहीं पाए। और इस जगह को छोड़कर कहीं जाना नहीं, समझे न? खूब खबरदारी से रहना होगा। कुछ भी आवाज या संदेह हो तो तुरंत पुकारो या पिस्तौल फायर करो। मैं पश्चिम ओर रहूँगा। अच्छा अब चलिए सिंहजी, हम लोग अपनी सुरंग पर चलें।"

अब तानजी और दीवान साहब सिंहद्वार के मुँह पर हो रहे। पश्चिम की ओर सिंहद्वार के पास ही पहरेदार के लिए छोटी सी गुमटी थी। वह इस समय टूट गई थी। उसमें अंधकूप-सा दिखाई दिया, वही सुरंग का मुँह था। उसी घर में दो कुर्सियाँ मँगाकर तानजी और दीवान सिंह पास ही पास बैठे। दोनों ने एक-एक बंदूक भी ले ली।

तानजी बोले, "कुछ परवाह नहीं सिंहजी, हम लोग चार आदमी इस कोठी में हैं। आप खजाने का ताला बंद कर ही आए हैं। हमारे दोनों आदमी पहरे पर हैं। आप हम लोगों के भीतर आते ही सिंहद्वार पर अपने ही हाथ से ताला भर चुके हैं। बहराम आएगा कहाँ से? अगर आएगा तो आप ही मरेगा।"

कोई तीन घंटे बीत गए। चारों ओर सन्नाटा छाया था। तानजी को आँख बैठे ही बैठे लग गई, लेकिन रघुवंश प्रसाद नारायण सिंहजी की आँखों में नींद कहाँ! वह बराबर सुरंग का मुँह ताकते रहे।

अब एक बजे किसी की आवाज आई। रघुवंश प्रसाद नारायण सिंहजी ने तुरंत तानजी को झकझोरकर जगाया। तानजी सजग हो बैठे। बोले, "क्या है?"

रघुवंश नारायण, "कुछ आवाज आई है।"

"कहाँ! आवाज तो नहीं आती।"

रघुवंश नारायण, "नहीं, आप सुनिए तो!"

तानजी, "गाड़ी की घरघराहट तो है। सड़क पर बग्घी जा रही है। आप क्या समझते हैं कि बहराम बग्घी पर चढ़कर डाका डालने आएगा। वह आएगा ही नहीं सिंहजी कोई आवाज नहीं।" तब तानजी फिर सो गए।

□

# भोजपुर की ठगी

## गंगाजी की धारा

अगर आकाश की शोभा देखना चाहते हो तो शरद ऋतु में देखो, अगर चंद्रमा की शोभा देखना चाहते हो तो शरद ऋतु में देखो, अगर खेतों की शोभा देखना चाहते हो तो शरद ऋतु में देखो, अगर सब शोभा एक साथ देखना चाहते हो तो शरद ऋतु में देखो। आकाश में चंद्रमा की खिलखिलाहट, तालाब में कमल की खिलखिलाहट, खेतों में धान की हरियाली, घर में नवरात्र की धूम, शरद ऋतु में सभी सुंदर, सभी मनोहर हैं। इसी मनोहर समय दुर्गा पूजा की छुट्टी पाकर मुंशी हरप्रकाश लाल नाव से घर आ रहे थे। वे दानापुर के एक जमींदार के मुलाजिम थे। सूर्य डूब गया है, नीले आकाश में जहाँ-तहाँ दो-एक बड़े-बड़े बादल सुमेरु पर्वत की तरह खड़े हैं। चौथ के चंद्रमा दिखाई दे रहे हैं, परंतु अभी तक उनकी चाँदनी नहीं खिली है, इसी समय मल्लाहों ने डाँड़ हाथ में लिये। गंगा की उलटी धार में नाव धीरे-धीरे चलने लगी। मुंशी हरप्रकाश लाल, उनके बहनोई हरिहर प्रसाद, मित्र लक्ष्मी प्रसाद और पुजारी खेलावन पांडे नाव में भीतर बैठकर ताश खेल रहे थे। कौन जीता और कौन हारा सो मालूम नहीं। शाम होने पर उन्होंने खेल उठा दिया। खेलावन पांडे और लक्ष्मी प्रसाद बाहर आकर नाव के किनारे बैठकर गंगाजल से संध्या करने लगे। हरिहर ने सुमिरनी की झोली में हाथ डाला और मुंशीजी एक भजन गाने लगे—

*'रे मन, हरी भज, हरी भज!*<br>
*जगत जाल में भूल न फँसना, कपट मोह माया मद छलताज।*<br>
*दृढ विश्वास आस हरी पद कर, दयाशील संतोष साज सज॥*<br>
*जा पड़ राज सो तरी अहल्या, हृदय तिलक धारण कर सो राज।'*

नाव धीरे-धीरे भागीरथी के दक्षिण किनारे पर एक गाँव के पास पहुँची तो

मुंशीजी ने गीत बंद किया। उनका सुख-स्वप्न टूट गया, उन्होंने पूछा, "यह कौन गाँव है माँझी?"

माँझी—"जी सरकार, ए गाँव के नाव भोजपुर बोलेला।"

मुंशीजी—"ठोरा यहाँ से कितनी दूर है?"

"जी सरकार। नियरे" यह कहकर पतवार मोड़ते हुए कर्णधार ने डाँड़ खेनेवालों से कहा, "वाह रे भाई! अब पहुँचे और दो हाथ कसके।"

एक डाँड़ी ने बिगड़कर कहा, "हूँ हमरे के सरकार का सिखावतानी। खेवत-खेवत जीव जात बा अब केतना खेवल जाला।"

सरदार—"अरे भैया! नाराज मति हो। इ भोजपुर बलियाक सीधान ना होइत त काहे के कहतीं।"

इस बात से हरिहर प्रसाद चौंक पड़े, झोली-झक्कर भूल गए। झूठ-मूठ खाँसकर बोले, "क्यों रे! यह क्या बात कहता है? यहाँ कुछ डर है क्या?"

सरदार के जवाब देने से पहले ही दूसरा डाँड़ी बोल उठा, "डर नाहीं? नीके-नीके एहिजा से निबहि जाइत तो तिनकौड़ीया पीर के सिरनी चढ़ाइब।"

मुंशी—"ठोरा पर नाव जरूर लगानी होगी।"

सरदार—"अरे बाप रे! सरकार का कहला?"

इतने में दोनों डाँड़ी चिल्ला उठे—"हमनी से इ ना सपरी, सरकार साहब का खातिर हमनी का जान देई?"

मुंशीजी—"तुम क्या कहते हो? मुझे यहाँ बहुत जरूरी काम है, ठोरा पर उतरना ही होगा।"

हरिहर प्रसाद ने कुछ नाराजी और कुछ दिल्लगी से कहा, "अरे, जोड़ू के भाई, जान बड़ी है या जनाना? आज न सही, सप्तमी को वह चाँद का मुखड़ा देख लेना। इतनी उतावली करके जान देगा?"

मुंशीजी (कुछ बिगड़कर)—"तुम क्या कहते हो? मैं उन लोगों को चिट्ठी लिख चुका हूँ। मुझे जाना ही पड़ेगा। माँझी नाव किनारे लगाओ।"

मल्लाह ने नाव किनारे लगाकर कहा, "सरकार! गरीब के बात बासी भइला पर मीठ लगेला। चेत करीं, पीछे पछताइबि।"

नाव ठोरे पर आ लगी। मुंशीजी—"ओ ओ जी दलीप सिंह!" किनारे कूद पड़े। दलीप सिंह अपनी लाठी और मुंशीजी का संदूकचा लेकर उनके पीछे-पीछे चले और सब सामान नाव ही पर रहा।

मुंशीजी ने किनारे उतरकर बहनोई से कहा, "लालाजी! अगर आपको बहुत ही डर लगता हो तो आज चौसा जाकर ठहरिए, कल सबेरे फिर यहाँ आकर इंतजारी कीजिएगा।"

हरिहर—"हम लोग तो आवेंगे, परंतु तुम्हारे दर्शन मिलेंगे?"

मुंशी—"क्या? मेरी ससुराल यहाँ से बहुत दूर नहीं है। यहाँ न मुलाकात हो तो वहाँ होगी। वहाँ चलिए न?"

हरिहर—"यहाँ इस वक्त हम पाँच-सात आदमी पहुँचेंगे तो तुम्हारे ससुर बहुत तड़फड़ा जाएँगे और नाव का सामान किसके सुपुर्द करें, हम लोग आज चौसे में ही जाकर रहेंगे। अब तुम जाओ, भगवान् रामचंद्र तुम्हारी रक्षा करें।"

"सरकार! अब हमनी का देरी नाही करब जा।" कहकर मल्लाह ने नाव ठेल दी। देखते-ही-देखते नाव बीच गंगा में जा पहुँची और पहले की तरह धीरे-धीरे जाने लगी। डाँड़ी जी-जान से डाँड़ खेने लगे।

## पंछी का बाग

मुंशी हरप्रकाश लाल जहाँ नाव से उतरे, वहाँ से थोड़ी दूर पश्चिम जाने पर एक बाग मिलता है। किंतु हम जिन दिनों की बात लिखते हैं, उन दिनों वहाँ एक भयानक जंगल था, लोग इसको 'पंछी का बाग' कहते हैं। इस नाम का कुछ इतिहास है—

लॉर्ड कार्नवालिस के समय में भोला पंछी नामक एक जबरदस्त डाकू था। वह किसी से पकड़ा नहीं जाता था। शाम को आपसे उसकी बातचीत होती। रात को वह बीस-पच्चीस कोस का धावा मारकर डाका डाल आता और सबेरे फिर वह वहीं दिखाई देता। उसकी इस चाल के कारण लोग उसको 'पंछी' कहते थे और यही उसका अड्डा था, इसलिए उसका नाम 'पंछी का बाग' पड़ गया।

चार-पाँच घड़ी रात गई थी। इतने में एक डोंगी उस जंगल के किनारे आ लगी। एक लंबा और गोरा मर्द उससे उतरकर नाव को किनारे बाँधने के बाद जंगल में घुसा और उतनी रात को उस सुनसान काँटे और बिच्छुओं से भरे वन में जाने लगा। बीच में एक तालाब था, उसके चारों ओर बड़ी-बड़ी आकाश चूमनेवाली डालियाँ फैलकर वन को सघन बनाए हुए थीं। उन डाल-पत्तों के भीतर सूर्य की किरणें नहीं जाने पाती थीं। सचमुच वह जगह ऐसी भयानक थी कि दिन को भी वहाँ जाने की हिम्मत किसी को नहीं होती थी। तालाब के आस-पास बाँस और बेंत

की झाड़ी थी। उस तालाब के बीच में ताड़ के पत्तों से ढँका हुआ लकड़ी का एक मचान था। वह मर्द बाँस और बेंत का वन पार करके तालाब में पैठा और हाथ की लंबी लाठी से जल की गहराई नापते हुए कुछ दूर जाकर जल में डूबी हुई किसी कड़ी चीज पर चढ़ा और वहाँ से लाठी के सहारे कूदकर मचान पर पहुँच गया।

मचान पर एक ओर एक चिराग टिमटिमा रहा था और काले दैत्यों की शक्ल के कई आदमी वहाँ मौजूद थे।

उन कुरूप और भयंकर आदमियों से थोड़ी दूर एक अलग आसन पर तकिया लगाए पचास वर्ष का एक गंभीर पुरुष चाँदी के गड़गड़े पर तंबाकू पी रहा था। उसका नाम हीरा सिंह था। वह क्षत्रिय था। उन दिनों शाहाबाद जिले में वह एक बड़ा जमींदार और रईस गिना जाता था। वह उमर अधिक होने पर भी शरीर से कमजोर नहीं था, देखने में पहलवान मालूम होता था। वह लाठी और तलवार चलाने में बड़ा ही चतुर था। उसने उस नए आए हुए जवान से पूछा, "क्यों भोला! क्या खबर है?"

भोला—"गहरा माल है। कम-से-कम दस हजार।"

हीरा (हड़बड़ाकर)—"ऐं! वह कौन है रे?"

भोला—"देखने में अच्छा मोटा-ताजा है।"

हीरा—"ब्राह्मण तो नहीं है?"

भोला—"जी! भोला क्या इतना बेवकूफ है?"

हीरा—"तौ भी वह है कौन?"

भोला—"कलम की छुरी चलाने वाला है।"

हीरा—"अरे, बता तो सही, कौन है?"

भोला—"मुंशी हरप्रकाश लाल।"

हरप्रकाश लाल का नाम सुनकर हीरा का चेहरा कुछ उतरा, मानो उसका कुछ उत्साह घट गया।

भोलाराय जाति का भूमिहार था। इसके डर से गंगा के दोनों पार के लोग थर-थर काँपते थे। इसके डर से रात को कोई बेखबर सोने नहीं पाता था। उन दिनों ऐसे आदमी बहुत ही कम थे, जो उसके नाम से न डरते हों। यहाँ तक कि भोला जहाँ जाता था, वहीं उसकी इज्जत होती थी और दामाद से भी बढ़कर उसकी खातिर-बात की जाती थी। भोला बड़ा चालाक था, हीरा का ढंग देखकर ताड़ गया कि हरप्रकाश लाल का नाम सुनकर डर गया है। उसने मुसकराकर कहा, "क्यों सिंहजी! मुंशी का नाम सुनकर आपको भय हो गया?"

हीरा—"भैया, भय भी नहीं है और भरोसा भी नहीं।"

भोला—"भरोसा क्यों नहीं है?"

हीरा—"हरप्रकाश ऐसा-वैसा आदमी नहीं है, वह भोलाराय को कुछ दिन पढ़ा सकता है।"

भोला—"मुझे पढ़ानेवाला भोजपुर-बलिया क्या बिहार भर में कोई नहीं है।"

हीरा—"तुम हिंदुस्तानियों को लूट लेते हो, वह अंग्रेजों को लूटता है।"

भोला—"वह अंग्रेजों को लूटता है तो मैं उसको लूटूँगा। आज तुम्हें दिखाऊँगा कि भोला की करामात, हिम्मत और ताकत कितनी है! यही काम करते-करते बुड्ढे हो गए, लेकिन अभी तक डरते ही हो।"

हीरा—"अरे नादान! मैं द्रोणाचार्य हूँ और तू अर्जुन है, यह बात याद रखकर तो कुछ कहा कर।"

भोला *(कुछ शरमाकर)*—"जी, आप नाराज हो गए?"

हीरा—"नाराज नहीं, लेकिन ऐसे बड़े जोखिम के काम में हाथ डालना अच्छा नहीं है। अपने बूते के बाहर काम करने से किसी-न-किसी दिन धोखा खाना पड़ेगा।"

भोला—"आप उसकी चिंता न करें। हरप्रकाश सामने के घाट पर उतरा है और सिर्फ एक प्यादे के साथ मैदान से जा रहा है। मेरे साथ सिर्फ हींगन, साधो और लालू को कर दीजिए, मैं अभी काम फतह करके हाजिर होता हूँ। दामी-दाम चीजें उसके साथ ही हैं। नाव में सिर्फ कपड़े-लत्ते और कुछ बरतन हैं। सिर्फ दो-तीन आदमी साथ देने से मैं यह काम कर आऊँगा।"

हीरा सिंह मुंशी हरप्रकाश लाल को खूब जानता था। उसे यह भी मालूम था कि वह कैसा दबंग और इज्जतदार है। परंतु यह सुनकर उसकी जीभ में पानी आ गया कि मुंशीजी सिर्फ एक प्यादे के साथ दामी चीजें लेकर इस सुनसान मैदान से जा रहे हैं। उसका साहस बढ़ गया। उसने बिना विलंब किए भोला पंछी के मन मुताबिक काम करने का हुक्म दिया। उसी वक्त दो डोंगियाँ तैयार होकर बाहर निकल गईं और भोला ने उन तीनों डाकुओं को साथ लेकर मुंशीजी का पीछा किया।

### मैदान में

मुंशी हरप्रकाश लाल लंबे-लंबे डग मारते चले जा रहे थे। वे डर को कोई चीज नहीं समझते थे। उनके पीछे-पीछे भीम-देह दलीपसिंह एक संदूक पीठ पर

बाँधे लंबी लाठी कंधे पर लिये मतवाले हाथी की तरह झूमता जाता था। दोनों चुरामनपुर गाँव को जा रहे थे, जहाँ मुंशीजी की ससुराल थी। ठोरे पर से चुरामनपुर सड़क से जाने के बाद मैदान की पगडंडी से जाना पड़ता था। मुंशीजी और दलीपसिंह धीरे-धीरे कई गाँव पार करके मैदान में जा पहुँचे। वहाँ जाने पर मुंशीजी को बड़ी खुशी हुई। अगणित तारों से जुड़ा हुआ अनंत आकाश, चाँदनी में सराबोर खेतों की हरियाली और शीतल-मंद बयार उनकी खुशी चौगुनी करने लगी। मुंशीजी चलते-चलते गाने लगे—

अगर हम बागवाँ होते, तो गुलशन को लुटा देते।
पकड़कर दस्त बुलबुल को, चमन से जा मिला देते॥

दलीप सिंह इस गीत में मग्न हो रहा था। अचानक उसके पैर के पास से कोई चीज बिजली की तरह निकल गई। वह झट कूदकर मुंशीजी के सामने जा खड़ा हुआ। मुंशीजी ने पूछा, "क्यों दलीप, क्या है?"

दलीप ने कहा, "सरकार! आपने सुना नहीं, फरफराकर कोई चीज मेरे पैर के नीचे से चली गई। जो हो सरकार! रंग-कुरंग मालूम होता है। जरूर डाकू हम लोगों के पीछे लगे हैं।"

मुंशीजी—"डर गए क्या, दलीप?"

यह बात सुनकर दलीप कुछ शरमाया। उसने चिल्लाकर कहा, "अरे बदमाशो! अगर मर्द हो तो सामने आओ, सामने।"

डाकू आगे-पीछे से गरज उठे। हरप्रकाश लाल लड़ने के लिए तैयार होकर बोले, "देखो जी दलीप! अगर मैं घायल हो जाऊँ तो तुम उसी वक्त भाग जाना और यह संदूक मेरी स्त्री को जाकर देना। खबरदार! नमकहरामी मत करना और संदूक में से दस मोहरें तुम ले लेना।"

उनकी बात पूरी भी नहीं हुई थी कि दो लंबे-लंबे जवान उनके सामने आकर खड़े हो गए। उनमें से एक के हाथ में एक लाठी और दूसरे के हाथ में तलवार थी।

मुंशीजी—"तुम लोग कौन हो? क्या चाहते हो?"

भोला—"यह संदूक चाहता हूँ।"

मुंशी—"बौना चाँद चाहता है।"

भोला—"मरने का शौक इतना क्यों है?" कहकर उसने मुंशीजी पर लाठी उठाई।

मुंशीजी झट उछलकर एक बगल जा रहे और दूसरे डाकू के दाहिने हाथ पर

ऐसी लाठी जमाई कि उसकी तलवार टूट गिरी। भोला ने फिर मुंशीजी पर हमला किया। दोनों में घमासान लड़ाई होने लगी। इस बीच दलीपसिंह जमीन से वह तलवार उठाकर भोला की तरफ दौड़ा। मुंशीजी की लाठी से हींगन का दायाँ हाथ टूट गया था, उसने बाएँ हाथ से लाठी उठाई। इस बीच में और दो डाकू आ पहुँचे। अब वे चार हो गए। मुंशीजी और दलीपसिंह इससे भी न डरकर पहले से अधिक जोश के साथ लाठी चलाने लगे। बड़ी देर तक लड़ाई होने के बाद हींगन मुंशीजी से सख्त घायल होकर धरती पर लोट गया। इसके बाद ही भोला पंछी के प्रहार से आँधी से टूटे हुए वृक्ष की भांति मुंशीजी भी लोटन कबूतर हुए। दलीपसिंह मालिक की आज्ञानुसार हवा की तरह भागा।

भोलाराय ने दलीपसिंह को भागते देखकर कहा, "साधो! तुम हींगन को देखो, माल उस बच्चू के हाथ में है। हम उसे पकड़ने जाते हैं।"

यह कहकर उसने लालू सहित दलीप का पीछा किया।

चंद्रमा अस्त हो गया है। आकाश में घोर घटा छा गई है। एक भी तारा नहीं दिखाई देता। चारों ओर काली अँधियारी है, बीच-बीच में बिजली चमक जाती है, बूँदाबाँदी होने लगी है। पास की चीज भी नहीं दिखाई देती। ऐसी भयानक रात में डाकू सरदार भोलाराय का साथी हींगन मैदान में अधमरा पड़ा है। खून चारों ओर बह रहा है। चुपके-चुपके एक गीदड़ आकर उसका मुख सूँघने लगा। हींगन डर के मारे चीख उठा।

साधो घायल डाकू को वहाँ से हटाने का भार लेकर एक टूटे पुल पर बैठकर गाँजा मलने लगा। हींगन की चीख सुन उसके पास आकर बोला, "हींगन! तुम अभी जीते हो। तमाकू पीओगे?"

हींगन ने धीरे-धीरे कहा, "आह! आह! अरे, पहले इस गीदड़ को भगाओ।"

साधो—"गीदड़ भाग गया, गाँजा पीओगे?"

हींगन—"मुझमें उठने की शक्ति थोड़े है। आह! आह! भाई, जरा मेरा सिर बाँध दो।"

साधो—"अच्छा! मुंशी का कपड़ा खोल लाऊँ।"

साधो उठकर मुंशीजी की लाश ढूँढ़ने लगा, परंतु उसका कहीं नाम-निशाँ भी न पाकर हींगन के पास लौट आया और उसी की धोती फाड़ एक गढ़े पानी में भिंगोकर उसके सिर में बाँध दिया और ऊपर से अपना गमछा लपेट दिया। हींगन ने जरा आराम पाकर पूछा, "मुंशी मर गया?"

"लेकिन मरकर गया कहाँ? गीदड़ घसीट ले गया क्या?" यह कहकर साधो चारों ओर मुंशीजी को ढूँढ़ने लगा। सड़क के किनारे, झाड़ी, जंगल, धान के खेत, सब जगह ढूँढ़ा, लेकिन कहीं उनका चिह्न नहीं पाया। लाचार लौटकर हींगन की बगल में सोना चाहता था कि इतने में एक आदमी आया और उसे जमीन पर ढकेलकर उसकी छाती पर चढ़ बैठा और बोला, "पाजी! अब कह?"

साधो हिल-डुल नहीं सकता था। उसने बड़े कष्ट से कहा, "सरकार! मैं आपका गुलाम हूँ, आप मेरी जान मत मारिए। आप जो हुक्म देंगे वही करूँगा।"

हमला करने वाले ने कहा, "तू डाकू है। तेरी बात का विश्वास क्या?"

साधो—"हुजूर! विश्वास कीजिए, मैं कभी नमकहरामी नहीं करूँगा।"

उस आदमी ने तुरंत साधो को छोड़कर कहा, "मैं तुझे छोड़ देता हूँ, लेकिन तू अपनी बात रख, जो कहता हूँ सो कर।"

साधो ने हाथ जोड़कर कहा, "क्या हुक्म है हुजूर!"

उस आदमी ने कहा, "इस घायल आदमी को कंधे पर चढ़ाकर मेरे साथ चल, यह जो मैदान में रोशनी दिखाई देती है, वहीं जाना होगा।"

साधो ने हींगन को कंधे पर लिया और उस आदमी के साथ-साथ उसी रोशनी की तरफ चला।

## साधु का आश्रम

साधो अधमरे हींगन को कंधे पर लेकर उस जवाँमर्द के पीछे एक पगडंडी से जाने लगा। पगडंडी के दोनों तरफ बबूलों की कतार खड़ी थी, एक तो अँधेरी रात, दूसरे तंग रास्ता, उन लोगों को बड़ी तकलीफ होने लगी। परंतु साधो को उस तकलीफ से मन की तकलीफ अधिक थी। डर के मारे वह सूख गया और उसके पीछे-पीछे जा रहा था। वह ताड़ गया था कि मुंशीजी नाजुक जगह में चोट लगने से बेहोश हो गए थे और अब होश में आकर मुझे पकड़े लिये जाते हैं। यह सोचकर उसका खून सूख जाता था कि मेरी क्या गति होगी। वह डर के मारे चुपचाप मुंशीजी के पीछे-पीछे जाने लगा। धीरे-धीरे आसमान साफ हो चला, अंधकार की गहराई घट गई। वे लोग जिस चिराग की रोशनी को ताकते हुए आते थे, धीरे-धीरे उसके पास पहुँचकर देखा कि एक बड़े भारी पीपल के नीचे नख-जटा बढ़ाए, लंबी दाढ़ी लटकाए, आँखे बंद किए एक साधु योगासन पर बैठे हैं और उनके सामने धूनी जल रही है।

मुंशीजी साधु के पास पहुँच गए और साधो को भी पास आने का इशारा किया। साधो लाचार होकर वहाँ गया और धीरे से हींगन को सुलाकर मुँह लटकाए उनके पास खड़ा हो गया। डर से उसका कलेजा काँप रहा था। वह सोचने लगा कि कैसे इस आफत से जान बचेगी। बहुत कुछ सोचने-विचारने के बाद उसने धीरे से कहा, "सरकार! आपके पैर में कीचड़ लग गया है, हुक्म हो तो उस जगह से पानी लाकर पैर धो दूँ।"

साधो की इच्छा पूरी हुई, वह हुक्म पाकर पानी लाने के बहाने धीरे-धीरे वहाँ से चलता हुआ।

साधु चुपचाप आँखें मूँदे बैठे हैं, एक तरफ हींगन डाकू मुरदे की तरह पड़ा है और दूसरी तरफ मुंशीजी चुपचाप बैठे न जाने क्या सोच रहे हैं।

इसी तरह कुछ समय बीतने पर थोड़ी दूर पर बड़े जोर से चिल्लाहट सुनाई दी। साधु बाबा ने आँखें खोलकर बड़ी गंभीर आवाज में कहा, "घबराओ मत बच्चा!"

मुंशीजी ने चौंककर साधु की तरफ देखा। साधु बाबा ने फिर कहा, "घबराओ मत बच्चा! वह कहाँ भागेगा, अभी पकड़ा जाएगा।"

साधु की यह बात सुनकर मुंशीजी चकराए, सोचने लगे कि उन्होंने मेरे मन की बात कैसे जान ली। थोड़ी ही देर में दलीप सिंह भागते हुए साधो की चुटिया पकड़ हाजिर हुआ। साधो का बायाँ हाथ कुछ कट गया था, जख्म से खून जा रहा था। दलीप सिंह की भी अब वह हालत नहीं है। उसका शरीर लहू-लुहान हो रहा है। वह बाएँ हाथ से साधो की चुटिया और दाएँ में तलवार पकड़े भयंकर वेश में आकर खड़ा हो गया।

साधो—"दुहाई बाबाजी, दुहाई बाबाजी की!"

साधु—"चिल्ला मत कमबख्त।"

दलीप सिंह ने मालिक के मुँह कीं तरफ देखकर साधो को छोड़ दिया और एक तरफ कठपुतला की तरफ चुपचाप खड़ा हो गया।

साधु—"भकुआ क्यों बन गए? अपने मालिक को पहचानता नहीं क्या?"

दलीप सिंह में अभी तक बोलने की शक्ति नहीं थी। वह मुंशीजी की तरफ एकटक देखता रहा।

मुंशीजी ने कहा, "क्या है दलीप! तुम यहाँ क्यों आए?"

"सरकार बतलाता हूँ।" इतना कहने के साथ ही दलीप की आँखों से आँसुओं की धारा बह चली। उसका गला भर आया, मुँह से और बातें नहीं निकलीं। बड़ी देर

के बाद उसने भारी आवाज से कहा, "सरकार के दर्शन मिलने की आशा नहीं थी।"

मुंशीजी—"अब क्या खबर है? तुम अहिरौला नहीं गए?"

दलीप—"सरकार! ज्योंही आप गिर पड़े, मैं आपके हुक्म के मुताबिक जान लेकर भागा, लेकिन कुछ दूर जाकर सोचा कि डाकू जरूर ही मेरा पीछा करेंगे। मैं अकेला हूँ, पास में गहने की संदूक है। मैं भी मरूँगा, संदूक भी जाएगी, कहीं छिप रहना चाहिए। यह सब सोचता और एक साँस दौड़ता जाता था कि एक जगह सामने बरगद के पेड़ दीख पड़े। वहाँ बड़ा अँधेरा था। धीरे-धीरे उसी में जाकर बरोहनियों में छिप गया। थोड़ी ही देर बाद सुना कि डाकू दौड़े आ रहे हैं। एक कहता है—'सार कहाँ गया?' दूसरा कहता है—'चाहे जहाँ जाए, भोलाराय से बचकर नहीं निकल पाएगा। फिर वह जहाँ जाएगा, उसे भी मैं जानता हूँ। तू चला आ।' दोनों आगे बढ़ गए। मैंने वहाँ से निकलकर सोचा कि पहले जिसका नमक खाता हूँ, उसकी खबर लेनी चाहिए। यही सोचकर सीधे वहाँ आया, जहाँ डाकुओं से मार-पीट हुई थी। वहाँ आने पर यह मिला।"

मुंशीजी—"अरे गया कहाँ, भागा तो नहीं?"

साधुबाबा इस बीच में धूनी कुरेद रहे थे। सबको बेखबर देखकर साधो खिसक रहा था। थोड़ी ही दूर गया था कि साधु ने घुड़की दी—"बदमाश! फिर भागता है? इधर आ।"

साधो डाकू मन मारे हुए की तरह उनके पास आकर खड़ा हो गया। साधु ने किचकिचाकर उसकी तरफ देखते हुए न जाने क्या कहा। फिर मुंशीजी से कहा, "देखो बच्चा! उसका हल हो गया। अब एक कदम भी हिलने की ताकत नहीं है।"

मुंशीजी साधु बाबा की यह करामात देखकर चकित हो गए और उन पर उनकी भक्ति प्रबल हो आई। वे दोनों डाकुओं को उनके पास छोड़कर दलीप सिंह सहित वहाँ से चल दिए। जाते समय कह गए—"कल सबेरे आकर फिर चरणों के दर्शन करूँगा।"

साधु के आश्रम से विदा होकर मुंशी हरप्रकाश लाल फिर उसी बबूल के जंगल से चले। दलीप सिंह भी पीछे-पीछे चला, जाते-जाते मुंशीजी ने प्यादे से पूछा, "क्यों जी! तुम उस पाजी को थाने में न ले जाकर यहाँ क्यों ले आए?"

दलीप—"सरकार! थाना यहाँ से बड़ी दूर है। उतनी दूर इतने बड़े जवान को घसीट ले जाना क्या सहज है? रोशनी देखकर सोचा कि जरूर यहाँ कोई आदमी होगा, वहाँ कुछ-न-कुछ उपाय हो जाएगा, इसी से यहाँ आया।"

मुंशीजी और कुछ न पूछकर चुपचाप कुछ सोचते हुए चले। कुछ दूर जाने के बाद अपनी लाठी दलीप को और उसकी तलवार लेकर कहा, "तुमने सीधे अहिरौली जाकर अच्छा नहीं किया।"

दलीप—"सरकार! मैं बेवकूफ आदमी हूँ, बिना समझे-बूझे काम कर डाला है, मेरा कसूर माफ कीजिए।"

"अच्छा आओ!" कहकर हरप्रकाश लाल तेजी के साथ जाने लगे। रास्ते में तरह-तरह की चिंता उनके मन को डाँवाँडोल करने लगी। वे सोचने लगे—क्या ही आफत आ पहुँची। चार-पाँच घंटे पहले मेरा मन कैसा था और अब क्या हो गया? फिर आगे क्या होगा सो कौन कहे? यह भी नहीं जानता कि मेरे साथियों की क्या गति हो। ससुराल में औरतों का घर है, मर्द के नाम पर सिर्फ बूढ़े ससुरजी हैं। उनसे क्या होगा? न जाने डाकू कितना सता रहे होंगे, किस तरह इज्जत उतार रहे होंगे? ओफ! सहा नहीं जाता। (दलीप से) "दलीप सिंह और कितनी दूर है? हम लोग कहाँ आए हैं?"

दलीप—"सरकार! दाहिनी तरफ खौलिया छूटता है।"

मुंशीजी—"तब तो हम लोग पहुँच गए।"

दलीप—"जी सरकार! यही तो रास्ता है।"

लंबा-चौड़ा मैदान झनझना रहा है। उसके पश्चिम किनारे पर बड़ और पीपल के पेड़ अगणित जुगनुओं से घिरकर रत्नतरु की भाँति शोभा दे रहे हैं। उन पेड़ों के पीछे एक कच्चा रास्ता उत्तर से दक्षिण को गया है। उसी रास्ते पर अहिरौली गाँव है। वही रास्ता दलीपसिंह ने मुंशीजी को दिखाया। वे लोग जिस रास्ते आते थे, उस से दूसरे रास्ते को एक पुल मिला देता है।

मुंशीजी प्यादे सहित गाँव के पास पहुँच गए। यहाँ आने पर उनका चित्त और भी घबराया। कल्पना में तरह-तरह के कुदृश्य देखने लगे। उनको एक स्त्री की चिल्लाहट सुनाई दी। उनसे देर सही नहीं गई। पागल की तरह दौड़कर गाँव में घुसे।

## ससुराल

रात झन-झन कर रही है। चारों ओर सन्नाटा है। निशाचरी जानवरों के सिवा और सभी जीव सोए हुए हैं। ऐसी गहरी रात में वह कौन स्त्री अकेली इस अटारी की खिड़की में बैठी झाँक रही है? युवती क्या किसी की बाट देख रही है? या किसी असह्य मनोवेदना से अभी तक सुख की नींद नहीं सो सकी है? घर में एक

दीया जल रहा है और एक पलंग पर एक विधवा सोई हुई है। घर के पिछवाड़े से एक गीदड़ हुआँ-हुआँ करके भागा, फिर कई कुत्ते भों-भों करने लगे। विधवा की नींद टूटी। उसने खिड़की की तरफ देखकर कहा, "जीजी! सोवोगी नहीं क्या? रात बहुत हो गई।"

खिड़की पर बैठी हुई स्त्री मुंशी हरप्रकाश लाल की पत्नी पार्वती है। पार्वती ने उदास होकर कहा, "हाँ, सोती हूँ।"

विधवा ने करवट बदलकर कहा, "रात भर जागने से बीमार हो जाओगी।"

पार्वती—"आती हूँ।"

विधवा—"अब देर मत करो। पाहुन आने को होते तो अब तक आ गए होते। अब आज नहीं आवेंगे। तुम आओ सो रहो।"

पार्वती—"आती हूँ।"

विधवा—"अरे! तुम रोती हो क्या?"

पार्वती के हृदय में बड़ा कष्ट हो रहा था। कितनी ही कुचिंताएँ उसके चित्त-पट पर तरह-तरह के अशुभ चित्र खींचती थीं। बहुत दिनों के बाद स्वामी आनेवाले थे। वह अभी तक उनकी बाट देख रही थी। विधवा की बात सुनकर वह अपना मन सँभाल नहीं सकी, रोने लगी।

विधवा उठी, पार्वती का हाथ पकड़कर पलंग पर ले आई और उसे बिठाकर आप भी उसकी बगल में बैठ गई।

विधवा ने अपने आँचल से पार्वती का मुँह पोंछकर कहा, "राम-राम! तुम रोती क्यों हो? जीजा नहीं आए, इसी से रोती हो क्या? तुम तो महा नादान हो। रोकर उनका अशुभ क्या करती हो? नाव पानी का रास्ता है, ज्वार-भाटे की बात है, शायद नाव नहीं पहुँची, इसी से नहीं आए। खैर, आज नहीं आए तो कल सवेरे आ जाएँगे। इसके लिए इतनी फिक्र क्यों, रोना-पीटना क्यों?"

पार्वती—"भौजी! मेरे मन में कैसा तो हो रहा है। बड़ी चिंता हो रही है। वे अच्छे तो हैं न?" फिर आँखों से आँसू जारी हो गए।

विधवा—"वाह, अच्छे नहीं तो क्या हैं? ऐसी अशुभ बात जबान पर नहीं लानी चाहिए। जीजी! बाहरी दरवाजे पर कौन धक्का मार रहा है। धाँ-धाँ धक्का ही तो मारता है। दरवाजा तोड़ डालेगा क्या?"

पार्वती—"बाबूजी तो बाहर ही हैं। क्या वे ऐसे बेखबर सो गए हैं?"

विधवा—"रात क्या कम गई है। बूढ़े आदमी हैं। बैठे-बैठे सो गए होंगे। एक

काम करो। दीया लेकर मेरे साथ चलो, मैं ही जाकर दरवाजा खोले देती हूँ।"

पार्वती का चेहरा खिल गया। उसने खुशी मन से चिराग ले जाकर कोठरी का दरवाजा खोला। बाहरी दरवाजे पर लगातार धक्का पड़ रहा है। विधवा पार्वती के पीछे-पीछे चली और हँसते-हँसते बोली, "हरे, हरे! मुंशीजी से देर सही नहीं जाती है, दरवाजा ही तोड़ डालेंगे क्या?"

उन्होंने ज्योंही दालान में पैर रखा, त्योंही दरवाजे का एक किवाड़ धड़-धड़ाकर गिर पड़ा और यमदूत सरीखे दो लंबे जवान भीतर घुस आए। उनके सारे अंग में तेल और स्याही पुती हुई थी, दोनों के हाथ में एक-एक जलती मशाल और एक-एक लाठी थी। दोनों स्त्रियाँ अचानक इन भयंकर मूर्तियों को देख डर के मारे चिल्ला उठीं। पार्वती के हाथ से दीया गिर पड़ा। दोनों भागकर अटारी पर चढ़ गईं।

पार्वती जन्म से ही कोमल स्वभाव की है। एक तो रात भर जागते और इंतजार करते रहने से उसकी देह और मन थक गया था, ऊपर से इस घटना ने भय और नाउम्मीदी से उसको बदहवास कर दिया। वह खड़ी नहीं रह सकी, एकदम अचेत होकर धरती पर गिर पड़ी। विधवा भी घर का दरवाजा बंद करके भौंचक सी बनकर खिड़की की राह बाहर की तरफ चुपचाप ताकने लगी।

जो दो विकट मूर्तियाँ मकान में घुसीं, उनमे से एक वही प्रधान डाकू भोलाराय और दूसरा उसका साथी था। भोला घर में घुसकर बड़े जोर से गरजा और लालू को नीचे छोड़कर खुद उन स्त्रियों के पीछे-पीछे गया। लेकिन ऊपर जाकर देखा कि औरतों ने भीतर से दरवाजा बंद कर दिया है। तब वह उसकी जंजीर चढ़ाकर फिरा, दालान में एक चारपाई पर मुंशीजी के ससुर बूढ़े बलदेवलाल सोए थे, नींद में नहीं थे। भोला पंछी के तड़पने से पहले ही उनकी नींद टूट गई थी, परंतु डाकुओं की अवाई जानकर वे पत्थर की तरह पड़े रहे।

भोला ने हाथ में मशाल लिये बूढ़े के सामने आकर कहा, "अरे बुड्ढा! तेरे दामाद का वह पाजी प्यादा कहाँ है?"

बूढ़ा—"ऐं! दामाद!!"

भोला—"तेरे दामाद को तो यमलोक में भेज दिया; अब यह बता कि उसका प्यादा और संदूक कहाँ है?"

बूढ़ा—" ऐं! संदूक! मुझे तो कुछ मालूम नहीं, भैया।"

भोला—"हरामजादा! तू नहीं जानता?(मारते-मारते) बता कहाँ है?"

बूढ़ा—"दुहाई दादा की। मैं कुछ नहीं जानता। भगवान् जाने, मैं कुछ नहीं

जानता। यह चाभी देता हूँ। मेरे पास जो कुछ है, ले लो, मेरी जान मत मारो।"

भोला—"अरे बदमाश! तेरे पास लेने को क्या रखा है, बता दे, संदूक कहाँ है, बता दे।"

बूढ़ा—"भैया! तुम्हारे पाँव पड़ता हूँ, मुझे मत मारो। मैं संदूक-फंदूक कुछ नहीं जानता।"

"नहीं बतावेगा?" कहकर भोला ने लात मार बूढ़े को दूर फेंक दिया। बूढ़ा कराहने लगा। परंतु भोला इसका कुछ खयाल न करके फिर एक बड़ी लकड़ी से उसके हाथ-पैर खोदने लगा। जब इतने से भी अपना काम बनते न देखा तब उस असमर्थ बूढ़े को उठाकर गाय के घर में पटक दिया। बूढ़ा बेहोश हो गया। गाय वह विकट मूर्ति, जलती मशाल और भयंकर घटना देखकर उछल पड़ी और पगई तुड़ाकर बाँ-बाँ करती हुई भाग चली। भोला राय ने बाहर से किवाड़ बंद करके मशाल से घर में आग लगा दी और भीतर घुसकर लूटमार मचाने लगा।

विधवा खिड़की से बूढ़े ससुर की पीड़ा और यंत्रणा देखकर रो उठी, उसके रोने से पार्वती को होश हुआ। वह उठ बैठी, परंतु पागल सी सिर्फ एक ओर टुकुर-टुकुर ताकती रही।

भोला ने नीचे के घर में जो कुछ दामी माल पाया, उसे समेटकर कमर में बाँध लिया। फिर अटारी पर चढ़कर बंद दरवाजे पर धक्का देने लगा। बार-बार धक्का देने से किवाड़ टूट गया। भोला ने भीतर घुसते ही पार्वती की चंपाकली नोंच ली और कहा, "अगर खैर चाहती है तो संदूक सामने रख दे।"

इसका कुछ उत्तर न पाकर वह दोनों स्त्रियों को पीटते-पीटते दालान में ले आया और बोला, "देख रे लालू! अगर प्यादे और संदूक का पता न बतावें तो इन हरामजादियों को भी जला दे।"

यह कहकर भोला गरजता हुआ बिजली की तरह लाठी घुमाता हुआ इधर-उधर नाचने लगा। आग गाय के फूसवाले मकान में भभक उठी और उसी में अभागा बूढ़ा चिल्ला रहा था। क्या ही भयंकर दृश्य था।

पार्वती फिर मूर्च्छित हो गई। किंतु धन्य विधवा का साहस। धन्य उसका धैर्य। वह इस दशा में भी पार्वती का सिर अपनी गोद में उठाकर उसकी मूर्च्छा छुड़ाने की चेष्टा करने लगी। पार्वती के बदन पर जो कुछ जेवर बाकी थे, उन सबको लालू ने उतार लिया। उसके गालों से लहू की धारा बहने लगी। विधवा रोते-रोते अपने आँचल से वह धारा पोंछने लगी।

इतने में "हाय रे राक्षस! तू ने क्या कर डाला?" कहकर कौन चिल्लाया? किसका कलेजा छेदकर यह आवाज निकली। विधवा ने उस आवाज की तरफ कान दिया कि उसी घड़ी डाकू का सिर धड़ से अलग हो गया। विधवा चिल्ला उठी। यह काररवाई किसने की? इस विपद में किसने आकर मदद की? विधवा ने फिर देखा कि खून से रँगी तलवार हाथ में लिये पागल की तरह एक आदमी आकर पार्वती को गोद में उठाए महल में चला गया। वह आने वाला मुंशी हरप्रकाश लाल था।

थोड़ी ही देर बाद दलीप आ पहुँचा। भोला पंछी अपने को अकेला देखकर भाग गया। तब दलीप सिंह चिल्लाहट सुनकर जलते हुए गौसार की तरफ दौड़ा गया और क्षणभर में बूढ़े लाला बलदेव लाल को निकाल लाया

## सलाह

पार्वती उसी अटारी में पलंग पर बेहोश पड़ी है, हिलती है न डोलती है। विधवा बहू उसके पास बैठी सेवा-शुश्रूषा करती है। मुंशीजी दालान में बैठकर ससुरजी के जख्मों पर जल में भिंगो-भिंगोकर पट्टी बाँध रहे हैं। दलीप सिंह सीढ़ी के नीचे खड़ा होकर चिलम पी रहा है। सभी चुप हैं। कोई कुछ नहीं बोलता है।

गायवाला घर अभी तक जल रहा है और गाय बाँ-बाँ करती घर के चारों ओर दौड़ रही है। कुछ देर यों ही बीतने पर पार्वती ने एक लंबी साँस लेकर धीरे से कहा, "भौजी!"

विधवा—"क्यों जीजी! मैं यहीं हूँ।"

पार्वती—"भौजी, मेरे शरीर में बड़ा दर्द है। कलेजा टूक-टूक हो रहा है। तुम मेरी छाती पर हाथ सहलाओ।"

पार्वती की यह बात सुनकर बूढ़े ससुर उठ बैठे। ससुरजी को उठते देखकर मुंशीजी ने घबराकर कहा, "आप क्यों उठे?"

बलदेव लाल ने लंबी साँस लेकर कहा, "हाँ दैव! बुढ़ापे में यही विपद बड़ी थी। बेटी, पार्वती! तू भी मुझे छोड़कर भागना चाहती है?"

"आप यह क्या बकते हैं? क्यों घबराते हैं? गश के बाद कलेजा इसी तरह दुखता है, आप घबराइए नहीं, चित्त को स्थिर कीजिए।"

यह कहकर मुंशीजी पार्वती के पास जा खड़े हुए।

विधवा—"जीजी! जरा आँखें खोल कर देखो तो ये कौन आए हैं?"

पार्वती ने एक बार हरप्रकाश लाल की ओर देखकर लाज से आँखें बंद कर लीं। पार्वती का वह सलज्ज भाव देखकर हरप्रकाश लाल का दांपत्य स्नेह उमड़ आया। उन्होंने विधवा को संबोधन करके कहा, "देखिए, अभी किसी तरह उठने मत दीजिएगा। अभी उठने से फिर गश आ सकता है। घर में दूध हो तो थोड़ा पिला दीजिए।"

यह कहकर मुंशीजी बूढ़े ससुर के पास लौट आए। बूढ़े ने कहा, "बबुआजी! आज पुत्र का काम किया है। आज तुम्हारे ही दम से कई आदमियों के प्राण बचे हैं।"

मुंशीजी ने कहा, "नहीं साहब! मेरे कारण ही आप लोगों पर यह आफत आई।"

यह कहकर वे उस भयानक रात की सारी कहानी ससुरजी को सुनाने लगे। इतने में बाहर से किसी के चिल्लाने की आवाज आई। सब लोग घबराए। मुंशीजी तलवार लेकर खड़े हो गए।

बलदेव लाल ने उनका हाथ धरकर कहा, "बबुआजी! यह क्या करते हो? बैठो, तुमको नहीं जाने दूँगा। अभी हरगिज नहीं जाने दूँगा।"

"आप रहिए, मैं जाता हूँ।" यह कहकर मालिक का हुक्म बिना सुने ही दलीप सिंह दालान में आया। वहाँ कोई नजर नहीं आया। उसने देखा कि गाय की झोंपड़ी जलकर धूल में मिल गई है और आग का जोर बहुत घट गया है। घर में चारों ओर देखा और कहीं कोई नजर नहीं आया। अंत में बाहर जाकर देखा कि एक आदमी धरती पर लेटा हुआ है। दलीप सिंह उस आदमी को देखते ही पहचान गया, वह उसके मालिक के बहनोई हरिहर प्रसाद थे। दलीप झट उन्हें गोद में उठाकर भीतर ले गए।

मुंशीजी बहनोई की यह दशा देखकर बहुत ही दुखी हुए और उनको होश में लाने का यत्न करने लगे। थोड़ी देर के बाद हरिहर प्रसाद को होश हुआ।

मुंशीजी—"हरिजी! माजरा क्या है?"

हरिहर—"भई, उस समय अगर तुम्हारे साथ आता तो ऐसी विपद में नहीं पड़ता। बाप रे बाप, जिंदगी भर में ऐसी आफत कभी नहीं आई थी। ठोरे के पास तुम लोगों को उतार नाव आगे बढ़ी, थोड़ी ही दूर गई थी, इतने में न जाने किधर से कई डोंगियों ने आकर हमारी नाव घेर ली। एक डोंगी से एक आदमी ने मेरी नाव पर चढ़कर कर्णधार को पानी में ढकेल दिया। डाँड़ी यह देखकर पानी में कूद

पड़े। फिर और दो-तीन आदमी आकर हम लोगों की चीजें लूटने लगे। आफत देखकर मैं नाव पर से कूद पड़ा। बड़ी मुश्किल से तैरकर किनारे आया। पानी से निकलकर इधर-उधर देखा, परंतु हमारी नाव नजर नहीं आई। ऊपर आकर देखा कि चारों ओर जंगल ही जंगल है, वहाँ न तो कोई गाँव है न कोई रास्ता। लाचार किनारे-किनारे रेत में चलने लगा। बहुत दूर जाने पर एक मछुए को देखकर कहा, 'भैया, मैं बड़ी विपद में पड़ा हूँ, मेरी जान बचाओ।' मेरी गिड़गिड़ाहट से उसको दया आई। उसने मुझे चुरामनपुर का रास्ता दिखा दिया। रात में आश्रम ढूँढ़ा, मगर कहीं किसी को नहीं पाया—अकेला मैदान में चलने लगा और बड़ी मुश्किलों से यहाँ तक आया, लेकिन यहाँ आने पर जो कुछ देखा, वह इस जिंदगी में नहीं भूलूँगा। कैसा भयंकर दृश्य। घर जल रहा है, आग की लपट आकाश छू रही है और एक बड़ा भारी राक्षस एक आदमी को पकड़कर चर-चर चबा रहा है। यह देखकर मेरा कलेजा सूख गया, सारा अंग काँपने लगा, मुझसे खड़ा नहीं रहा गया, चिल्लाकर जमीन पर गिर पड़ा।"

मुंशीजी—"देखो तो दलीप सिंह! वह डाकू पड़ा हुआ है या नहीं?"

दलीप तुरंत नीचे उतर गया। कुछ देर बाद लौटकर बोला, "सरकार! वह तो नहीं दिखाई देता।"

यह सुनकर मुंशीजी का चेहरा कुछ उदास हो गया। वे बोले, "जो खटका था वही हुआ। डाकू लाश उठा ले गए।" पीछे हरप्रकाश लाल ने अपनी राम कहानी हरिहर प्रसाद से कह सुनाई। धीरे-धीरे सबेरा हो गया, चारों ओर चिड़ियाँ चहकने लगीं।

मुंशीजी, हरिहर प्रसाद और दलीपसिंह के बैठक में आने पर बूढ़े बलदेव लाल भी एक छड़ी टेकते-टेकते बाहर आए। उनकी दानशीलता और परोपकार से गाँव के सब लोग उनको बहुत मानते थे। उनकी विपद सुनकर सभी घबराए थे। कितने ही उनको देखने आए। उनमें एक ऊँचे आदमी ने मुंशीजी से कहा, "मुंशीजी, मुझे पहचानते हैं?"

मुंशीजी—"जी हाँ, आपको यहाँ देखा था।" वह आदमी लाला बलदेव लाल का लँगोटिया यार मथुरालाल था। वह अकसर लालाजी के घर आकर शतरंज खेलता था।

बलदेव—"मथुरा भाई, कल पाहुन ने ही हम लोगों की जान बचाई।"

मुंशीजी—"मैं नहीं जानता था कि आप लोगों का परगना ऐसा भयानक है।"

मथुरा—"भय की बातें हमेशा सुनने में आती हैं। खासकर पंछीबाग के सामनेवाला स्थान बड़ा ही खौफनाक है।"

मुंशीजी—"आरा जिले के पास भी ऐसे बदमाशों का अड्डा है? इन दुष्टों को सजा क्यों नहीं होती?"

मथुरा—"इसमें बड़ी-बड़ी चाल है। सुनते हैं कि हीरा सिंह डाकुओं को रखता है। उसके दल को गिरफ्तार करना सीधा न समझिएगा।"

मुंशी—"तो भी इस अंधेर को मिटाने की कोशिश करना बहुत जरूरी है।"

मथुरालाल ने बलदेव लाल से कहा, "तुम अगर आरे के फौजदार रहीम खाँ के यहाँ जाकर हाथ-पैर जोड़ो तो शायद यह लूट बंद हो सकती है।"

मुंशी—"इस मामले में लापरवाही करने से ठीक नहीं होगा। आपको जरा आराम हो ले तो हम दोनों आरा चलकर इस अत्याचार का हाल उनसे कहेंगे और इसकी दवा के लिए सलाह करेंगे।"

मथुरा—"भाई, जितनी जल्दी हो सके, मुंशीजी को साथ लेकर आरा जाओ। यह जुल्म अब सहा नहीं जाता, इसका इलाज करना बहुत जरूरी है।"

यों बातचीत करते-करते बहुत दिन चढ़ गया, तब सब लोग अपने-अपने घर चले गए।

मुंशीजी स्त्री को विदा करा के अपने गाँव को रवाना हुए। हरिहर प्रसाद और दलीप उनके साथ हो लिए। मैदान से जाते-जाते पिछली रात की बात याद आने से मुंशीजी इस पीपल के नीचे साधु बाबा के दर्शन करने गए, परंतु वहाँ किसी को नहीं पाया।

## नौरतन का खँडहर

डुमरांव से उत्तर नौरतन नाम का खँडहर है। कहते हैं राजा विक्रमादित्य की तरह राजा भोज के दरबार में भी नौरतन थे। राजा ने उनके लिए एक बैठक बनवाई थी। जिस समय का यह हाल है, उस समय नवरतन का खँडहर अनेक प्रकार की वृक्ष-लता आदि से बहरा होने के कारण एक जंगलमय पहाड़ जान पड़ता था। उसके चारों ओर भी एक घना जंगल था। वहाँ आदमी का प्रवेश नहीं था। रात की कौन कहे, दिन को भी कोई अकेला उस नौरतन के पास से जाने की हिम्मत नहीं करता था। लोगों का ऐसा विश्वास था कि वहाँ भूत-प्रेत और दैत्य रहते हैं। आधी रात के समय वहाँ एक औरत के गाने की आवाज सदा सुनी जाती थी और कभी-

कभी पीपल की लंबी डाल पर पैर लटकाए, सफेद कपड़ा पहने भूतनी भी चाँदनी में बाल सुखाते देखी जाती थी।

संध्या बीत जाने पर, पंचमी के चाँद के साथ मिलकर शाम-वाले तारों के विदा हो जाने पर और घाट तथा घर पर सन्नाटा छा जाने पर उस भयानक खँडहर के ऊपर एक लंबी मूर्ति आकर खड़ी हुई। उसके सारे अंग में चंदन, गले में जनेऊ और कमर में सफेद धोती के ऊपर एक रंगीन अँगोछा त्रिकोणाकार बँधा हुआ था। वह मूर्ति इधर-उधर न जाने क्या देखने लगी। कुछ देर बाद वह खँडहर पर से धीरे-धीरे एक बावली के पास पहुँची। वह बावली बहुत गहरी और बड़ी तथा तरह-तरह की जल-लताओं से भरी हुई थी।

तालाब के बीच में एक डोंगी पर सवार होकर एक युवती झिंझरी खेल रही थी, उसका चेहरा काला और बाल लंबे कमर तक लटके हुए थे। युवती एक हाथ से डाँड़ खेती हुई मीठे राग से गीत गा रही थी।

उस नए आदमी ने किनारे से एक घिरनई निकाली और उस पर सवार होकर उस युवती की ओर चला। उसको देखते ही युवती चुप हो गई और नाव दूसरी तरफ ले चली। उस आदमी ने उधर ही घिरनई फेरी और बड़ी तेजी से डेंगी को आ घेरा। स्त्री ने चाल बदली परंतु नाव के लता में अटक जाने से आगे नहीं बढ़ सकी। उस आदमी ने नाव पकड़ ली। युवती लाचार होकर बोल उठी—"क्यों रे बभना, फिर आया ?"

आदमी—"देखूँ, कितनी मछली पकड़ी हैं ?"

युवती—"तुझे क्यों दिखाऊँगी ?"

आदमी—"तू यों ही रोज मछली पकड़ती है। आज तुझे पकड़वा दूँगा ?"

युवती—"मुझे तो पकड़वा देगा, लेकिन यह तो बता कि कल तू कहाँ गया था ?"

आदमी—(एक हार दिखाकर) "देखती है ?"

युवती—"किसका गला काटा है ?"

आदमी—"लेगी ?"

युवती—"मुँहझौंसा बाभन! तू मुझे लोभ दिखाता है ? गहने-सहने का लोभ रहता तो इस गूजरी को इस तरह मछली पकड़कर पेट पालन नहीं करना पड़ता।"

आदमी—"नहीं लेगी ? तब क्या चाहती है ?"

युवती—"मैं और कुछ नहीं चाहती, सिर्फ यही चाहती हूँ कि तेरा यह मुँह फिर देखना न पड़े।"

आदमी—"अरे बदमाश! यही तेरा प्रेम है।"

युवती—"प्रेम! प्रेम सभी करते हैं, परंतु प्रेमी मनुष्य हैं कहाँ? जो मन का दु:ख नहीं समझता, उससे मन का मेल कैसे होगा? मन लायक मुझे भी मिले तो मैं उसकी लौंडी बनकर रहूँ।"

आदमी—"क्यों गूजरी! मैं क्या तुम्हें प्यार नहीं करता?"

युवती—"तेरे प्यार पर पाला पड़े, ऐसा प्यार मैं नहीं चाहती। तूने प्यार का काम ही क्या किया है?"

आदमी—"बता दे क्या करना होगा।"

युवती—"आ दुर पागल! मैं तुझे सिखला दूँगी कि तू इस तरह मुझे प्यार कर, तब तू मुझे प्यार करेगा? यह बात कहते तुझे जरा भी लाज नहीं लगी? प्यार करना भी कही सिखाया जाता है?"

आदमी—"अब पिंगल बहुत मत पढ़ा। बता, क्या चाहती है?"

युवती—"अरे बभना! कै बार बताना होगा? असल बात ही तू भूल जाता है कि…"

आदमी—"नहीं रे! भूला नहीं, सब याद है।" (गूजरी का बाल पकड़ता है।)

युवती—"हट-हट मुँहझौंसा कहीं का।"

आदमी—"अरी बावली! हटाती क्यों है? तू जो कहेगी सो ही करूँगा।"

युवती—"तू मेरे साथ अपनी जात गँवावेगा? जनेऊ फेंकेगा?"

आदमी—"इतना ही न? अरी, प्रेम के आगे जाति-भेद कब तक रहता है?"

युवती—"अरे बाभन! तेरी बात पर मैं भूलूँगी। मैं तेरे प्रेम का काम देखना चाहती हूँ।"

आदमी—"अच्छा यही सही, इस समय यह हार पहन ले।"

युवती—"धत्त पागल! दूसरे का हार मैं क्यों पहनूँगी?"

आदमी—"मैं क्या बेगाना हूँ, री पगली!"

युवती—"तू मेरा कौन है?"

आदमी—"चोंचले रहने दे, बता, लेगी कि नहीं?"

युवती—"नहीं, कभी नहीं लूँगी। जिसकी चीज है, उसको लौटा आ, तब जानूँगी कि तू मुझे प्यार करता है।"

"यह मेरी ही चीज है, ले तो तेरे गले में पहना दूँगा" यह कहकर वह आदमी ज्योंही गूजरी के गले में हार पहनाना चाहता था, त्योंही उसने धक्का मारकर उसे

पानी में गिरा दिया और तेजी से खेकर किनारे आ लगी।

गूजरी बिंद की लड़की कही जाती थी, दिन हो चाहे रात, वह हमेशा नवरत्न के झाड़-झंखाड़ में बेखटके आया-जाया करती थी, इससे सबको विश्वास था कि उसको किसी भूत की सिद्धि है। गूजरी ने जिसे पानी में ढकेल दिया, वह भोला पंछी था। भोला तैरकर किनारे आया। गीले कपड़े सहित नाराजी के साथ वहाँ से गायब हो गया।

## हीरा सिंह का मकान

हीरा सिंह एक बड़ा भारी जमींदार था। उसका धन-ऐश्वर्य अपार और दबदबा बेहद था। उन दिनों शाहाबाद जिले में उसकी जोड़ का कोई जमींदार नहीं था। हीरा सिंह दानी-मानी और आचारी था। सब तीर्थों में उसके बनाए मंदिर और बड़े-बड़े शहरों में उसकी कोठियाँ थीं। वह मुरार में रहता था। जो कोई उससे एक बार मिलता या बात कर लेता था, वह मानो उसी का हो जाता था। उसकी हँसती बोली में कुछ ऐसी ही जादू भरी थी।

हीरा सिंह का मकान बड़ा भारी था। वैसा मकान उस समय और कहीं देखने में नहीं आता था, मकान के सामने फुलवारी थी, फाटक और नौवतखाना थे। एक दिन पहर रात चली गई थी, पंचमी का चंद्रमा अस्त हो गया था, नौवतखाने में शहनाई बज रही थी। नामी तायफा लतीफन कोयल को लजाने वाले स्वर से श्रोताओं को मोह रही थी। हीरा सिंह कभी हँसता, कभी हाथ जोड़ता, किसी का हाथ धरकर बिठाता, किसी को अपने हाथ से पंखा करता, किसी को तांबूल और फूल देता, किसी के बदन पर गुलाबजल छिड़कता था। पर उसका ध्यान किसी और ही तरफ था।

हीरा सिंह के यहाँ विजयादशमी बड़ी धूमधाम से मनाई जाती थी। कुँवार सुदी 1 से 10 तक रोज तरह-तरह के नाच-तमाशे होते थे। खासकर हर साल पंचमी को उसकी वर्षगाँठ होने से बड़ा भारी उत्सव होता था। आज उसी की धूम है। सब लोग खुश हैं, लेकिन हीरा सिंह का चित्त उतना चंचल क्यों है ?

वेश्या अपने गीत से सबको मोह रही थी। आधी रात जा चुकी थी। सभी कठपुतली की तरह बैठे थे कि इतने में ड्योढ़ीदार आकर दरवाजे पर खड़ा हुआ। उसपर हीरा सिंह की नजर पड़ी तो उसने सलाम करके कहा, "हुजूर! नीचे राय साहब खड़े हैं।"

यह सुनते ही हीरा सिंह अपने पुत्र मोतीसिंह को अतिथियों के स्वागत का भार सौंपकर दरबान के साथ नीचे आया। वहीं भोलाराय को देखा। हीरा सिंह ड्योढ़ीदार को यथास्थान भेजकर भोलाराय सहित ठाकुरबाड़ी में आया। वहाँ सिर्फ एक चिराग जलता था और सामने राम, लक्ष्मण, जानकी की मूर्तियाँ दिखाई देती थीं। दोनों ने ठाकुरबाड़ी की एक कोठरी में घुसकर भीतर से दरवाजा बंद कर दिया। कोठरी में बहुत अँधेरा था, रोशनी का नाम नहीं। टटोल-मतोलकर दोनों और एक दरवाजे पर पहुँचे। हीरा सिंह ने उसका ताला खोला और एक छोटी सी सीढ़ी से उतरकर एक लंबे-चौड़े घर में दोनों दाखिल हुए। उस पाताल-गृह में सदा एक गंभीर शक आप से आप होता था और उसकी बेमरम्मत दीवारों पर ढाल, तलवार, भुजाली, हथोड़ी, मोचनी, सँड़सी, आदि सोनार के औजार और दूसरी तरफ कई मोटी-मोटी मशालें और तेल के भांड पड़े थे। चिराग की झलमलाती रोशनी में मालूम होता था कि एक जगह लाश की सी कोई चीज पड़ी है और उसके बगल में एक विकटाकर मूर्ति चुपचाप बैठी है।

वहीं जाकर हीरा सिंह ने भोला पंछी से पूछा, "क्यों राय साहब, क्या खबर है? आज दिन भर आसन कहाँ था?"

भोला कुछ नहीं बोला, उदास मन से चुपचाप बैठा रहा।

राय साहब कहने से ही भोला को क्रोध हो गया क्या, यह सोचकर हीरा सिंह ने कुछ शरमाकर फिर कहा, "क्यों भोला! आज तुम इतने उदास क्यों हो?"

भोला—"अब मैं यह काम नहीं करूँगा। इससे क्या फायदा है? क्या सुख है?"

हीरा—"फायदा रुपए का है, रुपए होने से सुख की क्या कमी है।"

भोला—"रुपए से तुम्हें सुख हो सकता है, मुझे रुपए से सुख नहीं होगा। मैंने बहुत रुपए पैदा किए हैं, लेकिन एक दिन भी सुखी नहीं हुआ। इस काम में कभी कुछ सुख नहीं है।"

हीरा सिंह ने जोर से हँसकर कहा, "तुम तो बड़े बेवकूफ मालूम होते हो, इस काम में सुख नहीं रहा तो क्यों करता? और तू मेरे कहने को क्यों बजाता? जान पड़ता है, तुमने आज दिन भर कुछ खाया नहीं है। आओ, पहले भोजन कर लो, तुम्हारे लिए भोजन बनवा रखा है। पहले खा-पीकर ठंडा हो लो, तब बातचीत होगी।"

हीरा सिंह भोला का हाथ पकड़कर चिराग के पास ले आया और उसको आसानी से बिठाकर हलवा, पूड़ी-कचौड़ी आदि पकवान सामने ला रखा। सामने

पकवान की थाली देखकर भोला का चेहरा पहले से कुछ प्रसन्न हो आया, उसने छककर खाया और ऊपर से एक हाँड़ी दूध भी चढ़ा गया। उसके हाथ-मुँह धोने पर फिर काम की बात छिड़ी। पहले रायसाहब ने ही मुँह खोला, कहा, "ठाकुर साहब, आप कहते थे कि तुम्हें जो हुआ है, वह मैं समझ गया हूँ, अच्छा बताइए तो, मुझे क्या हुआ है?"

भोला ने ज्योंही यह बात पूछी, त्योंही गूजरी की झाड़-फटकार उसे याद आ गई। उसने सोचा कि हो सकता है, इन्होंने गूजरी की बात जान ली हो।

हीरा सिंह ने उत्तर दिया—"अरे नादान! इतना नहीं समझता तो तुम लोगों की सरदारी क्या करता?"

भोला—"अच्छा बताइए न, क्या समझा है?"

हीरा—"भैया, नाकामयाबी और गर्व खर्ब होने पर किसका चित्त ठिकाने रहता है? तुम्हारी भी आज यही दशा हुई है?"

भोला मन-ही-मन काँप गया। सोचा—इनको ये सब बातें कैसे मालूम हुईं? इन्होंने कैसे जान लिया कि मेरा मतलब सिद्ध नहीं हुआ, गूजरी ने मेरा गर्व खर्ब कर दिया है?

किंतु जब हीरा सिंह ने कहा, "भैया, बूढ़े की बात न मानने से ऐसा ही होता है, उसी समय कहा था कि हरप्रकाशलाल कोई ऐसा-वैसा आदमी नहीं है।" तब भोला को होश हुए।

उसने नाराजी के साथ कहा, "आप हरप्रकाश लाल को क्या समझते हैं?"

हीरा—"मैं चाहे जो समझूँ, परंतु तुमने उसका क्या कर लिया है? तुम उसके दस हजार लूटने गए थे, वे रुपए कहाँ हैं? ऐं! हींगन कहाँ है? लालू कहाँ है?"

भोला ने कुछ उत्तर नहीं दिया, सिर्फ दाँत किचकिचाकर हीरा सिंह की ओर ताकने लगा। हीरा ने चुप देखकर फिर कहा, "क्यों, बोलते क्यों नहीं? चुप क्यों रह गए?"

भोला—"चुप रहो।"

हीरा—"चुप क्या रहूँ? तुम लालू की लाश वहीं क्यों छोड़ आए? तुम्हारा जो साहस और बल है, वह मालूम हो गया। अब बात मत बनाओ।"

भोला—"अब भी कहता हूँ, चुप रहो।"

हीरा—"ऐं! तेरा इतना बड़ा दिमाग है कि मेरे सामने लाल-लाल आँखें करके बोलता है?"

भोला—"क्यों, तू है कौन? हीरा सिंह, मैं तुझे तिनकी बराबर समझता हूँ, तू बूढ़ा हो गया—क्या कहूँ, तेरा नमक बहुत खाया है।"

हीरा—*(बात काटकर)* "नहीं तो मुझे मारता क्या?"

एक तरफ जो विकटाकार मूर्ति चुपचाप बैठी थी, वह अब आगे बढ़ी। वह वही साधो डाकू था। उसने आकर बाएँ हाथ से भोला के दोनों पैर पकड़ लिये।

भोला—"छोड़, छोड़!"

साधो—"रायसाहब! गम खाइए, आप गुस्सा करेंगे तो किसी की खैर नहीं है। मालिक ने दो बात कह दीं तो क्या इतना गुस्सा करना चाहिए? कसूर होने पर मालिक नहीं डाँटेंगे तो कौन डाँटेगा?"

भोला—"मेरा क्या कसूर है?"

हीरा—"तेरा हजार दोष है, तूने मेरी बात क्यों नहीं मानी?"

भोला—"तुम्हें दिखा दूँगा कि होता है या नहीं, भोलाराय के शरीर में जब तक एक भी हड्डी रहेगी, तब तक हरप्रकाश की जान नहीं छोड़ूँगा।"

हीरा—"बहुत हुआ, अब बात बनाने का काम नहीं है, तेरी ही बात पर भरोसा कर बैठ रहने से यह आफत हुई।"

साधो—"यह बात सच है, मालिक की चतुराई से इस बार हम लोगों की जान बची है। वे हम लोगों के पीछे-पीछे नहीं जाते तो जरूर जान जाती। उन्होंने साधु बनकर बड़ी-बड़ी दिक्कतों से हम लोगों को बचाया है। रायजी, झूठ-मूठ गुस्सा करके क्या आपस में ही बिगाड़ कीजिएगा? चुपचाप बैठिए।"

भोला—"अब मैं नहीं बैठूँगा।"

हीरा—"न बैठ, इस वक्त कहाँ जाएगा?"

भोला—"मेरा मन खराब हो रहा है, मैं अभी जाता हूँ।"

हीरा—"नहीं-नहीं, चलो गीत सुनो। साधो जानता है न, यहाँ एक गड्ढा खुदा हुआ है?"

साधो ने कहा, "जी सरकार। आ जाइए।" फिर मन-ही-मन कहने लगा—'जैसी करनी वैसी भरनी। हिंदू होकर भी हींगन कब्र में गाड़ा जाता है। न जाने मेरे भाग्य में क्या लिखा है।'

## मुंशीजी का मकान

मुंशी हर प्रकाशलाल अपने मकान पर पहुँच गए हैं। उनका मकान हीरा सिंह

की इमारत की तरह आलीशान नहीं है और उनका न उतना ठाठ-बाट है, परंतु बहुत मामूली भी नहीं है। मकान खूब साफ-सुथरा और देखने योग्य है। मकान के सामने रास्ता है, रास्ते के दूसरी तरफ बाग और तालाब है। भीतर दो मंजिले पर नई सफेदी का एक चमकता हुआ बड़ा कमरा है, उसके सामने खुली छत है। उसी घर में मुंशीजी सोते हैं। घर में एक तरफ एक शमादान में बत्ती जलती थी। उसकी रोशनी में घर में सजे हुए बरतन चमचमा रहे थे और दाहिनी ओर खिड़की के पास एक सुंदर चारपाई पर पार्वती सो रही थी। पार्वती स्वामी की बाट बहुत देर तक देखती रही, परंतु पिछली रात जागने और थक जाने के कारण उसकी आँख लग गई। कुछ देर बाद दरवाजा खुला, मुंशीजी भीतर आकर चारपाई के पास खड़े हुए और प्रेम भरे नयनों से प्राण प्यारी का मुख-कमल और लुनाई भरी देह निरखने लगे।

मुंशीजी इससे पहले जिस चिंता में पड़े थे, कोठरी में पैर रखते ही वह सब भूल गए। ये मन-ही-मन कहने लगे—हाय ऐसे कोमल अंग पर चोट करते समय पापी का हाथ क्यों नहीं बँध गया। ओफ! बर्दाश्त नहीं होता। देखूँगा कि हीरा सिंह कितना बड़ा डाकू है। उसको कितनी ही धन-दौलत हो, कितना ही प्रताप हो, कितने ही मददगार हों, कितनी ही प्रतिष्ठा हो, एक बार मैं उसे देखूँगा। उस पापी के अत्याचार से जाने कितने ही दुधमुहे बच्चे पितृहीन हो गए, कितनी ही बूढ़ी माताएँ पुत्र से हाथ धो चुकीं, कितनी अबलाएँ विधवा हो गईं। हीरा! तूने अनगनित लोगों को राह का भिखमँगा बना दिया है, तेरे पाप का प्रायश्चित्त नहीं है।

हरप्रकाश लाल गहरी चिंता में डूबे हुए हैं, इतने में अचानक वहाँ बेला और चंदन की खुशबू महक उठी। अचानक दरवाजे पर एक हट्टे-कट्टे ब्रह्मचारी का आगमन हुआ, उसने गंभीर स्वर में कहा, "हरप्रकाश लाल! अपनी स्त्री का यह हार लो।" कहकर उसने एक हार मुंशीजी के सामने फेंक दिया। मुंशीजी भौंचक से दरवाजे की ओर एकटक ताकने लगे।

फिर उस मूर्ति ने कहा, "मुंशी! तुम मुझे देखकर चकरा गए हो? मेरा नाम भोला राय है। मैंने ही कल रात को तुम्हारी ससुराल में डाका डाला था। यह हार मैं नहीं चाहता, मैं तुम्हारा वह गहनों का संदूक चाहता हूँ। तीन दिन की मुहलत देता हूँ, आगामी अष्टमी की रात को वह संदूक यहीं लाकर रखना, नहीं तो तुम्हारी खैर नहीं।"

यह कहकर डाकू गायब हो गया। मुंशीजी कुछ भौंचक से खड़े रहे। कुछ देर के बाद उनके होश-हवाश ठिकाने आए, जमीन से हार उठाकर तुरंत बाहर गए, चारों ओर ढूँढ़ा, परंतु उसको कहीं नहीं पाया।

## मैदान में

आकाश में न बादल हैं न चाँद, सिर्फ लाखों तारे चारों ओर चमक रहे हैं। मैदान सनसन कर रहा है। कहीं जीव-जंतु का नाम निशाँ नहीं मिलता। केवल पेड़ों पर जुगनू चकमक कर रहे हैं। रात बीत चली है। इसी अवसर पर भोला पंछी मैदान के रास्ते पंछी बाग की तरफ जा रहा था, उसके चलने का ढंग निराला है। वह कभी दौड़कर और कभी लाठी के बल उछलता जाता था। जाते-जाते एक जगह सुना कि कोई गीत गा रहा है ? गीत सुनकर वह खड़ा हो गया।

पूरा गीत सुनकर भोलाराय मुसकराया और जिधर से सुर आ रहा था, उसी तरफ चला। धीरे-धीरे एक तालाब के एक बड़े ऊँचे भीटे पर वह पहुँचा। भीटे के ऊपर लगे हुए ताड़ के पेड़ रात के अँधेरे में विकटाकार दैत्य सेना की तरह जान पड़ते थे और तालाब के बाँधे घाट पर एक स्त्री पैर फैलाए गीत गा रही थी। भोला ने चुपके-चुपके उसके पास जाकर पीछे से उसकी आँखें बंद कर दीं ? स्त्री बिना कुछ भी डरे या अकचकाए बोली, "अरे, छोड़ रे बभना! छोड़, यहाँ क्यों मरने आया ?"

भोला—"बदमाश, तू यहाँ क्या करती है ?"

गूजरी—"तेरी काररवाई देखने, तेरा पिंडा पाड़ने आई हूँ।"

भोला—"काररवाई कैसी ?"

गूजरी—"उससे मतलब क्या है ? जो देखना था सो देख लिया।"

भोला—"देख लिया न, तू ने जो कहा था, वही किया न ?"

गूजरी—"क्या किया है"

भोला—"हार लौटा दिया है।"

गूजरी—"लौटा दिया तो अच्छा किया, परंतु जो कुछ देखा है, उससे नहीं चाहता कि तुम से बात करूँ। भोला, तू एक दिन मारा जाएगा। यह काम छोड़ दे—डाका डालना छोड़ दे, हीरा आदमी नहीं शैतान है, तू भी शैतान है।"

भोला—"तूने क्या देखा है ?"

गूजरी—"तुझसे क्या कहूँ ?"

भोला—"कहना ही पड़ेगा।"

गूजरी—"कभी नहीं।"

भोला—"ऐं, तू नहीं बताएगी ?"

गूजरी—"नहीं।"

भोला—"याद रख, तू इस घड़ी मेरे हाथ में है।"

गूजरी—"पागल, तू मुझे डराता है? तू क्या समझता है कि मैं तुझसे डरती हूँ? अच्छा तुझे जो करना है सो कर।"

कहकर गूजरी तालाब में कूद पड़ी। रायजी गुस्से से कुचले हुए साँप की तरह गरज उठे, परंतु कहीं गूजरी को नहीं पाया। फिर अँधेरा चारों ओर साफ हो गया, चिड़ियाँ चहकने लगीं और आसपास के गाँवों में शोरगुल होने लगा।

भोला राय सोच में पड़ गया। गूजरी ने क्या कहा? उसने क्या देखा है? क्या उसने हीरा सिंह की पातालपुरी देख ली है? हम लोगों की गुप्त सलाह सुन ली है? अगर देखा और सुना है तो क्या वह लोगों से कह देगी? वह स्त्री है, उसका क्या विश्वास? गूजरी चाहे मुझे प्यार करती हो, लेकिन उससे यह नहीं भरोसा होता कि वह उन गुप्त बातों को प्रकट नहीं करेगी

यों सोचते-सोचते बहुत उद्विग्न मन से भोला राय तालाब के किनारे से चला गया।

## नौरत्न

संध्या बीत गई है, निर्मल आकाश में छठ का चंद्रमा हँस रहा है। नौरत्न के पास के गाँव में रामलीला की धूम है। सारा गाँव रामलीला देखने को एकत्र हुआ है, सिर्फ गूजरी नहीं गई है। वह अपनी झोंपड़ी में बिछौना बिछाकर चिराग चलाए बैठी है। इतने में रामलीला के बाजे बजे। गूजरी मन-ही-मन बोली, 'भगवान् ने जिनको सुख दिया है, वे सुख करें। मैं अभागिनी सिर्फ दुःख भोगूँगी। मेरे भाग्य में सुख लिखा ही नहीं है तो सुख भोगूँगी कैसे? परंतु मैं अपने ही मन के दोष से दुख पाती हूँ—नहीं तो मुझे कमी किस बात की है? लोग मुझसे नहीं बोलते न बोलें, इसकी मुझे परवा नहीं है। मैं उसके पीछे क्यों मरती हूँ? वह मेरा कौन है? वह डाकू है, खूनी है, उसकी चिंता मैं क्यों करती हूँ? नहीं, अब उसकी चिंता नहीं करूँगी—उसका नाम नहीं लूँगी, अब उसे भूल जाऊँगी।'

इसी वक्त डाकू भोला पंछी नंगी तलवार हाथ में लिये, गंभीर चेहरा बनाए उस झोंपड़ी से कुछ दूर गंगा किनारे टहलते हुए सोच रहा था—गूजरी कौन है? उससे मेरा क्या संबंध है? वह देखने में जरा खूबसूरत है, इसी से उसे प्यार करता हूँ। तो इससे क्या उसका गुलाम हो जाऊँगा? वह जो कहेगी, वही मुझे करना होगा? ऐं! वह मेरा जनेऊ उतरवाएगी, मेरी डकैती छुड़ाएगी, तब मुझ पर राजी होगी?

इसी बीच में 'राय साहब! राय साहब' कहकर किसी ने पुकारा।

भोला राय ने कहा, "क्यों रे! आ गया?"

काले भुजंग हट्टे-कटते जवान ने सामने आकर सलाम किया। उसका नाम अबिलाख बिंद है। यह एक मशहूर चोर है। उसने धीरे से पूछा, "क्यों राय साहब! काम तमाम हो गया?"

भोला—"नहीं।"

अबिलाख—"अरे! यह आपने अच्छा नहीं किया।"

भोला—"तू बोलने वाला कौन है?"

अबिलाख—"अब वह सब भेद जान गई है, हमारी पातालपुरी देख आई है, तब उसको जिंदा रहने देना उचित नहीं।"

भोला—"इसका विचार मैं करूँगा।"

अबिलाख—"रायजी! आप माया में फँस गए हैं, बात अच्छी नहीं होती है, तलवार जरा मुझे तो दें।"

भोला—(गुस्से से) "खबरदार।"

अबिलाख—"आप क्या कहते हैं? आपकी एक स्त्री के लिए हम सब लोग जान देंगे क्या?"

भोला—"जान नहीं देनी होगी। तू एक काम कर।"

अबिलाख—"क्या?"

भोला—"चौसा से एक नाव आ रही है, उसमें एक स्त्री है। वह चुरामनपुर के कायस्थ घराने की है। उसके बदन पर बहुत जेवर हैं, साथ में एक प्यादा, एक खवास और एक लाला है। समझा, झट जाकर पकड़ तो ले।"

अबिलाख—"आप भी चलिए न?"

भोला—"नहीं, मेरी तबीयत अच्छी नहीं है।"

"तो मैं घुरहू और चिरागू को बुला लूँ।" यह कहकर अबिलाख चला गया।

कुछ देर बाद भोला राय सीधे गूजरी की झोंपड़ी में दाखिल हुआ। उस समय वह कोयल की तरह गा रही थी, अपने राग पर आप मोहित थी। भोला को देखते ही वह गीत छोड़कर ठठाकर हँसने लगी, बोली, "रायजी, तुम बहुत दिन जिओगे, मैं अभी तुम्हारा नाम लेती थी।"

भोला—"परंतु तू अभी मरेगी। मैं भी अभी तेरा नाम लेता था।"

गूजरी—"तुम्हारे मुँह पर फूल बरसे, ऐसा ही हो।"

भोला—"मरने की इतनी साध क्यों है?"

गूजरी—"जिसे सुख नहीं है, उसको जीने की साध क्यों होगी?"

भोला—"तुझे सुख नहीं है तो किसे सुख है? यों हँसने, गाने में जो मस्त है, उसे सुख नहीं है?"

गूजरी ने कहा, "रायजी! मेरा दुःख कोई नहीं समझता, इसी से मैं गीत गाती हूँ। मेरे गीत में रुलाई छोड़कर और कुछ नहीं है। बड़े दुःख से मैं गाती हूँ। अड़ोसिन-पड़ोसिन मुझे देख मुँह फेरकर चली जाती हैं। मुझसे कोई बोलता नहीं। यह क्या कम दुःख है। फिर मेरे मुँह पीछे सभी मुझे गाली देते हैं, डाइन-चुड़ैल कहते हैं। भला बताओ तो, मैंने किसी का क्या बिगाड़ा है? मैं कुत्ते-बिल्ली से भी बदतर हूँ, मुझे जीने की साध क्यों होगी?" यह कहकर गूजरी रोने लगी, उसकी आँखों से आँसुओं की धारा बह चली।

भोला—"दुर पगली! रोती क्यों है? तुझसे कोई नहीं बोलता तो बला से, तू मेरे साथ बातचीत किया कर, मुझे प्यार कर, मैं तुझे प्यार करूँगा।"

गूजरी—"तू मुझे क्यों प्यार करेगा? क्या तुझे प्यारी नहीं है?"

भोला—"मेरे कौन है?"

गूजरी—"तेरी स्त्री नहीं है? क्या तू नहीं जानता कि स्त्री को प्यार करना चाहिए?"

भोला—"यह तुझसे किसने कहा कि मेरे स्त्री है?"

गूजरी—"नहीं है?"

भोला—"नहीं।"

गूजरी—"झूठ मत बोल, तू इतना बड़ा मर्द है, भला कौन विश्वास करेगा कि तेरा ब्याह नहीं हुआ?"

भोला—"अगर हुआ है तो तेरा क्या?"

गूजरी—"अगर तेरी स्त्री है तो उसी को लेकर घर-गृहस्थी चला। मेरे पास क्यों आता है?"

भोला—"मैंने उसे छोड़ दिया है।"

गूजरी—"अपनी स्त्री कौन छोड़ता है? तूने उसे क्यों छोड़ा?"

भोला—"वह काली-कुरूपा थी, मुझे पसंद नहीं आई, इसी से उसे छोड़ दिया।"

गूजरी—"तो मैं क्या गोरी हूँ?"

भोला—"तू काली है तो क्या, मैं तुझे चाहता हूँ। मैं तुझे प्यार करूँगा।"

गूजरी—"मुझे विश्वास नहीं होता कि तू मुझे चाहता है।"

भोला—"विश्वास क्यों नहीं होता?"

गूजरी—"तू डाकू है।"

भोला—"मैं डाकू हूँ तो तेरा क्या?"

गूजरी—"डाकू का कौन विश्वास करता है? मुझे कैसे विश्वास होगा कि तू मुझे प्यार करेगा?"

भोला—"अविश्वास का क्या कारण है?"

गूजरी—"जिसको दया-माया नहीं है, जो मछली की तरह आदमी को मारता है, वह क्या कभी किसी को प्यार कर सकता है?"

भोला ने कहकहा लगाकर कहा, "आदमी मारता हूँ तो तेरा क्या? तुझे क्या नहीं प्यार करूँगा?"

गूजरी—"हाय रे! तू यह काम छोड़ दे। तू क्यों आदमियों की जान लेता है? जिनको मारता है, वे न जाने कितना कष्ट सहकर मरते हैं, तुझे जरा भी दया नहीं आती।"

भोला—"मेरे न मारने से वे अगर कभी न मरते, मरने का कष्ट नहीं पाते तो मैं उन्हें नहीं मारता। मैं आदमी को भयानक मृत्यु कष्ट से बचा देता हूँ और सिर्फ मृत्यु कष्ट ही क्या सब प्रकार के कष्ट से सदा के लिए रिहा कर देता हूँ। मैं क्या बुरा काम करता हूँ?"

गूजरी—"न, बड़ा अच्छा काम करते हो। बेटा रोजगार करके बूढ़े बाप और अंधी माँ को खिलाता है, पर तू उनको मार डालता है, जिस बेचारी ने नन्हे बच्चों को किस तरह पाल-पोस बड़ा किया है। उस स्त्री के स्वामी के भी तू खोपड़ी तोड़ डालता है, बड़ा पुण्य करता है।"

भोला—"और अगर वे रोग से मरते, तब किसको दोष देती? आदमी की जिंदगी में दुःख-ही-दुःख है, मेरी समझ में ऐसा उपाय करना चाहिए, जिससे मनुष्य-वंश शीघ्र नष्ट हो जाए।"

गूजरी—"सब आदमी मरेंगे और तू जीता रहेगा। मुँहझौंसा तू ही क्यों नहीं मर जाता कि वंश की बला एकदम दूर हो जाए।"

भोला—"पगली, तुझे छोड़कर मैं कभी नहीं मरूँगा।"

गूजरी—"अच्छा तो पहले मुझे मार, पीछे आप मर।"

भोला—"अभी नहीं, पहले कुछ दिन तुझे लेकर गृहस्थी कर लूँ तो पीछे

बेफिक्र होकर मरूँगा, मरूँगा जरूर।"

गूजरी—"मुझे लेकर गृहस्थी करेगा, डाका डालना छोड़ देगा? जनेऊ फेंक देगा?"

गूजरी की इस बात से भोला का चेहरा राहूग्रस्त सूर्य की तरह भयंकर बन गया। उसका सारा अंग डोल गया। वह बोला, "क्या डकैती छोड़ूँगा? क्या तू जानती नहीं है कि मैं अपने बाप का कपूत हूँ?"

गूजरी—"सो कहने की दरकार क्या है? मैं तो पहले ही कह चुकी हूँ कि तेरा क्या विश्वास? जब तू डकैती नहीं छोड़ेगा, जनेऊ नहीं फेकेंगा, मुझसे सगाई नहीं करेगा, तब तू मेरा कौन है? जीते जी मैं अपना धर्म नहीं बिगाड़ूँगी।"

बोला—"तेरा ही धर्म बड़ा है और मेरा धर्म कोई चीज नहीं है। एक बिंद की लड़की के लिए मैं जनेऊ फेंक दूँगा, धर्म नष्ट करूँगा?"

गूजरी—"डाकू का धर्म-कर्म क्या है रे, मुँहझौंसा? तू इसी लिए मेरे यहाँ मरने आता है, धोखा देकर मेरा धर्म बिगाड़ने आता है?"

बोला—"रख अपना धर्म, छोटी जात का भी कोई धर्म है। बिंद भर लड़की सत्त दिखाने चली है?"

गूजरी—"देखो रायजी! मैं बड़ी दुखिया हूँ, कटे घाव पर नमक मत छिड़को, तुम्हारे पैर पड़ती हूँ, तुम मेरे घर से जाओ।"

भोला—"तो क्या सचमुच तू जीना नहीं चाहती?"

गूजरी—"नहीं, घड़ी भर भी नहीं, तू मेरे घर से जा।"

भोला और कुछ न कहकर चेहरा बेहद गंभीर बनाए वहाँ से चला गया। गूजरी दरवाजा बंद करके बिछौने पर आ बैठी। मन-ही-मन बोली, 'जब इतनी दूर चली आई हूँ तब नहीं लौटूँगी। जिसके लिए सर्वस त्याग दिया, उसके हाथ से मर जाना ही ठीक है।'

## गंगा की धारा

छठ की रात तीन घड़ी बीत गई है। डोरा के पास जंगल की नाहर से एक छोटी सी नाव निकलकर गंगाजी में आई। हीरा सिंह के डाकुओं में से अबिलाख बिंद, सागर पांडे, बुद्धन मुसहर तथा और दो आदमी उस पर सवार हैं। सागर पांडे ने जम्हाई ली और चुटकी बजाकर कहा, "क्यों रे! कहीं तो कुछ दिखाई नहीं देता।"

अबिलाख—"आँखें बंद किए हो क्या पांडे? देखते नहीं, वह जा रही है।"

सागर—"कहाँ रे?"

अबिलाख—"वाह! अरे वह क्या है। चरित्रवन के पास पहुँचना चाहती है। नाव जल्दी चलाओ।"

नाव खूब तेजी से पूरब की ओर चली और आगे जाती हुई नाव के पास पहुँच गई।

अबिलाख ने पूछा, "नाव कहाँ जाएगी?"

उस नाव के एक माँझी ने खड़े होकर और उसको घूरकर पूछा, "तुम लोग कौन हो?"

अबिलाख—"हम लोग मल्लाह हैं। आप लोग कहाँ जाएँगे सरकार?"

माँझी—"हम लोग आरा जाएँगे। तुम लोग कहाँ जाओगे?"

अबिलाख—"हम लोग सेमरी जाएँगे। बाबूजी, तमाखू पीएँगे, जरा आग दोगे?"

आरा जानेवाली नाव में एक मिरजापुरी प्यादा था, उसने गंभीर स्वर से कहा, "आग कहाँ बा रे?"

अबिलाख—"कोई तमाखू तो पी रहा है।"

सागर पांडे ने जरा मुँह बनाकर कहा, "क्यों नहीं मिलेगी?"

मिरजापुरी—"नहीं मिलेगी सरऊ।"

पूर्वोक्त माँझी ने मिरजापुरी से कहा, "अजी लड़ते क्यों हो? जरा आग ही लेगा न।" डाँड़ियों ने डाँड़ रोक दिया, नाव खड़ी हो गई। अबिलाख कूदकर उस नाव में चला गया, बुद्धन मुसहर भी कूद आया।

अबिलाख—"क्यों सरकार! आग दो।"

माँझी—"शायद यह मल्लाह तमाखू पीता है, देखो।"

मल्लाह—"आग देता हूँ।"

"अच्छा मैं आग जिला लेता हूँ।" कहकर अबिलाख नाव के भीतर घुस गया। इतने में बुद्धन ने धक्का मारकर मिरजापुरी प्यादे को पानी में गिरा दिया। इसके बाद ही पिस्तौल की आवाज हुई और बुद्धन नाव में लोटकर खून फेंकने लगा। उस माँझी ने हाथ की पिस्तौल सागर पांडे की तरफ लगाकर कहा, "अगर जान प्यारी है तो खबरदार भागने की कोशिश मत करना।"

सागर पांडे—"नहीं सरकार। भागूँगा क्यों? यह लीजिए नाव की पतवार छोड़ देता हूँ।" कहकर पानी में कूद पड़ा। नाव के और दो डाकुओं ने भी उसी का रास्ता

लिया। नाव चक्कर खाती हुई एक तरफ को चली। इधर नाव में हाथबाहीं को घूम देखकर उस पिस्तौल वाले ने पूछा, "क्यों जी दलीप! काबू में नहीं आता?"

दिलीप ने कहा, "सरकार, आइए।"

पिस्तौल लिए हरप्रकाश लाल ने नाव के भीतर घुसकर देखा कि दलीप सिंह उस जबरदस्त डाकू की छाती पर चढ़कर उसका हथियार छीनना चाहता है, लेकिन कामयाब नहीं होता है। उन्होंने तुरंत हथियार छीन लिया और रस्सी से उसके हाथ-पैर अच्छी तरह बाँधकर बाहर आए और मल्लाहों को खूब जोर से नाव चलाने को कहा। नाव फर्राटे के साथ चली।

दलीप—"सरकार! अब उधर जाने की क्या दरकार है?"

मुंशीजी—"जगन्नाथ सिंह को ढूँढ़ना चाहिए न?"

दलीप—"ऐसी तेज धारा है, न जाने कहाँ बह गया। आप कहाँ ढूँढ़ेंगे?"

मुंशी—"नहीं, नहीं, एक बार ढूँढ़ना चाहिए। अरे, वहाँ आग लगी है क्या? आसमान एकदम लाल हो गया है और हौरा मचा हुआ है।"

मल्लाह—"हाँ सरकार, जोर से आग लगी है।"

मुंशी—"अच्छा, यहाँ नाव लगाओ।"

दलीप—"सरकार! डाकुओं की यह नाव बही जाती है पकड़ूँ?"

मुंशी—"अरे नाव के नीचे से कौन पुकार रहा है?"

दलीप—"कौन है जगन्नाथ सिंह?"

जगन्नाथ—"अरे, हम तो मर गए भयवा।"

मुंशी—"अरे धरो-धरो! ऊपर खींच लो।"

मल्लाहों ने नाव रोकी। देखा कि प्यादा नाव की पतवार पकड़ अधमरा सा हो रहा है। उसको ऊपर खींचकर नाव चलाई गई। मुंशीजी के हुक्म से नौरत्न के घाट पर नाव आकर लगी।

मुंशीजी ने दलीप सिंह के साथ किनारे उतरकर देखा कि एक झोंपड़ा जल रहा है। आग की लपट आकाश चूमना चाहती है। गाँववाले हल्ला मचाते हुए अपना-अपना घर बचाने का बंदोबस्त कर रहे हैं। हरप्रकाश लाल ने उस जले हुए झोंपड़े के पास जाकर सुना कि भीतर कोई स्त्री चिल्ला रही है। वे बिना कुछ आगा-पीछा किए, जान की परवा छोड़ पैर से किवाड़ तोड़कर झोंपड़े में घुस गए और तुरंत एक स्त्री को कंधे पर लिये बाहर निकल आए। यह स्त्री थी, वही मुखरा गूजरी। गूजरी के जरा होश में आने पर मुंशीजी ने पूछा, "तुम्हारे घर में आग कैसे लगी?"

गूजरी ने कहा, "मुझे कुछ मालूम नहीं, मैं सो गई थी।"

मुंशी—"यहाँ तुम्हारा कोई अपना है?"

गूजरी—"मेरा कोई नहीं हिया।"

गूजरी—"मेरा कोई नहीं है।"

मुंशी—"तब तुम इस रात को कहाँ रहोगी?"

गूजरी—"जहाँ होगा वही पड़ रहूँगी। घर गया तो पेड़ तो है।"

मुंशीजी ने कुछ सोचकर कहा, "देखो, नवमी के दिन तुम एक बार मेरे मकान पर आना, मैं तुम्हें कुछ दूँगा। सरेजा मेरा मकान है, मेरा नाम हरप्रकाश लाल है। याद रहेगा तो?"

गूजरी—"सरकार, जितने दिन जीऊँगी, उतने दिन याद रहेगा आपका नाम मुंशी हरप्रकाश लाल है? मैं समझती थी कि मुंशीजी बूढ़े होंगे।"

मुंशीजी हँसते हुए नाव पर चढ़े। मल्लाहों ने नाव चलाई।

## ठाकुरबाड़ी

सबेरा हो गया है लेकिन अभी तक कहीं-कहीं अँधेरा है। इसी समय 'सियाराम, सियाराम' कहकर प्रसिद्ध पुण्यात्मा हीरा सिंह ने चारपाई से उठकर जमीन पर पैर रखा।

वह इधर-उधर घूमकर एक पत्थर की वेदी के पास आ खड़ा हुआ। देखा, वेदी पर भोलाराय गुमसुम बैठा है। भोला आज मानो ब्रह्मांड उलटा देख रहा है, उसे सब चीजें उदास मालूम होती हैं। सभी जहरीली, सभी भयानक जान पड़ती हैं। सबेरे की शीतल वायु उसके बदन में बिच्छू के डंक सी लगती है। वह सोचता है—क्यों ऐसा कुकर्म किया? क्यों गूजरी की हत्या की? जिसके देखने से मेरे सब दुःख, सब कष्ट दूर हो जाते थे, उसको मैंने अपने हाथ से मार डाला। डरपोक की तरह, कायर की तरह उसको मार डाला। मैंने जवानी से ही कितने कुकर्म किए हैं, क्या उन सबका प्रायश्चित्त है? न जाने किस कुसाइत में हीरा सिंह से मेरी मुलाकात हुई थी। हीरा ही मेरे इस कष्ट का कारण है।

हीरा—"क्यों रायजी! यहाँ सी तरह क्यों बैठे हो? क्या हुआ है?"

भोला—"हट जाओ, मेरे सामने से, हट जाओ, मैं क्रोध सम्हाल नहीं सकूँगा। तुम अभी सामने से हट जाओ।"

हीरा—"अजी क्या हुआ है, कहो न!"

"तुम्हीं ने मुझे चौपट किया है। पाजी, आओ आज तुम्हारे लहू से होम करूँगा, तुम्हें मारकर पापयज्ञ की पूर्णाहुति दूँगा।" यह कहकर गरजते हुए भोलाराय ने शेर की तरह उछलकर हीरा सिंह का गला पकड़ा। हीरा झट उसे भेद की तरह जमीन पर पटककर उसकी छाती पर चढ़ बैठा, बोला, "बाभन! तू शोख हो गया है कि मेरे बदन पर हाथ लगाता है?"

भोला—"हीरा, तुम्हारे पैर पड़ता हूँ, तू मुझे मार डाल, इस कष्ट से मेरा उद्धार कर।"

हीरा—"पाजी, मैं ब्रह्म-हत्या करूँगा?"

भोला—"तेरे लिए मैंने स्त्री-हत्या की। जिसका मुँह देखकर कलेजा ठंडा होता था, उसको मैंने अपने आहत से कुतिया की तरह जला डाला।"

इतने में ही एक घुड़सवार दौड़ा हुआ फुलवारी में आया। हीरा सिंह ने भोला को छोड़ दिया। भोला उठकर फिर वेदी पर जा बैठा। सवार हीरा सिंह के पास पहुँचकर घोड़े से उतरा, हीरा सिंह ने कहा, "क्यों दरोगा साहब! क्या खबर है?"

दारोगा—"हुजूर! खबर अच्छी नहीं है, अबिलाख बिंद पकड़ा गया है।" इसके बाद दरोगा ने नाव पर हुई घटना कह सुनाई।

भोला—"अने कि मक्खी मकड़ी के जाल में फँसी।"

हीरा—"मक्खी कौन है रे?"

भोला—"मक्खी हरप्रकाश लाल है और मकड़ी हीरा सिंह।"

हीरा—"अच्छा, खूब बनाकर एक दरख्वास्त तो लिख लाओ। मैं आज बहुत काम में हूँ, सिर्फ दस्तखत कर दूँगा। दरोगाजी, आप इस वक्त जाइए, मैं अभी एक आदमी भेजता हूँ।"

दारोगा फतेहउल्ला चला गया। ठाकुरबाड़ी में शंख-घड़ियाल बजने लगे। हीरा सिंह भोला को दफ्तर में जाने को कहकर ठाकुरजी की आरती लेने गया, लेकिन भोला कहीं गया नहीं, वहीं चुपचाप बैठा रहा।

## पातालपुरी

हीरा सिंह जब ठाकुरजी की आरती लेकर लौटा, तबतक एक पहर दिन चढ़ गया था। अभी तक भोला राय वहीं पर उसी तरह बैठा था। हीरा सिंह ने सोचा कि भोला का ढंग अच्छा नहीं है, इस समय उसको हाथ में न रखने से पीछे आफत आएगी।

यह सोचकर उसने भोला के पास जाकर उसका हाथ पकड़ा और कहा, "क्या करते हो रायजी? आओ चलो, कुछ बातें करनी हैं।"

भोला चुपचाप उनके साथ चला। हीरा सिंह उसको साथ लेकर पहले कहे हुए पातालपुरी में गया, वहाँ उसके शरीर पर हाथ फेरकर प्रेमपूर्वक बोला, "क्या भोला राय! पहले तुम भी मुझे नहीं जानते थे और मैं भी तुम्हें नहीं जानता था, परंतु इन बारह वर्षों में हम एक-दूसरे में इतना प्रेम हो गया है कि जितना शायद बाप-बेटे में भी नहीं होता। परंतु एक समय मुझे भी तुम भूल जाओगे। तब दूसरे से तुम्हारा प्रेम होगा, तुम उसको अपना समझोगे। संसार का यही नियम है। इसीलिए गूजरी के लिए तुम इतना क्यों हाय-हाय करते हो? गूजरी तुम्हारी कौन थी? उससे तुम्हारा क्या संबंध था? रुपया से सुख है।"

भोला—"तू राक्षस है, पशु है, मेरा दुःख तू क्या समझेगा? रुपए में सुख होता तो मैं सुखी रहता। रुपए से मैं एक दिन भी सुखी नहीं हुआ, रुपए से मुझे सुख नहीं होगा, मुझे रुपया नहीं चाहिए। मैं सिर्फ उसी गूजरी को चाहता हूँ।"

हीरा सिंह—" तुम्हारी तो स्त्री मौजूद है, उसे लाकर अपने पास रखो। वह अब युवती हो गई है, अब शायद वह तुम्हें पसंद आ जाएगी।"

यह कहकर हीरा सिंह भोला को पातालपुरी में बैठाकर आप अपने दफ्तर आया। वहाँ दरोगा फतेहउल्ला के नाम एक चिट्ठी लिख भेजी। चिट्ठी पाने के साथ ही दरोगा साहब ने दल-बल जाकर हरप्रकाश लाल का मकान घेर लिया।

## हरप्रकाश लाल का मकान

पहले कही हुई काररवाई करके मकान लौटने में देर हो जाने से मुंशीजी अंदर महल में न जाकर बैठक में ही सो रहे। बड़ी मेहनत के बाद अधिक रात गए सोने के कारण आज सबेरे सात बजे उनकी नींद खुली।

उठकर वे भीतर गए—चौक में देखा कि और कोई नहीं है, सिर्फ एक लौंडी कुछ काम कर रही है। वे कोठे पर चढ़े, वहाँ भी कोई नहीं है, उनके सोने के कमरे में ताला बंद है। लौंडी से पूछने पर जवाब मिला—"छत पर"। मुंशीजी छत पर चढ़ गए। देखा कि पार्वती सिर नीचे किए पूजा के बरतन साफ कर रही है। उसकी माँग के दोनों ओर काले घुँघराले बाल लटककर मंद पवन से धीरे-धीरे हिल रहे हैं और ललाट तथा नाक पर दो-एक बूँद पसीना और गालों पर ललाई आ जाने से मुँह की शोभा अपूर्व हो गई है।

मुंशीजी पार्वती की यह अपूर्व अलौकिक मूर्ति देखते-देखते मुग्ध होकर उसके पास आ बैठे और उसके नरम-नरम हाथ अपने हाथों में लेकर प्रेम से बोले, "तुम क्या कर रही हो? इतनी कड़ी धूप में बैठी हो? अरे! तुम रोती क्यों हो?"

पार्वती कुछ उत्तर न देकर और जोर से रोने लगी।

मुंशी—"क्या हुआ प्यारी? बताओ, क्यों रोती हो?"

पार्वती—"रोती नहीं हूँ।"

इसी बीच में लौंडी ने आकर कहा, "हाँ, एहिजे त बानी। क सरकार। रवाँ कइसन हईं। रवाँ का बेचारी डर का मारे रातभर एको बेर त आवे के चाही। काल्ह जइसे राति कटल ह तवन रवाँ का जान तानी आ हम जानतानी।"

मुंशी—"अरे, तू क्या बक रही है।"

लौंडी—"सरकार, राउर नून खाइला ऐही से कहतानी नाहीं, हमरा बोलला का कवन काम बा? साच बात घुरहू कहें सब का मन उतरे रहें। रवाँ जवान गहना ओह मुँहजरी के दिहली तवन इनके दिहती त रउरे न रहित।"

मुंशी—"अरे तू यह सब क्या बक रही है, पागल हो गई है क्या?"

लौंडी—"सरकार! हम पागल नइखी भइल। रउरे मति गड़बड़ा गइल बा। नाहीं त अइसन रानी के छोड़ि के एगो भिखमंगिन के ले ले फिरतीं?"

मुंशी—"तू ने तो मुझे चक्कर में डाल दिया। मैं किसको लेकर फिरता हूँ रे?"

लौंडी—"सरकार, वा नइखी जानत? काल्हि साँझ के केकरा पहिरा-ओढा के संग ले गइलीं। हम का न देखलीं?"

मुंशीजी ने मुसकराकर कहा, "अरे! तू ने कहाँ से देखा?"

लौंडी—"हम कतहूँ से देखले होई, बाकी इ का रवाँ नीक काम कइली ह?"

मुंशी—"जो गहना उसके बदन पर देखा था, वह मैं अपनी स्त्री के लिए लाया हूँ। उसी के कारण रास्ते मुझे आफत आई थी।"

मुंशीजी ने यह कह और छत के किनारे जाकर दलीप सिंह को गहना का संदूक लाने के लिए पुकारा। लौंडी ने कुछ देर चुप रहकर कहा, "अच्छा सरकार, इन्हीं खातिर गहना ले आइल रहलीं, हाँ त ओकरा के काहे पहिरवलीं?"

मुंशी—"किसको? वह क्या जनाना है?"

इतने में दलीप सिंह संदूक लाया।

लौंडी—"क जी प्यादा साहब। काल्हि इ कुल गहना के पहिरले रहे साँचे-साँचे कहीं।"

दलीप—"क्यों, टीमल चौबे ने पहना था।"

लौंडी—"हूँ, टीमल चौबे। उनके त डाकू मारी धललनिस। उनकर महतारी राति दिन रोवले।"

दलीप—"नहीं, दाई नहीं। कल सबेरे वे आए हैं।"

पार्वती ने धीरे से कहा, "बड़ा अच्छा हुआ। बेचारी बुढ़िया माँ रो-रोकर मरती थी। पांडेजी भी आए हैं क्या ?"

मुंशी—"नहीं, वे न जाने किधर बह गए, कुछ पता नहीं मिला। लक्ष्मी प्रसाद बड़ी-बड़ी मुश्किलों से बचे हैं।"

दलीप—"पांडेयजी भी आए हैं।"

मुंशी—"ऐं! कब आए ?"

दलीप—"आपके भीतर जाने के थोड़ी ही देर बाद वे आए।"

इतने में मकान के दरवाजे पर बड़ा शोरगुल मचा। थोड़ी देर बाद चकराए और काँपते हुए मुंशीजी के बहनोई हरिहर प्रसाद वहाँ पहुँचे।

मुंशी—"क्यों हरीजी! इतना शोरगुल क्यों मच रहा है ?"

हरिहर—"इतनी आफत मचा सकते हो। क्यों सत्यानाश कर रहे हो ?"

मुंशी—"क्यों, क्या हुआ ?"

हरिहर—"तुम्हारे नाम गिरफ्तारी का वारंट आया है। ड्योढ़ी पर दरोगा, जमादार आकर धूम मचा रहे हैं। दुनिया भर के लोग जमा हो गए हैं। तुगने बया किया है ?"

मुंशी—"मैंने डाकू को मारा है और डाकू को पकड़ा है।" कहकर वे अटारी से उतरकर बैठक में आए।

## मुंशीजी की बैठक

मुंशीजी बैठक में आकर एक कुरसी पर बैठ गए। खवास सामने अलबेला रख गया था। मुंशीजी ने तमाखू पीते-पीते कहा, "बाहर जो लोग शोरगुल मचा रहे हैं, उनको यहाँ बुलाओ।"

दारोगा, जमादार और लट्ठ लिये कई चौकीदार बैठक में आए। उनके साथ हम लोगों का पुराना परिचित अबिलाख बिंद भी आया था। दरोगा फतेहउल्ला ने हरप्रकाश की तरफ उँगली दिखाकर अबिलाख से पूछा, "यही आदमी है ?"

अबिलाख—"हाँ सरकार!"

दारोगा—"तुम्हारा नाम हरप्रकाश लाल है?"

मुंशीजी ने फतेहउल्ला के मुँह की तरफ ताककर मुसकराते हुए व्यंग्य से कहा, "जी हाँ हुजूर!"

दारोगा—"तुम्हारे नाम गिरफ्तारी का वारंट है। कल रात को तुमने हीरा सिंह के रेशम की किश्ती लूट ली है और एक नौकर को मार डाला है। तुम्हें थाने चलना पड़ेगा।"

मुंशी—"अच्छी बात है। खड़े क्यों हैं? तशरीफ का टीकरा रखिए।"

दारोगा, "दिल्लगी क्यों करते हो?"

मुंशीजी ने कहा, "वाह बड़े मियाँ! आपसे मैं दिल्लगी करूँगा? आपने इतनी दूर का रास्ता तय कर, इतनी तकलीफ उठाकर बंदे के यहाँ कदमरंजा फरमाया है तो आपकी खातिर बात करना मुझे लाजिम नहीं है? आप कैसी बात कहते हैं?"

यह कहकर उन्होंने एक बार जोर से तमाखू खींचा, चिलम की आग जल उठी उन्होंने जलती हुई चिलम उतारकर दारोगा साहब की दाढ़ी के पास ले जाकर बड़ी नरमी से कहा, "पीजिए, मियाँ साहब!"

दारोगा साहब "तौबा, तौबा" कहते हुए मुँह फेरकर दोनों हाथ से दाढ़ी झाड़ने लगे।

"क्यों बदमाश! तू इतना गुस्ताख है?"

कहकर जमादार ने मुंशीजी की गरदन पर हाथ रखा, परंतु तुरंत ही मुंशीजी की ठोकर से दस हाथ दूर जा गिरा।

फिर मुंशीजी ने एक चौकीदार की लाठी छीन ली और ऐसी भयानक मूर्ति धारण कर ली कि किसी को उनकी तरफ जाने की हिम्मत नहीं होती थी। उनको देखकर ऐसा जान पड़ता था, मानो उनके शरीर में कई हाथियों का बल आ गया है। उन्होंने गंभीर स्वर में चौकीदारों से कहा, "अगर भला चाहते हो तो लाठियाँ यहाँ रख दो।"

चौकीदार एक-दूसरे का मुँह देखने लगे।

"हथियार क्यों रखेंगे? चोरी करके और खून करके तुम नवाब बन गए हो?"

कहकर जमादार ने चौकीदार की लाठी ले ली। अबिलाख भी लाठी लिए आगे बढ़ा और दोनों ने गरजकर एक साथ मुंशी पर हमला किया। महल में चिल्लाहट और चारों ओर हाय-हाय मच गई।

मुंशीजी बड़ी दिलेरी से इस प्रकार लाठी भाँजने लगे कि देखकर जबरदस्त

डाकू अबिलाख भी सहम गया। वह लाठी फेंककर एक तरफ जा बैठा। दलीपसिंह और पांडे ने तलवार दिखाकर चौकीदारों को रोका। जमादार बेइज्जती और नौकरी के डर से कुछ देर लड़ने के बाद चोट खाकर धरती पर लोट गया।

"दलीपसिंह! सब लट्ठ जमा करके यहाँ रक्खो!" कहकर मुंशीजी फिर कुरसी पर आ बैठे।

मुंशीजी ने दारोगा की तरफ कटाक्ष करके मुसकराते हुए पूछा, "हाँ मिया साहब! तो आप मुझे जेल में लंबी म्याद तक रखना चाहते हो न? हीरा का कितना रुपया खाया है?"

दारोगा—"तो आप नहीं जाइएगा? अगर नहीं जाना हो तो हम लोग यहाँ रहकर क्या करेंगे? हम लोग भी जाएँ।"

मुंशीजी—"अजी वाह! बड़े मियाँ, अभी जाइएगा? हाथ-मुँह धोइए। दो-चार लड्डू खाइए, जरा ठंडा हो लीजिए तो जाइएगा, जाने के लिए इतना घबराते क्यों हैं? आइए, आइए, इस कमरे में बैठिए।"

दारोगा साहब दल-बल सहित बड़े चाव से एक बे-खिड़की की कोठरी में जाकर बैठे।

दलीपसिंह ने दो बड़े-बड़े तालों से उसका दरवाजा बंद कर दिया।

## भोला और गूजरी

हीरा सिंह के मकान में बड़ी धूमधाम से नवरात्र की सप्तमी पूजा हो गई। उन्होंने उसी दिन ब्राह्मणों को खिलाया। "हीरा सिंह बड़े पुण्यात्मा हैं।" "हीरा सिंह दूसरे कर्ण हैं," "हीरा सिंह का नाम पृथ्वी पर अमर हो" आदि कहते हुए दल के दल ब्राह्मण दक्षिणा ले-लेकर विदा होने लगे और कंगालों के शोरगुल तथा जय-जयकार से आकाश गूँजने लगा। उसको देखकर कौन नहीं कहेगा कि हीरा सिंह बड़ा धर्मात्मा और पक्का भक्त है!

परंतु इस समय उसका बायाँ हाथ भोलाराय कहाँ है? आइए पाठक! पातालपुरी में चलिए, वहीं उसका पता मिलेगा। उस अभागे ने दिन भर कुछ नहीं खाया है, न एक बूँद पानी पिया है। हीरा सिंह ने उसको खिलाने के लिए बहुत कोशिश की थी, परंतु कामयाब नहीं हुआ। भोला ने भूखों रहकर मर जाने की ठान ली थी। उसको अब जीने की लालसा नहीं थी, जिंदगी भारी मालूम होती थी। तरह-तरह की भयंकर चिंताओं से उसका जी व्याकुल हो गया था। बड़े कष्ट से सारा दिन

काटकर संध्या को उसकी आँखें एक बार लगी थीं, परंतु मानसिक चिंता सोने कब देती। तुरंत उसकी नींद टूट गई।

"हाय, क्या कर डाला!" कहकर वह उठ बैठा देखा कि चारों ओर घना अंधकार छाया हुआ है। उस भयंकर जगह में उस समय घने अंधकार के सिवा और कुछ नही दिखाई देता था। भोला को ऐसा मालूम हुआ कि उस अँधेरे में, आकाश में पुच्छल तारों की तरह सैकड़ों पंजर नाच रहे हैं। भोला का विश्वास था कि अपघात मृत्यु से मरनेवाला भूत होता है। अचानक कच शब्द हुआ। भोला चौंक पड़ा और जिधर शब्द हुआ था, उधर ध्यान से कान लगाए रहा। उसे जान पड़ा कि कोई दबे पाँव उसकी ओर आ रहा है। भोला पंछी ने पूछा, "कौन है ?"

उत्तर मिला—"मैं गूजरी हूँ।" भोला को भूत होने का संदेह हुआ।

गूजरी ने कहा, "रायजी! डरो मत, मैं तुम्हारा गला घोंटने नहीं आई हूँ। मैं भूत नही हूँ। मरने से पहले तुमको एक बार देखने की इच्छा हुई, इसी से तुम्हें देखने आई हूँ।"

इसके बाद ही गूजरी भोला की गोद में पहुँच गई। भोला की आँखों से आँसू की धारा बह चली। जवान होने के बाद भोला कभी नहीं रोया था, आज वह अभागा रोया।

"रायजी तुम रोते क्यों हो ? तुम्हारा क्या दोष है ? सब मेरे भाग्य का दोष है। सब मेरे इस पापी मन का दोष है।"

भोला की बुद्धि ठिकाने न रही। "गूजरी, मेरे पाप का प्रायश्चित्त नहीं, तू मुझे माफ कर!" कहकर भोलाराय उसके पैरों में गिरकर बालक की तरह रोने लगा। इतने में इस अंधकार पुरी में रोशनी की चमक आई।

गूजरी—"रायजी! कोई आता है। इस वक्त मैं जाती हूँ।"

भोला—"कहाँ जाएगी ?"

गूजरी—"चूल्हे में। तुमने मेरे लिए सिर छिपाने की जगह थोड़े रखी है।"

भोला—"तू बच गई कैसे ?"

गूजरी—"मुंशी हरप्रकाशलाल ने मुझे बचाया।"

भोला—"ऐं! हरप्रकाश लाल ने तुझे बचाया है ?"

"क्यों, चौंके क्यों ?" कहकर बिना कोई उत्तर सुने ही गूजरी चली गई। वह जिस रास्ते से आई थी, उसी रास्ते निकल गई और सावधानी से उसने सुरंग का मुँह

बंद कर दिया। इस रास्ते को हीरा सिंह के दल के मुख्य-मुख्य डाकुओं के सिवा और कोई नहीं जानता था।

दूसरी ओर एक हाथ में दीया और दूसरे हाथ में एक थाली लिये पापावतार हीरा सिंह वहाँ दाखिल हुआ। उसने कहा, "क्यों रायजी! कुछ खाओगे नहीं? सारा दिन यों ही बीता, अब कुछ खाओ, उठो। मेरी बात रखो, कुछ खा लो।" कहकर उसके सामने मिठाई-पूरी की थाली रख दी।

भोला बिना कुछ कहे भोजन करने बैठ गया। अब उसकी चिंता मिट गई, मन का बोझ उतरा है, अब उसे खाने में रुचि हो आई।

इसी बीच में हीरा सिंह एक घड़े से एक लौटा जल लेकर भोला के पास आ बैठा। बैठकर बोला, "अभी तक फतेहउल्ला का कुछ पता नहीं मिला। वह सवेरे ही गया हुआ है, अभी तक नहीं लौटा।"

भोला—"नहीं लौटा तो तुम्हारा क्या और मेरा क्या?"

हीरा—"अरे, तब तो सत्यानाश ही होगा। तुम नहीं समझते हो कि क्या-क्या आफत आवेगी? हरप्रकाश क्या ऐसा-वैसा आदमी है?"

भोला—"अगर इतना ही डर है तो मुझको यह काम छोड़ देना चाहिए।"

हीरा—"यह आफत तुम्हीं लाए हो। मैंने तुमसे पहले ही कहा था कि हरप्रकाश लाल मामूली आदमी नहीं है।"

भोला—"हरप्रकाश लाल से तुम डरो, मैं उसको तिनके के बराबर समझता हूँ। अगर मैं आफत लाया हूँ तो मैं जरूर यह आफत मिटा दूँगा, परंतु इसके बाद तुमसे मेरा कुछ सरोकार नहीं रहेगा, अब मैं डकुहाई नही करूँगा।"

हीरा—"अच्छा, इसका विचार पीछे होगा, इस वक्त बड़ा तमाखू पिओगे?"

भोला—"क्या गाँजा? प्राण रहते अब मैंने गाँजा नहीं छूऊँगा। गाँजा ने ही मुझे चौपट किया है, मेरा दोनों लोक बिगाड़ा है।"

हीरा—"ऐ, तुम गाँजा नहीं पिओगे? अच्छा, देखा जाएगा।"

भोला ने रुखाई से कहा, "सिंहजी! अब घर जाइए, रात बहुत हो गई, जाकर सोइए। आपके सिर पर चील मँडरा रही है, सोए-सोए जरा सोचिए। इस आफत के लिए आपको फिक्र नहीं करनी पड़ेगी। इसके लिए बेफिक्र रहिए। परंतु याद रखना, भोला का प्रण कभी नहीं टूटता। अब जाइए, जी मत जलाइए।"

हीरा सिंह भोलाराय का मिजाज पहचानता था। वह कुछ न कहकर वहाँ से चला गया और पातालपुरी में फिर अँधेरा छा गया।

## मैदान में

डुमराँव का तीन कोस तक फैला हुआ मैदान धू-धू कर रहा है। तीन कोस तक धान की हरियाली बिहारियों की आँखों को आनंदित कर रही है। अष्टमी के दिन तीसरे पहर को उसी हरियाली के बीच डाँड़ो के ऊपर भयंकर डाकू भोलाराय अकेला जा रहा था। उसने जाते-जाते देखा कि एक बगुला एक गढ़ के किनारे एक पैर उठाए चुपचाप जल की तरफ ताक रहा है। उसे देखकर भोला हँसा और मन-ही-मन बोला—'अरे जानवर! हम लोग आदमी की देह धरकर भी तेरी ही चाल चलते हैं, तू जो करता है, मैं और हीरा सिंह भी वही काम करते हैं, हम लोग आदमी होकर भी जानवर हैं। तू सिर्फ अपना मतलब ढूँढ़ता है और हम भी वही करते हैं। जन्म भर डकैती करके मैं खुद बेहद दुखी हुआ और अनगणित आदमियों को बेहद सताया है, न जाने कितने खून किए हैं, कैसा कुकर्म किया है! मैंने क्यों नहीं समझा कि दूसरे को सुखी करने में ही, परोपकार करने में ही सच्चा सुख है!' यों सोचते-सोचते भोलाराय पलास के पेड़ों से घिरी हुई एक पोखरी के पास आ पहुँचा।

पाठकों को याद होगा, इसी तालाब की चौड़ी सीढ़ियों पर पश्चमी की रात को गूजरी से भोला की भेंट हुई थी। भोला ने देखा कि तालाब के किनारे एक काला ब्राह्मण बैठा माला जप रहा है। इस ब्राह्मण को भी पाठकों ने एक दिन देखा है। उसका नाम सागर पांडे है। भोला ने प्रणाम करके उससे पूछा, "क्यों पांडेजी! कुछ हाथ लगा?"

सागर—"कुछ भी नहीं भैया!"

भोला—"आजकल अब कुछ हाथ नहीं लगेगा, आज अष्टमी है। अब कोई बटोही नहीं मिलेगा। जिसको जहाँ जाना था, वह वहाँ पहुँच गया। मेरे साथ चलो, गहरा माल हाथ लगेगा।"

सागर—"कहाँ?"

भोला—"मुंशी हरप्रकाश के मकान पर।"

सागर —"वहाँ सिर्फ दो ही जने?"

भोला—"वहाँ क्या है? तुम सिर्फ मेरे साथ रहना, मैं अकेले सब काम को करूँगा।"

यों बातचीत हो रही थी कि इतने में उनके पीछे कोई चीख उठा। उन्होंने पीछे फिरकर देखा कि एक आदमी एक साँस दौड़ा आ रहा है और दूसरा उसका पीछा कर रहा है।

आगे वाला बूढ़ा था, "दुहाई तुम्हारी, मेरी जान बचा," कहकर उसने सागर पांडे के पैर पकड़ लिये। भोलाराय ने कहा, "डरो मत, उठो। तुम कहाँ जाओगे?"

बूढ़ा —"मैं सरेंजा जाऊँगा।"

भोला—"सरेंजा किसके यहाँ?"

बूढ़ा—"हरप्रकाश लाल के यहाँ।"

भोला—"बेखटके चले जाओ। किसकी मजाल है, जो तुम्हें छुएगा। हम यहाँ खड़े हैं, तुम चले जाओ।"

पीछे बार-बार ताकता हुआ बूढ़ा भरपूर तेजी से चला गया। पीछा करने वाले डाकू ने भोला के पास आकर कहा, "क्यों रायजी! बूढ़े को छोड़ दिया?"

भोला—"उसको मारकर क्या होगा, उसके पास क्या है?"

डाकू —"अरे इसकी टेंट में रुपए हैं। आपने देखा नहीं क्या?"

भोला—"अरे दो-चार रुपए के लिए एक आदमी की जान लेना अच्छा है?"

डाकू —"राय साहब! आज आपके मुँह से यह नई बात सुनी!"

भोला —"अब मैं वह काम नहीं करूँगा।"

सागर—"और अभी कहते थे कि हरप्रकाश के घर डाका डालने चलो।"

भोला—"इसी डाके के बाद मेरा प्रण चलेगा। जो प्रण किया है, उसे जरूर करूँगा। जीते जी भोलाराय का प्रण कभी नहीं टूटा और टूटेगा भी नहीं।"

डाकू—"आप दो ही जने जाते हैं, और लोग कहाँ हैं?"

भोला—"और कौन? अधिक आदमियों की क्या दरकार है? तू भी मेरे साथ चल।"

तीनों डाकू एक साथ चले। दिन भर आकाश में बादल छाए हुए थे, लेकिन वर्षा नहीं हुई। अब एक काला मेघ पश्चिम तरफ फैलकर धीरे-धीरे ऊपर जाने लगा और आधे आकाश को घेर लिया। बिजली चमकने और बादल गरजने लगे।

भोला ने कहा, "पांडेजी! पानी बड़े जोर से आता है। जरा तेजी से चलो।"

सागर—"हाँ भाई, मैदान पार हो जाए तो जानें।"

धीरे-धीरे सारा आकाश काले बादलों से छा गया। बड़े जोर-शोर से मूसलधार वर्षा होने लगी। डाकू फुरती के साथ चलकर सरेंजा के पास पहुँच गए।

## मोदी की दुकान

सरेंजा के पास पहुँचकर डाकू एक मोदी की दुकान में जा रुके। उन्होंने देखा

कि मोदी कुटकी, तिलवा, चावल, दाल, सत्तू आदि चीजों से भरी हाँड़ी पतुकी चंगेली के बीच में गंभीर भाव से बैठा है। और एक दूसरा आदमी उसके पास खड़ा होकर गाँजे का दम लगाते हुए बातें बना रहा है। वह जैसा ही काला है, वैसा ही लंबा-चौड़ा है। उसके सिर के बाल बहुत बढ़े हुए हैं। ओठ के ऊपर बड़ी-बड़ी मूँछें हैं और आँखें पकी करजनी की तरह लाल हैं। गरज यह कि उसको राक्षस कहने में कुछ दोष नहीं है। वक्ता ने मुसाफिरों को एक चटाई दिखाकर कहा, "सलाम साहब! बैठिए।"

पांडे और राय चटाई पर जा बैठे, तीसरा डाकू और एक जगह। मोदी ने चकमक पत्थर से आग जलाते हुए कहा, "भई दलीप सिंह! यह तो बड़े अचरज की बात है। लोग सबेरे उठकर उसका नाम लेते हैं, वही हीरा सिंह ऐसा आदमी है?"

दलीप—"अबकी धर्मात्मा जी की सब विद्या-बुद्धि देखी जाएगी। अबके उन्होंने भले घर बायन दिया है।"

मोदी ने तमाखू चढ़ाकर चिलम फूँकते-फूँकते कहा, "मुंशीजी में गजब हिम्मत है।"

दलीप—"सिर्फ हिम्मत नहीं, इतना बल कितने आदमियों में है?"

भोला—"हाँ, हमने भी सुना है, हीरा सिंह भी बहुत जबरदस्त आदमी है।"

मोदी ने "तमाखू पीजिए," कहकर रायजी को चिलम दिया और कहा, "हीरा सिंह के बल की क्या कहते हैं, बहुत लोग उनको देवता समझते हैं।"

भोला—"हीरा सिंह से मुंशीजी की रार का असल कारण क्या है?"

मोदी—"वह कहानी बड़ी लंबी है। तो हाँ सिंहजी! दारोगाजी दलबल समेत उसी कोठरी में कैद हुए, इसके बाद क्या हुआ?"

दलीप—"इसके बाद उनको अच्छी तरह खिला-पिलाकर कल शाम को आरे चालान कर दिया। मुंशीजी ने चिट्ठी में सारा हाल खुलासा लिख दिया है। अब के हीरा सिंह बचके नही जाएँगे।"

मोदी—"यह बात अभी नहीं कह सकते। भाई साहब, अब सब हीरा सिंह के हाथ में है, खासकर मुंशीजी पर जो जुर्म लगाया है, उससे जान पड़ता है कि मुंशीजी ही फँसेंगे।"

दलीप—"अरे, वह साबित कैसे होगा? कहा है कि रेशम की नाव लूट ली है, लेकिन माल कहाँ है?"

यह कहकर वह फिर गाँजा पीने लगा। भोला ने मन-ही-मन कहा, वह प्रण

आसानी से पूरा हो जाएगा। दूसरा प्रण है, मुंशीजी के जेवर का संदूक या बतौर उसकी कीमत दस हजार रुपए जबरदस्ती लेना। यह प्रण पूरा होते ही मेरा पापकर्म पूरा हो जाएगा। परंतु यह पापी कौन है? फिर प्रकट में बोला, "भैया, जबरदस्त दुष्ट आदमी क्या नहीं कर सकता! हीरा सिंह ने मुंशीजी पर जो जुर्म लगाया है, तुम देख लेना, वह बात की बात में साबित हो जाएगा।"

दलीपसिंह ने चिलम जमीन पर रखकर कहा, "मुमकिन है कि सबूत हो गया। हम लोग गरीब आदमी बड़े आदमियों की बात क्या समझेंगे! (मोदी से) भई! अब वर्षा होने लगी, मैं जाता हूँ। हाँजी, आज वहाँ नाच होगा, देखने चलोगे?"

मोदी—"गुलशन का नाच होगा, देखेंगे नहीं! तुम मुझे पुकार लोगे न? कब आओगे?"

दलीप—"आधी रात को। लेकिन भई! आज बेफिक्र होकर नाच देखने नहीं जा पाऊँगा। बीच-बीच में आ-आकर मकान पर पहरा देना होगा? साले कब आ जाएँ, कुछ ठिकाना नहीं। अब चलता हूँ।"

दलीप के चले जाने पर भोला ने मोदी से पूछा, "यह कौन आदमी है, किसके घर डाका पड़ने की बात कहता था?"

मोदी—"इसका नाम दलीप सिंह है, यह मुंशी हरप्रकाश लाल का प्यादा है। भोला पंछी का नाम आपने सुना है? उसके जैसा डाकू इस दुनिया में नहीं है। सुनते हैं, वही कह गया है कि आज रात को मुंशीजी के घर पर डाका डालूँगा।"

भोला—"तब तो बड़ी आफत है। यह देश बेराजा का हो गया। अच्छा भैया, हम लोग चलते हैं।"

मोदी ने उन लोगों को प्रणाम करके विदा किया।

भोलाराय दोनों साथियों सहित कुछ दूर चलकर शूद्र डाकू से बोला, "सुनो जी दुःखी! तुम अभी मुरार जाओ। नंगे पैर जाओगे तो देर होगी। उस बेंत की झाड़ी में दो जोड़ी खड़ाऊँ रखी है। जो जोड़ी लंबी है, उसी पर चढ़कर हवा की तरह जाओ। हीरा सिंह से मेरा नाम लेकर कहना कि उन्होंने 25 गाँठ रेशम माँगा है। उसे अपने साथ लाना और पचीसों गाँठ लाकर मुंशीजी की गोशाला में छिपा देना। देखना खूब सावधानी से काम करना। काम हो जाए तो खूब जोर से तीन बार 'सियाराम', 'सियाराम' कहना। तब मैं समझ जाऊँगा कि काम निर्विघ्न हो गया। अगर कुछ विघ्न पड़े तो दो बार 'गुरुजी पार लगाओ, गुरुजी पार लगाओ' कहना। समझ गए न! अब जाओ, अभी जाओ। जो कुछ कहा है, वह सब याद रहेगा?"

दुःखी—"याद तो रहेगा, मगर काम सीधा नहीं है।"

दुःखी के चले जाने पर भोला ने सागर पांडे से कहा, "सुनो पांडेजी! तुमको भी एक काम करना होगा।"

पांडे—"क्या? कहो।"

भोला—"यह जो आदमी गाँजा पीकर गया है, उसको खूब पहचान लिया है न?"

पांडे—"हाँ!"

भोला—"वह मुंशीजी का प्यादा है। आज आधी रात को वह मोदी के साथ नाच देखने जाएगा। तुम अभी से उस दुकान में कुछ खाकर सो रहो। जब वह नाच देखने जाए, तब तुम भी उसके साथ जाना। उसको अपनी निगाह में रखना। वह उठे तो तुम भी उठना, लेकिन खबरदार वह न देखने पावे। वह मुंशीजी के मकान के पास आए तो तुम दूर से कोई गीत गाना। बस, इससे ज्यादा तुमको कुछ नहीं करना पड़ेगा।"

पांडे—"बस इतना ही? इतना तो मैं मजे में कर लूँगा।"

भोला—"तब तुम दुकान पर लौट जाओ।"

भोला राय सागर पांडे के हाथ में खाने के लिए चार पैसे देकर चलता बना।

## मुंशीजी की बैठक

चूनाकली कराई हुई बैठक में चारपाई और जाजिम बिछा है। जाजिम के ऊपर कई तकिए, एक ढोलक और एक सितार रखे हुए हैं और ऊपर हँड़िया ग्लास में मोमबत्ती जल रही है। वहाँ मुंशी हरप्रकाश लाल, उनके बहनोई हरिहर प्रसाद, लक्ष्मी प्रसाद और पुजारी पांडेजी मन लगाकर लाला बलदेव लाल की आफत की बात सुन रहे थे। बूढ़े बलदेव लाल मैदान में डाकू के पल्ले पड़कर किस प्रकार बच आए थे, यह बात पाठक जानते हैं।

बलदेव लाल ने अपनी राम कहानी पूरी करके मुंशीजी से कहा, "यह देश अराजक हो गया। मेरी जो कुछ जमीन-जायदाद है, वह सब बेचकर मुझे कुछ रुपए दो तो मैं काशीवास करूँ। इस जगह अब एक घड़ी रहने का जी नहीं चाहता।"

लक्ष्मी प्रसाद—"वाह साहब! देश छोड़कर भाग जाएँगे! अगर देश में जुल्म-जबरदस्ती होती है तो ऐसा उपाय कीजिए कि न होने पावे। देश छोड़कर भागने से क्या होगा?"

इसी समय एक ब्राह्मण भेषधारी लंबा पुरुष "जातस्य हि ध्रुवो मृत्युः ध्रुवं जन्म

मृतस्य च" कहते हुए बैठक में दाखिल हुआ। मुंशीजी, हरीजी और बलदेव लाल ने उसको प्रणाम करके बैठने की जगह दी। अतिथि भोला राय 'जय हो' कहकर बैठ गया।

मुंशीजी—"आपका नाम क्या है पंडितजी और कहाँ से आते हैं?"

भोला—"मेरा नाम रघुवीर दूबे है। मकान चौसा है। रामजी की इच्छा से चेला-चाटियों में गया था। आज वहीं अबेर हो गई। आज यहाँ टिक रहने का विचार है। रामजी की इच्छा से इधर डाकुओं का बड़ा उपद्रव है। सो रामजी की इच्छा से रात को अकेला आगे जाने का भाव नहीं होता है।"

मुंशीजी—"कुछ परवाह नहीं, आज यहीं आराम कीजिए। बेशक डाकुओं का उपद्रव बहुत बढ़ गया है। (बलदेव लाल को दिखाकर) इनको आज दिनदहाड़े डाकू ने घेर लिया था सौभाग्य से कई राही आ गए, जिससे इनकी जान बच गई।"

हरिजी—"क्या बताऊँ महराज! इन लोगों की बिल्कुल अकल मारी गई है। इस जिले में हीरा सिंह नाम का एक बड़ा जबरदस्त जमींदार है। उसको धनबल, जनबल और बुद्धिबल तीनों हैं। उसके डाकू-दल के कई आदमियों को पकड़कर इन लोगों ने आरे चालान किया है? यह क्या अच्छा काम किया है?"

भोला—(हँसकर) "क्या, अच्छा ही तो किया है। रामजी की इच्छा से दुष्टों को दबाना ही चाहिए।"

मुंशी—"मैं भी यही कहता था, जब एक दिन मरना ही होगा, तब मौत के डर से अधमरा होकर जन्म भर मौत का कष्ट क्यों भोगूँ? देश में सारी अराजकता हो गई है, किसी के धन-प्राण की खैर नहीं है। दुष्ट डाकुओं के जुल्म से सब लोग थर्रा उठे हैं। एक घड़ी के लिए भी कोई निश्चिंत नहीं है, कोई क्षण भर के लिए भी सुखी नहीं। ऐसी दशा में रहकर कष्ट भोगने के बदले जुल्म रोकने की कोशिश करना उचित नहीं है? रोज डाकू हम लोगों को मार-पीटकर हमारा सर्वस्व लूट ले जाया करेंगे, हमारे पिता, पुत्र, भाई आदि को जहाँ-तहाँ मार डालेंगे, हमारी स्त्रियों की फजीहत करके उनके बदन से जेवर छीन लेंगे और हम लोग हाथ पर दही जमाकर बैठे-बैठे देखेंगे, डर के मारे चूँ नहीं करेंगे? जान का इतना मोह क्यों है? जान जाएगी तो जाए, परंतु जुल्म कभी नहीं सहेंगे। जो बेइज्जती सह सकता है, बेकारण जुल्म सह सकता है, वह नामर्द है।"

भोला राय सन्नाटे में आकर चुपचाप एकटक मुंशीजी का मुँह ताकते हुए झरने की तरह निकलने वाली उनकी वचनावली सुनता था और मन-ही-मन कहता था—

हीरा सिंह नररूपी राक्षस है और हरप्रकाश लाल मनुष्य देहधारी देवता है। मुंशीजी की बात पूरी होने पर उसने मुसकराकर कहा, "लालाजी! इस देश में डाकू बड़े जबरदस्त हैं। रामजी की इच्छा से आप अकेले इस काम का बीड़ा उठाकर क्या पूरा कर लेंगे? अगर देश भर के आदमी एक मत हों तो यह कार्य सिद्ध हो सकता है।"

मुंशी—"चोरों को दबाना कुछ ऐसा मुश्किल काम नहीं है कि उसमें देश भर के लोगों की मदद की दरकार हो। मैंने दो ही तीन दिन में चार-पाँच डाकुओं को गिरफ्तार करके चालान कर दिया है। आज मेरे घर पर डाका पड़ने की अफवाह है। देखें, डाकू कैसे मेरे मकान से सही-सलामत लौट जाते हैं।"

हरी—"अजी, भोला राय ऐसा-तैसा डाकू नहीं है। उसके नाम से तीन जिलों के आदमी थर-थर काँपते हैं। उसका सामना करने में तुम जरूर जान से हाथ धोओगे, लक्षण ऐसा ही जान पड़ता है।"

मुंशी—"मैं विदेश जाकर दूसरे की गुलामी करके जो कुछ कमा लाया, वह सब उसके हवाले कर दूँ?"

भोला—"धन बड़े कष्ट से, बड़े परिश्रम से पैदा होता है। परंतु रामजी की इच्छा से बात यह है कि आप अपने ही बल और साहस के भरोसे न रहें। भोला पंछी बड़ा ही बली डाकू है। रामजी की इच्छा से आप अपना धन कहीं और जगह भेज दें या कहीं गाड़ दें।"

मुंशी—"आप क्या चाहते हैं पंडितजी, एक मामूली डाकू से इतना डरना होगा? भोला पंछी गहनों का जो संदूक चाहता है, उसको मैंने बड़े संदूक में भी रखा है, घर खुला छोड़ दिया है। देखें वह कितना बड़ा डाकू है, कैसे लूट ले जाता है।"

बलदेव लाल ने उठकर कहा, "भैया, सचेत आदमी को कुछ डर नहीं है। जरा सम्हलकर चलना। तुम चतुर आदमी हो, तुम्हें अधिक क्या समझाऊँ। एक बार मेरे साथ और चलो, कल जाकर फौजदार से इन डाकुओं का जुल्म कहेंगे। देखें, वे इनका कुछ इलाज करते हैं कि नहीं। अब जरा अंदर चलो।"

## चोर के भाग जाने पर बुद्धि चलती है

आधी रात हो गई है, चारों ओर सन्नाटा है। मकान के बाहर तीन बार 'सियाराम' की आवाज हुई। भोला उठ बैठा और मन-ही-मन बोला—यही मौका है। देखा, पुजारी की नाक बज रही है। भोला ने अपनी झोली सहित बाहर निकलकर दरवाजे की जंजीर चढ़ा दी। फिर ड्योढ़ी पर आया। वहाँ एक लालटेन जलती

थी और ढाल-तलवार, बरछी आदि हथियार जगह-जगह लटकते थे। मिरजापुरी ड्योढ़ीदार जगन्नाथ चित सोया था।

भोला राय ने अपनी झोली से मोटी रस्सी निकालकर जगन्नाथ को खटिए से बाँध दिया। वह चिल्लाया तो भोला ने दीवार से एक तलवार निकालकर उसको डराया। मिरजापुरी जवान चुप हो गया।

भोलाराय ने झोली कमर में बाँधकर हाथ की तलवार जगन्नाथ के मुँह के पास ले जाकर कहा, "साँस न लेना समझा ?" यह कहकर वह सीढ़ी से झट छत पर चढ़ गया। वह मुंशीजी की सोने की कोठरी के पास आया और शबरी से एक खिड़की की कई ईंटें निकालकर उसका किवाड़ निकाल दिया। देखा कि घर में चिराग जल रहा है, मुंशीजी अपनी स्त्री के साथ बेखबर सो रहे हैं। सोचा—'बड़े मौके पर आया हूँ, परंतु वह संदूक कहाँ है ? मुंशीजी ने कहा कि वह संदूक बड़े संदूक में नहीं रखा है तो जरूर इसी घर में कहीं है।' यों सोचते-सोचते भोलाराय इधर-उधर ढूँढ़ने लगा, परंतु कहीं नजर नहीं आया।

तो क्या मुंशीजी ने झूठ कहा था ? न, ऐसा नहीं हो सकता। वह जैसा तेजस्वी और साहसी है वह झूठी डींग नहीं मारेगा। यों सोचते-सोचते भोला ने मुंशीजी के पलंग के पीछे आकर देखा कि कई खूँटियों पर वह संदूक रखा हुआ है।

भोलाराय काम फतेह कर ताबड़तोड़ ज्योंही चला त्योंही पलंग के पावों में पैर ठेक जाने से वह संदूक के साथ जमीन पर गिर पड़ा, दंपती की नींद टूट गई।

मुंशीजी "कौन है, कौन है" कहकर उछल पड़े। पार्वती खिड़की के पास डाकू की भयंकर मूरती देखकर डर के मारे चिल्ला उठी।

भोलाराय झटपट उठकर खिड़की के पास आकर बोला, "मेरा नाम भोलाराय है, प्रण पूरा करके अब जाता हूँ। भगवान् तुम्हें बनाए रखें।"

मुंशीजी घायल शेर की तरह गरजकर उसके पीछे दौड़े। भोला हँकड़ता हुआ कूदकर तिमंजिले पर पहुँचा। वहाँ से बोला, "मुंशीजी! तुम इन गहनों के लिए अफसोस मत करना, तुम धर्म से चलकर अपार धन कमाओगे।"

मुंशीजी ने दलीपसिंह को पुकारा, जगन्नाथ को पुकारा, परंतु किसी की आहट नहीं मिली। वे तिमंजिले पर चढ़े, वहाँ भोला को नहीं पाया। झटपट नीचे उतारकर देखा कि मिरजापुरी ड्योढ़ीदार खटिया से बँधा है और बाहरी दरवाजा बंद है। उन्होंने झटपट दरवाजा खोलकर सड़क पर पहुँचकर दलीपसिंह को पुकारते-पुकारते सुना कि कोई धीमी आवाज से कुछ कह रहा है। जिधर से आवाज आती

थी, उधर कुछ दूर जाते ही दलीपसिंह को देखकर पूछा, "अजी, तुम यहाँ इस तरह क्यों बैठे हो? तुम कहाँ थे? कड़ा दम लगाकर कहीं पड़े थे न?"

दलीप—"सरकार! आज भी कड़ा दम लगाने का दिन है? आप पर विपद पड़ने के दिन मैं खुशी मनाऊँगा? आपका नमक बहुत खाया है, परंतु आपके काम नहीं आया! इसी का मुझे बड़ा दुःख है! डाकू मेरी जान ही क्यों न ले गए!"

मुंशीजी—"तुम्हें मारा भी है क्या?"

दलीप—"सरकार! मेरा दायाँ पैर तोड़ गए।"

मुंशी—"वे सब घर में घुसे थे कि निकले? तुमसे जैसा कहा था, उसी तरह मकान के चारों ओर पहरा देते थे न?"

दलीप—"सरकार! मैं कसम खाकर कहता हूँ कि रात के एक बजे तक एक चूहा भी घर में घुसने नहीं पाया था। इसके बाद सरकार मुझसे एक कसूर हो गया। मैंने सोचा, एक बज गया और अभी तक कोई नहीं आया तो आज डाका नहीं पड़ेगा। यही समझकर आधे घंटे के लिए सिर्फ एक बार नाच देखने चला गया था। वहाँ से लौटकर ज्योंही साहजी के गोले के पास पहुँचा हूँ कि एक आदमी आपकी छत से रास्ते में कूदा। मैंने दौड़कर उसे पकड़ा, वह छुड़ाने लगा। मैं भी उसे काबू में लाने की कोशिश करने लगा। इतने में और एक आदमी ने आकर मेरे पैर में लाठी मारी। मैं गिर पड़ा, वे दोनों भाग गए।"

मुंशी—"दलीप! तुम्हारा कुछ कुसूर नहीं है। मुझे ही जरा खबरदार रहना चाहिए था। अब समझ गया कि कल जो ब्राह्मण बनकर आया था, वही भोला पंछी था। खैर, जो होना था सो हो गया। तुम्हें क्या गहरी चोट लगी है?"

दलीप—"सरकार! गहरी चोट नहीं लगती तो क्या मैं इस तरह बैठा रहता?"

मुंशीजी—"अच्छा, मैं ड्योढ़ीदार को भेजता हूँ, वह तुम्हें सहारा देकर लिवा ले जाएगा। जगन्नाथ को खटिया में बाँध दिया है। वह शायद सो गया था।" मुंशीजी ने घर लौटकर जगन्नाथ का बंधन खोलकर उसे दलीपसिंह के पास भेजने के बाद देखा कि सब घरों में जंजीर बंद है। जंजीर खोलने पर घर भर के लोग जमा होकर हाय-हाय करने लगे। बलदेवलाल ने कहा, "भैया! हम जिस लिए आए हैं, आओ वह काम अभी करें, अब घड़ी भर देर करना उचित नहीं है। चलो, पौ फटते हम और तुम फौजदार के पास चलें। वे जरूर इसका कुछ इलाज करेंगे।"

मुंशीजी—"बहुत अच्छा! आप तैयार हो जाइए। मैं भी कपड़ा बदलकर आता हूँ।"

## पार्वती और गूजरी

सबेरे ससुर-दामाद के आरे जाने पर एक काली युवती मुंशी हरप्रकाश लाल के दरवाजे पर आई। ड्योढ़ीदार ने पूछा, "क्या चाहती है?"

युवती ने हँसकर कहा, "भीतर जाना चाहती हूँ।"

एक देहाती स्त्री के मुँह से ऐसी हिंदी सुनकर ड्योढ़ीदार ने कुछ आश्चर्य के साथ उसके मुँह की तरफ देखा। युवती बोली, "क्या देखते हो?"

ड्योढ़ीदार ने अचकचाकर कहा, "आप भीतर जाइए। जनाने में जाइए।" वह भीतर चली गई।

यह काली युवती गूजरी है। दाई के द्वारा गूजरी बुलाए जाने पर पार्वती के पास आई और सिर से पैर तक उसको देखकर बोली, "तुम्ही मुंशीजी की बहू हो?"

पार्वती ने शरमाकर सिर नीचे कर लिया, कुछ जवाब नहीं दिया।

गूजरी—"समझ गई, तुम्हीं बहूजी हो।"

पार्वती—"किसलिए आना हुआ है?"

गूजरी बोली, "मैं बड़ी दुखिया हूँ। मेरा एक छप्पर खर का था, वह आग लगकर जल गया। अगर मैं भी उस में जल मरती तो मेरा सब दुःख दूर हो जाता। तुम्हारे पति ने उस आग से मुझे बचाकर कहा, 'देखो तुम नवमी के दिन एक बार मेरे घर आना, मैं घूमने के लिए तुम्हें कुछ रुपया दूँगा।' इसी से उनको ढूँढ़ती हुई आई हूँ।"

दाई—"तू त बड़ बेहया मेहरारू बुझाताड़ू। काल्हि राति के एघरे चोरी हो गइल ह आ तू आजू अनगुत्ते भीख माँगे अइल ह।"

पार्वती ने दाई पर जरा नाराज होकर कहा, "चोरी की बात उसे क्या मालूम! उसको उन्होंने आने के लिए कहा था, इसलिए वह आई है।"

गूजरी—"मैंने सुना था कि तुम्हारे मायके में डाका पड़ा था, यहाँ भी डाका पड़ा?"

दाई—"आहिरे दादा! मुंशीजी इनका खातिर दस हजार रुपय्या का गहना बनवा ले आइल रहलनि हं। उ सब चोरा ले गइलन स।"

पार्वती—"क्या जाने, अभी हमारे भाग्य में क्या-क्या लिखा है। मुझे बड़ा डर लगता है कि वे गए हैं, उनपर कुछ आफत न आवे।"

गूजरी—"बहूजी! तुम डरो मत, मैं कहती हूँ, तुम्हारा बुरा कभी नहीं होगा।"

"मैं जानती हूँ मेरी जिंदगी दुःख ही में बीतेगी, नहीं तो मुझे आठ वर्ष की

छोड़कर मेरी माँ क्यों मर जाती?" यह कहकर पार्वती सिर नीचे किए सिसकने लगी।

गूजरी का गला भर आया। पार्वती का मलिन मुँह उससे देखा नहीं गया। वह अपना दुःख भूल गई और उसकी ठोड़ी धरकर मुँह उठाकर अपने आँचल से आँसू पोछती हुई भरी आवाज में बोली, "बहू! तुम लक्ष्मी हो, जिसका मुँह देखने से कलेजा ठंडा होता है, वह क्या कभी दुःख पाता है? तुम रोओ मत, तुम्हारे पति का कभी अशुभ नहीं होगा, रामजी उनका भला करें। जिस दिन तुम्हारे सब गहने तुम्हारे बदन पर देखूँगी, उसी दिन मेरा जीना सफल होगा। बहूजी! इस अभागिन कंगालिनी को याद रखना।"

इतना ही कहकर गूजरी चली गई, जहाँ तक नजर गई, पार्वती अकचकाकर उसकी ओर देखती रही।

## लतीफन का इजहार

आरा में बड़ी धूमधाम से रामलीला हो रही है। आज नवमी को मेघनाथ वध होगा, बड़ी भीड़ है। शहर भर के लोग टूट पड़े हैं। चार बजे का समय है। भीड़ 'राजा रामचंद्र की जय' शब्द से आकाश गुँजा रही है। इतने में खबर आई कि नहर के किनारे चार लाशें पड़ी हुई हैं। यह सुनते ही भीड़ मेला छोड़कर लाश देखने चली। नहर के पास पहुँचकर लोगों ने देखा कि अंगाटोपी पहने चार मरे मुसलामानों को घेरकर दारोगा, जमादार और चौकीदार खड़े हैं और एक मुसलमान बुढ़िया छाती पीटती चिल्ला-चिल्लाकर रो रही है। भीड़ बहुत बढ़ गई। बहुतेरों ने मरे मुसलामानों को पहचाना। हौरा मचा कि लतीफन बीवी कहीं नाचने गई थी, लौटते समय नाव डूब जाने से समाजियों के साथ डूब गई। चारो मुसलमान उसी के समाजी हैं।

बुढ़िया रो रही है, कितने ही आदमी कितनी तरह की बातें कर रहे हैं। इसी बीच में एक नाव आकर वहीं पर लगी और एक बड़ी खूबसूरत स्त्री नाव से उतरी। "लतीफन आई" का हल्ला मचा। बड़ा शोर मचा और धक्कम-धुक्की होने लगी।

"मेरी लतीफन कहाँ है? मेरी लाड़ली कहाँ," कहती बुढ़िया ने दौड़कर बेटी को छाती से लगाया और उसका सिर चूमने लगी। माँ-बेटी आँसुओं की धारा से एक-दूसरे की छाती भिगोने लगीं। यह देखकर कितनों ही की आँखें भर आईं।

जमादार ने लतीफन से पूछा, "तुम्हारी जान कैसे बची? नाव कहाँ डूबी?"

लतीफन—"खुदा ताला ने मेरी जान बचाई है। नाव डूबती कैसे?"

दारोगा—"तो क्या ये लोग पानी में डूबकर नहीं मरे? जरा इधर आकर तुम इन लोगों को पहचानो तो?"

लतीफन अपने समाजियों की लाश देखकर कुछ देर तक बदहवास हो गई, पीछे आँचल से आँखें पोंछकर बोली, "मुझे खूब याद है, नाव डूबने से ये लोग नहीं मरे। शैतानों ने इन लोगों को मारकर पानी में फेंक दिया है। अम्माँ, तूने ऐसे घर मुझे नाचने के लिए भेजा था? मुझे उम्मीद नहीं थी कि मैं जीती-जागती घर वापस आऊँगी।"

बुढ़िया —" ऐं क्या? अरे तेरे जेवर क्या हुए?"

लतीफन—"जेवर के लिए ही तो यह कयामत बरपा हुई।"

बुढ़िया—"अरे, तो क्या मैंने शैतान के यहाँ लड़की भेजी थी? मैं क्या जानती थी कि हीरा सिंह डाकू है।"

दारोगा—"मुरार का हीरा सिंह?"

लतीफन—"हाँ!"

दारोगा—"हीरा सिंह ने इन लोगों को मार डाला है?"

"मुझे बड़ी तकलीफ मालूम हो रही है, इस वक्त मुझसे कुछ बोला नहीं जाता।" कहकर लतीफन ने नहर से एक चिल्लू पानी उठाकर पी लिया।

दारोगा के हुक्म से एक चौकीदार दो इक्के भाड़े करके लाया। एक पर लतीफन माँ-बेटी और दूसरे पर दारोगा और जमादार बैठे। दारोगा ने हुक्म दिया—"महाजन टोली ले चलो।" इक्के खड़खड़ाते दौड़े गए और दो लाशों के पास रहे।

सबके-सब लतीफन के मकान पहुँचे। वहाँ आध घंटा सबके आराम करने पर दारोगा ने लतीफन को बुलवाया। वह माँ के साथ दारोगा के पास आई। दारोगा ने उससे कहा, "तुमने जरा आराम कर लिया। अब बताओ, क्या माजरा है, तुम्हारे बदन पर कितने के जेवर थे?"

बुढ़िया —"हुजूर! माँ-बेटी ने जन्म बार नाच-गाकर जो कुछ कमाया था, वह सब इस मकान में और उन जेवरों में लगा दिया था।"

दारोगा—"हीरा सिंह ने तुम्हारे सब जेवर चुरा लिए हैं?"

लतीफन—"मैं सब हाल बयान करती हूँ आप सुनिए। मैं कल सबेरे कोई आठ बजे हीरा सिंह के मकान में सब जेवर उतारकर नहाने की तैयारी कर रही थी कि इतने में उनके एक नौकर ने आकर कहा, 'तुम अपने सब कपड़े-लत्ते लेकर

मेरे साथ चलो। यहाँ और कई आदमी आकर ठहरेंगे।' मैंने कहा, 'मेरे सब आदमी बाहर चले गए हैं। यह सब सामान कौन उठा ले जाएगा? इस वक्त तो मैं कहीं नहीं जा सकती।' उसने कहा, 'तुम सिर्फ यह संदूक लेकर मेरे साथ चलो। मैं तुमको जहाँ ठहरना होगा, वहाँ बिठाकर धीरे-धीरे सब चीजें पहुँचा दूँगा।' मैं और कुछ न कहकर सिर्फ जेवरों का संदूक लिये उसके साथ हो ली। कई चक्कर काटकर हम एक झाड़ी के पास पहुँचे। वहाँ हीरा सिंह एक पत्थर की चौकी पर बैठा था। हमारे वहाँ पहुँचते ही उसने न जाने क्या इशारा किया। इशारा करते ही उस नौकर ने मेरा गला पकड़ा और हीरा सिंह मेरी संदूक छीनकर उस झाड़ी के भीतर का एक पत्थर उठाकर एक सुरंग के अंदर घुस गया। नौकर मुझे भी उसके अंदर ले गया। उसने वहाँ ले जाकर मुझे छोड़ दिया। वहाँ बड़ी खौफनाक जगह थी, जान पड़ा कि मैं दोजख में चली आई। नौकर चला गया, सिर्फ मैं और हीरा सिंह वहाँ रह गए। मैं सोचने लगी कि मुझे यहाँ क्यों लाया? मेरा जेवरों का संदूक क्यों ले लिया? क्या मुझे मार डालेगा? मैं बहुत डरी और रोने लगी। हीरा सिंह ने मेरी पीठ पर हाथ घुमाकर कहा, 'तुम रोती क्यों हो?' मैंने रोते-रोते कहा, 'मैं घर जाऊँगी, माँ के लिए मेरा जी घबरा रहा है।' हीरा सिंह ने कहा, 'तुम घर जाओगी तो तुम्हारे लिए मेरा जी घबराएगा। जीते जी मैं तुम्हें जाने नहीं दूँगा।' मैं नाउम्मीद होकर 'मुझे जाने दो' कहती हुई उसके पैर पकड़कर रोने लगी। इतने में जान पड़ा कि बाहर कोई बाजा बजा रहा है। 'इस वक्त तुम यहाँ रहो, दूसरे वक्त आकर तुमसे मुलाकात करूँगा।' कहकर हीरा सिंह चला गया। तब मुझे कुछ हिम्मत हुई, मैं कपड़ा सम्हालकर भागने का रास्ता ढूँढ़ने लगी, लेकिन कहीं रास्ता नहीं मिला। हीरा सिंह जिधर से गया था, उधर से भी निकलने का रास्ता नहीं पाया। धीरे-धीरे घना अँधेरा छा गया, चारों ओर से डरावनी आवाजें आने लगीं। मुझे बड़ा डर लगा। मैं आँखें मूँदकर चुपचाप पड़ी रही। धीरे-धीरे मुझे नींद सी आ गई। इतने में किसी के पैर की आवाज आई, मैं काँप उठी। आँखें खोलकर देखा कि हीरा सिंह अकेले एक चिराग लिए आ रहा है। मैंने उसको देखकर फिर आँखें मूँद लीं। हीरा सिंह ने पास आकर मेरे बदन पर हाथ रखा। मैं सारे बदन में कपड़ा लपेटकर उठ बैठी। हीरा सिंह ने कहा, 'देखो लतीफन! तुम्हारे जेवर मेरी आँखों में गड़ गए थे, उन्हें मैंने ले लिया है। तुम पर कुछ मोह हो गया है, इसी से तुम्हें अभी तक जीती छोड़ रखा है, नहीं तो अब तक तुम्हें कब्र में गाड़ देता। मुझमे दया-माया नहीं है। तुम्हारी उमर बहुत थोड़ी है, तुम बड़ी खूबसूरत हो और तुम्हारे ऐसा गला कभी किसी का नहीं देखा था, इसी से

तुम्हारी जान लेने को जी नहीं चाहता। तुमको जनम भर यहीं रहना होगा। तुम्हें कुछ तकलीफ नहीं होने पावेगी, मैं सब इंतजाम कर दूँगा।' यह सुनते ही मेरा कलेजा सूख गया। मैं रोने लगी। इतने में एक हट्टा-कट्टा काला आदमी हाँफता हुआ वहाँ पहुँचा। हीरा सिंह ने उसे देखकर कहा, 'क्यों रे दुखिया! क्या खबर है?' उसने कहा, 'रेशम के गोदाम की चाबी चाहिए। रायजी ने मुझे भेजा है। वे मुंशी हरप्रकाश के मकान पर हैं।' यह सुनकर हीरा सिंह उसके साथ चला गया। फिर उस दोजख में अँधियारी छा गई। मैं बेहोश हो गई। पीछे जब होश हुआ तो देखा कि मैं गंगाजी के किनारे एक औरत की गोद में सिर रखकर सोई हुई हूँ। सबेरा हो गया था, मैं चौंककर उठ बैठी। उस औरत ने कहा, 'डरो मत।' मुझसे कुछ बोला नहीं गया, सिर्फ उसके पैर पर सिर रखकर रोने लगी। उस काली बिखरे बाल वाली हँसमुख औरत ने मुझे एक नाव पर चढ़ा दिया, जिसके सहारे मैं यहाँ पहुँची।"

बुढ़िया ने आँखों में आँसू भरकर कहा, "बेटी! वह औरत कौन थी? तुमने उससे कुछ पूछा नहीं?"

लतीफन—"अम्माँ, उस वक्त मेरे होश-हवास ठिकाने थे?"

दारोगा साहब यह सब इजहार लिखकर दल-बल सहित वहाँ से चले गए।

## शिकार से चुका हुआ शेर

नवमी के दिन हीरा सिंह के घरवाले एक साथ स्नान करने चले गए हैं। अकेला हीरा सिंह शिकार से चुके हुए शेर की तरह भयंकर मूरती धारण किए बैठक में टहल रहा है। सोचता है—लतीफन कैसे भाग गई? उसे कौन निकाल ले गया? बाग का सुरंग तीन-चार आदमियों को छोड़कर और कोई नहीं जानता, जो लोग जानते हैं, उनमें से भी कोई कल रात को यहाँ नहीं था। दुखिया सिर्फ एक बार आया था, लेकिन वह भी तो तुरंत ही गोदाम की चाबी लेकर चला गया था। मैंने अपने हाथ से सुरंग का मुँह बंद किया था, तब वह कैसे बाहर गई? मैंने क्यों नहीं उसको मार डाला! उफ वह तुर्किन जहाँ रहे, मेरा क्या कर सकेगी?

हीरा सिंह इसी सोच-विचार में पड़ा था, इतने में भोलाराय एक संदूक लेकर वहाँ आया, बोला, "लीजिए सिंहजी! मुंशीजी का जेवर का संदूक लीजिए। मैंने तुम्हारे बचने का रास्ता भी बना दिया है। मेरा प्रण पूरा हुआ, काम समाप्त हुआ। अब मैं जाता हूँ। अब तुमसे मेरी मुलाकात न होगी।" यह कहकर वह नौ-दो ग्यारह हुआ। हीरा सिंह ने उसको कई बार पुकारा, परंतु उसने न तो कुछ उत्तर दिया न लौटा।

इसके बाद ही दरोगा फतेहउल्ला आया। हीरा सिंह ने उसको बैठने के लिए कहकर खबर पूछी। दारोगा ने कहा, "सब ठीक कर दिया है साहब! आप बेफिक्र रहिए, आरे के कोतवाल कल सबेरे आए थे, उनके सामने सब माल बरामद हुआ है। दलीपसिंह और जगन्नाथ सिंह गिरफ्तार हुए।"

हीरा—"और मुंशी?"

दारोगा—"वह बदमाश ससुर के साथ आरे गया है।"

हीरा—"अरे, उसको पकड़ नहीं सके?"

दारोगा—"इसके लिए कुछ फिक्र नहीं है, मैं अभी जाकर उसको गिरफ्तार कर लाता हूँ।"

हीरा—"उसको पाओगे कहाँ?"

दारोगा—"मुझे खबर लगी है कि वह फौजदारी में नालिश करने गया है। वहीं जाकर उसको गिरफ्तार कर लूँगा। मेरे पास यह वारंट है। मैं अभी जाता हूँ।"

हीरा—"दिन बहुत चढ़ गया है, खा पीकर जाते तो कैसा?"

दारोगा—"नहीं साहब! देर करना ठीक नहीं, मैं अभी जाता हूँ। आदाब अर्ज।"

दारोगा के चले जाने पर हीरा सिंह के जी में जी आया। वह अंदर गया।

## पश्चात्ताप

हीरा सिंह का पापभवन छोड़कर महापापी भोलाराय सड़क में जाते-जाते सोचने लगा—अब पापियों के साथ नहीं रहूँगा, पाप में भी नहीं रहूँगा। पंछीबाग—मेरा रहने का स्थान—मेरे पापों की निशानी है, उसे आज मैं अपने हाथों से जलाकर चला जाऊँगा, अपनी बाकी उमर आजतक किए हुए महापाप के प्रायश्चित्त में बिताऊँगा। चालीस वर्ष की उम्र हुई, हम ब्राह्मण होने का दावा करते हैं, परंतु इतनी उमर में मैंने ब्राह्मण के योग्य कौन सा काम किया है? मेरी सारी उमर सिर्फ कुकर्म में ही बीती है। गूजरी बीनिन है और मैं ब्राह्मण हूँ। यों सोचते-सोचते भोलाराय ने सघन वन में सूर्य का मुँह न देखनेवाले अपने घर में पहुँचकर देखा कि गूजरी अकेले एक जगह बैठी गीत गा रही है। उसको पास आते देखकर वह कोयल चुप हो गई।

भोला—"गूजरी! तू यहाँ क्यों आई?"

गूजरी—"तुम यहाँ क्यों आए?"

भोला—"मेरा तो यह घर है।"

गूजरी—"मैं यहाँ चिड़िया पकड़ने आई हूँ।"

भोला—"क्यों गूजरी! तू अब भी मुझे चाहती है?"

गूजरी—"अगर चाहती हूँ तो तुम्हें क्या?"

भोला—"नहीं गूजरी! मैं तेरे प्रेम के योग्य नहीं हूँ। मैं चांडाल हूँ। मुझे छूने से तू अपवित्र हो जाएगी।"

"मैं तुम्हें छूने क्यों जाऊँगी?" यह कहकर गूजरी फिर गीत गाने लगी।

भोला गीत सुनकर पागल की तरह चिल्लाकर बोला, "नहीं गूजरी! मैं छूकर तुझे अपवित्र नहीं करूँगा, तू मेरे हृदय की देवी है।"

गूजरी ने मुँह फेरकर आँसू पोंछा, परंतु तुरंत ही रुख बदलकर रुखाई से बोली, "अब बहुत पेंगल मत पढ़ो। यह बताओ कि कल रात को कहाँ गए थे?"

भोला—"क्या?"

गूजरी —"कल तुम लोगों के उस नरक में तुमको ढूँढ़ने गई थी, लेकिन वहाँ तुम्हें नहीं पाया। तुम कहाँ थे?"

भोला—"हरप्रकाश लाल के मकान में डाका डालने गया था।"

गूजरी—"फिर तुमने डाका डाला?"

भोला—"मैंने प्रण किया था कि उसके गहनों का संदूक चुराऊँगा। वह प्रण पूरा करके अपने पापयज्ञ को पूरा कर दिया है, अब मैं डकैती नहीं करूँगा।"

गूजरी—"तुम डकैती करो या न करो, मुझे उससे मतलब नहीं, मैं गहनों का वह संदूक चाहती हूँ।"

भोला—"अब मैं उसे कहाँ पाऊँगा। मैंने वह संदूक हीरा सिंह को दे दिया है।"

गूजरी—"अच्छा, मैं तुम्हें दिखाऊँगी कि वह संदूक ला सकती हूँ या नहीं। क्यों रे मुँहझौंसा! तुम लोगों ने उस वेश्या नसीबन को उस नरक में क्यों बंद कर रखा था?"

भोला आश्चर्य में आकर उसका मुँह ताकने लगा। फिर बोला, "तेरी बात समझ में नहीं आई।"

गूजरी—"तब तुम उसका हाल नहीं जानते? हाँ, कल तो तुम यहाँ थे भी नहीं।"

भोला—"हीरा ने लतीफन को भी मार डाला क्या?"

गूजरी—"मैं मौके से न पहुँचती तो शायद मार ही डालता। अजी तुम लोग

आदमी हो या राक्षस? स्त्रियों की जान लेने में भी तुम लोगों को दया नहीं आती?"

भोला—"गूजरी! वह बात कहकर अब मेरे दिल पर चोट मत कर। जो होना था हो गया, मुझे माफ कर। अब तू जो कहेगी, मैं वही करूँगा। डकैती छोड़ने को कहा था, उसे छोड़ दिया। जनेऊ फेंकने को कहती थी, यह ले।" यह कहकर भोला जनेऊ उतारने लगा, तब गूजरी ने बड़ी व्याकुलता और जल्दी उसका हाथ धरकर कहा, "हैं-हैं क्या करते हैं? मुझे माफ कीजिए, मैं आपके पैरों पड़ती हूँ, मुझे अब पाप में न डुबोइए।"

यह कहकर आँसू पोंछते-पोंछते गूजरी वहाँ से चली गई। तब भोलाराय ने अपने हाथ से अपने घर में आग लगा दी और—"जो जस करे तो तस फल चाख।" कहता हुआ वहाँ से गायब हो गया। पंछी बाग जलने लगा।

## फौजदार से भेंट

कोई दोपहर को मुंशीजी और उनके ससुर आरा में फौजदार के मकान के पास पहुँचे। सदर दरवाजे पर एक बरकंदाज बंदूक में संगीन लगाए पैंतरा चला रहा था। और एक कहार बरतन मलता था। मुंशीजी ने पूछा, "फौजदार साहब कहाँ हैं?"

बरकंदाज—"दो मंजिले पर हैं। आप ऊपर चले जाइए?"

ससुर-दामाद सीढ़ियों पर चढ़कर बालाखाना पर पहुँचे। वहाँ दो सिपाही पहरा देते थे। एक ने पूछा, "कहाँ जाओगे?"

मुंशी—"फौजदार के यहाँ।"

बरकंदाज ने उँगली से फौजदारी इजलास दिखला दिया। लंबे-चौड़े कमरे में एक तरफ मुहर्रिर और कारपरदाज मन लगाए लिखा-पढ़ी कर रहे थे और दूसरी तरफ प्यादे चपरासी बैठे थे। बीच में सुंदर मसनद पर तकिए के सहारे लेटे हुए फौजदार साहब अलबेले पर तमाखू पी रहे थे। यह उनके आराम का समय था। दोपहर से अढ़ाई पहर तक वे कुछ काम नहीं करते थे। दामाद के साथ बलदेव लाल को कमरे में आते देखकर फौजदार साहब ने खड़े होकर "अरे! भाई साहब! आइए-आइए," कहकर उनका हाथ पकड़कर अपने आसन पर बिठाया और फिर आप भी बैठे। मुंशीजी भी उनके पास ही गलीचे पर बैठ गए। फौजदार ने उनकी तरफ ताककर पूछा, "इनकी तारीफ?"

बलदेव—"ये मेरे दामाद हैं।"

फौजदार—“ये ही मुंशी हरप्रकाशलाल हैं? अभी तो बहुत कम उमर है।”

बलदेव—“असीस दो कि चिरंजीवी हों। भाई, इन्हीं के उद्योग से हाल में मेरी जान बची है, उस विपद की बात याद आने से आज भी मेरा कलेजा काँपता है।”

फौजदार—“ऐं! क्या हुआ था?”

तब बलदेवलाल ने अपनी और मुंशीजी की सारी रामकहानी कह सुनाई। फिर कहा, “भाई! रोज इस प्रकार के जुल्म होने से मुल्क चौपट हो रहा है। इसका कुछ इलाज नहीं होगा। तुम और आरे के कोतवाल मिलकर जरा अधिक ध्यान दो तो क्या हीरा सिंह के डाकुओं को दबा नहीं सकते?”

फौजदार—“आपने अभी हीरा सिंह को पहचाना नहीं है। वह बड़ा दबंग, बड़ा धनी, शक्तिमान और चालाक है तथा उसकी पीठ पर भी बहुत लोग हैं। किसमें हिम्मत है कि उसके नाम नालिश करे? किसमें ताकत है कि उसका अपराध साबित करे!”

यों बातचीत हो रही थी कि इतने में दारोगा फतेहउल्ला जमादार और चार लट्ठबाज चौकीदारों सहित इजलास में दाखिल हुआ। फौजदार ने दारोगा को देखकर पूछा, “क्या खबर है दारोगा साहब?”

दारोगा ने सलाम करने के बाद मुंशीजी की तरफ उँगली दिखाकर कहा, “इस आदमी के नाम वारंट है।”

मुंशीजी ने हँसकर कहा, “उलटा दावा है क्या?”

फौजदार—“मुंशीजी के नाम गिरफ्तारी का वारंट है?”

दारोगा—“इन्होंने हीरा सिंह की किश्ती लूट ली है और खून किया है।”

फौजदार—“माल बरामद किया है?”

दारोगा—“आज सबेरे।”

फौजदार ने इसी समय तकिए के नीचे से (लतीफन का इजहार) निकाल आकर देखा, देखकर कहा, “मुझे आश्चर्य होता है कि एक बड़े इज्जतदार आदमी ने ऐसा काम किया है! अच्छा, मैं खुद इनको साथ लेकर चलता हूँ, जरा ठहरो।”

फौजदार एक चपरासी से यह कहकर दूसरे कमरे में चले गए कि चार बरकंदाजों को तैयार होकर नीचे खड़े रहने को कहा। उन्होंने कपड़ा बदलने के बाद इजलास में आकर दारोगा से पूछा, “इनको इस वक्त कहाँ ले जाना होगा?”

दारोगा—“बिलफेल मुरार जाना होगा, वहाँ आरे के कोतवाल साहब मौजूद हैं।”

बलदेव और हरप्रकाश लाल को साथ आने का हुक्म देकर फौजदार साहब आगे बढ़े। नीचे चार सिपाही, मुंशी हरप्रकाश लाल, बलदेवलाल, दारोगा, जमादार, चौकीदार व फौजदार के दो चपरासी तथा दो नौकर जरूरी चीजें लेकर फौजदार के साथ हो लिये और सब लोग वहाँ से रवाना हुए।

## बाग में

हरप्रकाश गिरफ्तार करके मुरार लाए गए हैं। हीरा सिंह की आलीशान इमारत के सामने मैदान में फौजदार साहब के खेमे के चारों ओर दो बरकंदाज बंदूक पर संगीन चढ़ाए पहरा दे रहे हैं। अफवाह उड़ रही है कि कल हरप्रकाश लाल फाँसी पर चढ़ाए जाएँगे। उन्होंने हीरा सिंह के नौकर को मार डाला है, हीरा सिंह की नाव लूट ली है। तब तक दो आदमी बाग में आए। उनमें से एक आरे के फौजदार साहब हैं और दूसरे कोतवाल साहब।

आधी रात हो गई है। नवमी का चंद्रमा पश्चिम आकाश में लुढ़क पड़ा है, परंतु अभी तक उसकी चाँदनी से दुनिया चमक रही है, पेड़ों पर चाँदनी ही चमक रही है। फौजदार और कोतवाल टहलते हुए कुछ दूर निकल गए। इतने में सफेद कपड़ा पहने घूँघट काढ़े एक स्त्री बड़ी तेजी से उन लोगों के पास से निकल गई। वे लोग चकराए। वह स्त्री कुछ दूर जाकर झाड़ी के पास खड़ी हो गई और दायाँ हाथ हिलाने लगी।

फौजदार साहब आगे बढ़े। कोतवाल साहब उनके पीछे-पीछे चले।

फौजदार ने उस स्त्री के पास जाकर पूछा, “तुम कौन हो?”

स्त्री ने कहा, “मैं चाहे जो हूँ, तुमसे मतलब?”

फौजदार—“मैं जानना चाहता हूँ कि इतनी रात को तुम इस सुनसान जगह में किसलिए खड़ी हो?”

स्त्री—“तो मेरे साथ चलो।”

फौजदार—“कहाँ?”

स्त्री—“जहाँ मैं ले चलूँ।”

फौजदार—“क्या मुश्किल है! तुम अगर हम लोगों को नरक में ले जाना चाहो तो क्या हम वहाँ जाएँगे?”

स्त्री ने जोर से हँसकर कहा, “अगर तुम लोगों के नरक में जाने का समय आ गया हो तो कौन तुम लोगों को बचाएगा? तुम लोग मर्द हो न, मरने से इतना क्यों डरते हो?”

फौजदार ने कुछ शरमाकर कहा, "चलो, कहाँ चलोगी?"

स्त्री आगे-आगे चली, फौजदार मंत्र मारे हुए की तरह उसके पीछे-पीछे जाने लगा।

कोतवाल साहब जब खेमे के दरवाजे पर पहुँचे, तब तक आकाश में घनघोर घटा छा गई। चारों ओर बिजली चमकने लगी। देखते-ही-देखते बादल गरजने और बरसने लगे। जोरों से हवा चलने लगी, मानो प्रलयकाल आ गया।

इसी समय हीरा सिंह के जनाने में से किसी की चीख सुनाई दी, फिर तुरंत ही ठाकुरबाड़ी में शोरगुल मचा। नाच बंद हो गया, भीड़ तितर-बितर हो गई। थोड़ी ही देर में शोरगुल बंद हुआ, परंतु बादलों का शोरगुल उस रात को बंद नहीं हुआ। कोतवाल साहब बैठक में जाकर सो रहे।

## हीरा सिंह का पुत्र शोक

सबेरा हुआ किंतु आकाश में बादल छाए ही रहे। हीरा सिंह के मकान में औरतें रो रही हैं।

हीरा सिंह के एक ही बेटा था। वह बलवान, रूपवान, बुद्धिमान, सुशील और शांत स्वभाव का था। हठात् वह बीमार पड़ गया। बीमारी बढ़ती गई। रात के तीसरे पहर में वह मर गया। नवमी की रात को जबरदस्त जमींदार हीरा सिंह निपूत हो गया।

सबेरा होने पर उसका अग्नि-संस्कार करके लौट आए। जनाने में कुहराम मचा हुआ था। सिर्फ एक दीपक जलता था, वह भी बुझ गया, महल में अँधेरा छा गया। पुत्र-वियोग में हीरा सिंह व्यथित तो था ही।

उसकी स्त्री छाती पीट-पीटकर रो रही थी। हीरा सिंह ने समझाते हुए कहा, "तुम रो-रोकर मुझे पागल बना दोगी? वह तो गया ही, अब मुझे भी मार डालोगी? मैं तुम्हें रोने नहीं दूँगा। तुम क्यों रोती हो? जिसको धन है, सामर्थ्य हैं, उसको बेटे का शोक कैसा? जो लोग दीन-दुखिया हैं, वे ही बेटे के लिए रोते है, तुम इतना क्यों रोती हो? जो मर गया, वह अब हमारा कौन है? उसके लिए क्यों रोओगी? मत रोओ।" स्त्री को यों समझा-बुझाकर हीरा सिंह वहाँ से बाहर आया।

हीरा सिंह अपना जी बहलाने के लिए बाग में गया, परंतु पापी को वहाँ भी शांति नहीं मिली। थोड़ी ही दूर पर फौजदार का खेमा देखकर उसको और तरह का संदेह हुआ। वह सोचने लगा—आरे का फौजदार क्यों यहाँ आया? लतीफन ने कुछ

नालिश की है क्या? अगर की हो तो आफत है। इस आफत में भोला मुझे छोड़कर चला गया। उसकी विलक्षण बुद्धि, अपार बल और बेहद फुरती ने मेरी बड़ी मदद की है। वह जब चला गया है, तब खूब समझ रहा हूँ कि मेरी कमबख्ती आई है। लेकिन मैं इतना क्यों घबराता हूँ? सब दिन थोड़े समान जाते हैं? अब काम करना चाहिए, दुःख में धीरज धरना चाहिए। बेटे की काम-क्रिया तो भाई करेगा ही, मुझे उधर ध्यान देना चाहिए, जिसके फौजदार वगैरह आए हैं। कोतवाल ने बताया है कि हरप्रकाशलाल आरे के फौजदार का कोई लगता है। अगर यह बात है तो डर की उतनी बात नहीं है। जो हो, लापरवाह नहीं रहना चाहिए। यों सोचते-सोचते हीरा सिंह फुलवारी में टहलने लगा।

## भेद की बात

तड़के उठकर प्रातः क्रिया करने के बाद बूढ़े कोतवाल साहब फौजदार के डेरे पर आए। वहाँ एक चपरासी से पूछा, "फौजदार साहब कहाँ हैं?"

चपरासी ने उत्तर दिया—"वे अभी सोकर नहीं उठे हैं।"

कोतवाल—"रात को कै बजे आए थे?"

चपरासी—"कोई तीन बजे।"

इतने में फौजदार साहब वहाँ आ गए और कोतवाल के साथ चौकी पर बैठ गए। और उनसे कहा, "आप तो खूब सबेरे उठे हैं?"

कोतवाल—"आपके लिए बड़ी फिक्र हो रही थी! मैं तो जाते-जाते रास्ता ही भूल गया। लाचार लौट आया। कहिए, उस चुड़ैल से कैसे पीछा छूटा?"

फौजदार ने मुसकराकर कहा, "वह तो न चुड़ैल थी न पगली बल्कि एक अजीब औरत थी। उसने मुझे जो कुछ दिखाया और जो कुछ सुनाया, वह कभी देखा और सुना नहीं था।"

कोतवाल—"वह आपको कहाँ ले गई थी?"

फौजदार—"नरक में! आदमी जो बात सोच नहीं सकता, वहाँ वही बात देखी।"

कोतवाल—"ऐं! ऐसी बात देखी?"

फौजदार—"हाँ, दिल्लगी न मानिए, सच कहता हूँ।"

इतने में हीरा सिंह ने वहाँ पहुँचकर कहा, "दोनों साहबान यहीं हैं? आदाब अर्ज।"

फौजदार साहब ने उसको बैठने का इशारा किया। उसने कहा, "जी, जरा एक जरूरी काम करके मैं नौ बजे तक हाजिर होता हूँ। मुंशी हरप्रकाश की इस करतूत का फैसला जितनी जल्दी हो जाए, उतना ही अच्छा है।" यह कहकर हीरा सिंह ने एक बार तिरछी निगाह से फौजदार की तरफ ताका। देखा कि वे भी उसकी ओर ताक रहे हैं। फिर बोला, "मुझे मालूम नहीं था कि मुंशीजी आपके रिश्तेदारों में से हैं।"

फौजदार—"हाँ, मुंशीजी मेरे एक दामाद के दामाद हैं, लेकिन इससे पहले उनसे मेरी मुलाकात-बात नहीं थी। मैंने सिर्फ उनका नाम सुना था और जानता था कि वे एक अंग्रेज के कारपरदाज हैं।"

हीरा—"लेकिन बड़े अफसोस की बात है कि उन्होंने इतने बड़े आदमी होकर ऐसे काम में हाथ डाला।"

फौजदार—"अफसोस की बात तो है ही। मेरी समझ में अभी तक नहीं आता कि उन्होंने क्यों ऐसा काम किया। मैं यही देखने के लिए यहाँ आया हूँ कि उनका कुसूर कहाँ तक साबित होता है। आप जानिए, अगर वे सचमुच अपराधी होंगे तो रिश्तेदार होने से मैं उनकी तरफदारी हर्गिज नहीं करूँगा, बल्कि इसमें पूरा-पूरा इनसाफ होगा। मुंशीजी एक अंग्रेज के बड़े नौकर हैं, उनका मुकदमा बड़ी अदालत तक जरूर जाएगा।"

हीरा—"यह मामला आप ही के सामने मिट जाए तो अच्छी बात है, मैं मुंशीजी को हैरान करना नहीं चाहता।"

इसके बाद फौजदार से विदा लेकर कोतवाल साहब हीरा सिंह के साथ चले गए।

फौजदार साहब ने रात के तीन बजे डेरे पर लौटकर ही एक चपरासी को चिट्ठी देकर आरे भेजा। उससे कहा कि यह चिट्ठी हवलदार को देना। मैंने उसमें कुछ सिपाही लेकर उसे यहाँ आने को लिखा है। तुम भी उन लोगों के साथ चले आना। तेजी के साथ जाना और आना, जिसमें दस बजे तक यहाँ पहुँच जाओ।

इस समय फौजदार साहब अपने खेमे के सामने घास पर टहलने लगे, इतने में बलदेवलाल उनकी तरफ जाने लगे। एक चपरासी ने दौड़कर उनका हाथ पकड़ा और पूछा, "कहाँ जाते हो?"

बलदेव—"क्यों फौजदार साहब! मैं भी कैदी हूँ क्या?"

फौजदार ने मुसकराकर कहा, "बिलफेल हैं। आप भीतर जाइए।"

बलदेवलाल ने गुस्से से काँपते-काँपते कहा, "क्या मैं कैदी हूँ? तुम मुझे बुढ़ापे में बिना अपराध मेरा जी दुखाते हो, तुम्हारा भला नहीं होगा।"

फौजदार ने दृढ़ता के साथ कहा, "भाई साहब! मैं अपना फर्ज जरूर अदा करूँगा। आप चाहे मुझे हजार कोसिए। अब आप अपने जगह पर जाइए।" बल्देवलाल अधिक बेइज्जती के डर से चुपचाप रावटी में चले गए।

## ससुर और दामाद

मुंशीजी—"जब पहरेदार ने आपको मना किया, तब आप बाहर क्यों निकले? ख्वाहमख्वाह यह बेइज्जती सहने की क्या जरूरत थी?"

बलदेवलाल—"अरे बबुआ! जब कैद हो गया तब बेइज्जती में बाकी क्या रहा? अब मेरा मर जाना ही बेहतर है।"

मुंशी—"आप चतुर आदमी होकर इतना क्यों घबराते हैं? देखिए तो, फौजदार साहब किस रास्ते चलते हैं?"

बलदेव—"अभी तक उसका रास्ता नहीं देखा? मैं उसका दामाद हूँ, वह मेरी मदद क्या करेगा? इस मौके पर अपनी थैली भरेगा। उसके पास मेरा जाना ही ठीक नहीं हुआ। जाति-भाई से जो बुराई के सिवा भलाई की आशा करता है, वह बेवकूफ है।"

मुंशी—आप क्या कहते हैं? अगर भाई भाई से, सजाती सजाती से, स्वदेशी स्वदेशी से सहानुभूति नहीं रखेगा तो और किससे रखेगा? जान पड़ता है, इसी से हिंदुस्तान रसातल को जाएगा, सोने का हिंदुस्तान मटियामेट हो जाएगा, हिंदुस्तान का नाम मिट जाएगा। परंतु जैसी आप सोचते, समाज की वैसी दुर्दशा अभी तक नहीं हुई है, अभी भारत में भ्रातृभाव है। कुछ लोगों के दोषी होने से क्या समूची जाति को दुष्ट कहेंगे? भले-बुरे सब जगह हैं।"

इतने में किसी स्त्री की आवाज आई—

"न सूझने से मोर भी मुर्गा मालूम होता है।"

जिधर से ये आवाज आई, उधर ताककर बलदेवलाल ने कहा, "तुम जो भी हो, तुमको जानना चाहिए कि इस वक्त मुझसे व्यंग्य करना और मुरदे पर लात मारना बराबर है। भगवान्! अब तो सहा नहीं जाता।"

मुंशी—"आप क्या करते हैं? विपद में धीरज धरने की बात भूल क्यों जाते हैं?"

घबराइए मत, चित्त को ठिकाने रखिए। हम लोग बेकसूर हैं, जरूर इस विपद से छुटकारा पा जाएँगे। जितने दिन राम का नाम सुमिरते हुए धर्म के रास्ते चलेंगे, उतने दिन विपद से क्यों डरेंगे?"

बलदेव—"बबुआजी! इस युग में धर्म का वह तेज थोड़े हैं। अब सर्वत्र अधर्म की जय होती है। मुझे रक्षा का कोई उपाय दिखाई नहीं देता। जमादार, दारोगा, कोतवाल, फौजदार सभी हीरा सिंह के पक्ष में हैं, हम लोगों की सहायता कौन करेगा?"

मुंशी—"यह खूब समझता हूँ कि आफत बहुत बड़ी है, हीरा का बल अपार है और उसका फंदा भी टूटने योग्य नहीं है, यह भी समझता हूँ, परंतु हम निर्दोष हैं, इसी से आशा है कि छूट जाएँगे। भगवान् के आगे कोई बात असंभव नहीं है, वे ही लाचार का उपाय कर देंगे।"

इतने में चपरासी ने आकर कहा, "फौजदार साहब आप लोगों को बुलाते हैं।"

मुंशी—"वे कहाँ हैं?"

"वे उस कमरे में एक औरत से बतिया रहे हैं, आप लोग जल्द वहीं आइए।" यह कहकर चपरासी चला गया और मुंशीजी तथा बलदेवलाल पीछे से गए।

## पिंजड़े में चिड़िया

"तुम मेरी तरफ घूर-घूरकर क्यों ताकते हो?" कहकर गूजरी ने दूसरी ओर मुँह फेर लिया।

फौजदार ने बिना कुछ सहमे कहा, "मैं एक बात सोचता था। लतीफन के इजहार में उसको बचाने वाली जिस काली, बिखरे बाल वाली हँसमुख औरत का जिक्र है और सामने जो मूरती देख रहा हूँ, उससे मुझे विश्वास होता है कि तुम्हीं ने लतीफन की जान बचाई है। अब तुमसे एक बात पूछता हूँ। लतीफन के इजहार में यह भी लिखा है, जब हीरा सिंह उसको तंग कर रहा था, उस समय एक नाटा सा जवान वहाँ आया। उसे देखकर हीरा ने कहा, 'क्यों रे दुखिया! क्या खबर है?' उसने कहा, 'रेशम के गोदाम की चाबी चाहिए, रायजी ने कहा है।' दुखिया कौन है? और रायजी कौन हैं?"

गूजरी ने कहा, "दुखिया हीरा सिंह का खवास है और रायजी उसका पाला हुआ पंछी है।"

फौजदार ने चपरासी को पुकारकर कहा, "मेरा नाम लेकर हीरा सिंह के खवास दुखिया को जरा बुला तो लाओ।" चपरासी के चले जाने पर उन्होंने गूजरी से पूछा, "भला यह तो बताओ कि तुम हीरा सिंह का सर्वनाश करने पर क्यों उतारू हो?"

गूजरी ने कहा, "जिसने कितने ही आदमियों का सर्वनाश किया है, उसका सर्वनाश मैं नहीं करूँगी? महापापी का सर्वनाश नहीं करूँगी? जिसने मेरी जान बचाई है, उसका सर्वस्व लूटकर उलटे उसी पर जिसने नालिस की है, उसका सर्वनाश नहीं करूँगी?"

फौजदार—"किसने तुम्हारी जान बचाई?"

गूजरी—"मेरे घर में आग लगी थी, मैं उसी में जल जाती, मुंशीजी ने मेरी जान बचाई।"

फौजदार ने कुछ देर चुप रहने के बाद गूजरी से कहा, "मुझे जो कुछ जानना था, वह तुमने बता दिया और जो कुछ देखना था, वह दिखा दिया। अब तुम्हारी बाबत कुछ जानने को जी चाहता है। तुम कौन हो?"

गूजरी—"मेरा नाम गूजरी है।"

फौजदार—"तुम कौन जात हो?"

गूजरी—"आजकल मेरी कोई जाति नहीं है। मैं घर से निकल आई हूँ। लेकिन उससे यह न समझ लेना कि मैं कुल्टा हूँ। पति ही मेरे सर्वस्व हैं, पति ही मेरे ईश्वर हैं।"

फौजदार—"यह बड़े ताज्जुब की बात है, तब तुम घर से क्यों निकलीं?"

गूजरी—"मेरे पति उड़ते फिरते हैं। उनको पकड़ने के लिए मैं उनके पीछे-पीछे घूमती हूँ। उनकी मति-गति फेरने के लिए ही मैं घर से बाहर हुई हूँ।"

इतने में ससुर के साथ मुंशीजी वहाँ आ पहुँचे। उनको देखकर फौजदार ने गूजरी से कहा, "चपरासी से कहना, मैं जबतक न बुला भेजूँ, तब तक वह दुखिया को बाहर बिठा रखे। और तुम भी अभी कहीं मत जाना।"

गूजरी से यह कहकर फौजदार साहब हरप्रकाशलाल और बलदेवलाल के साथ वहाँ से चले गए।

## तहकीकात

एक बड़े भारी बरगद की छाया में फौजदारी इजलास बैठा है। धनुषाकार पड़ी

हुई पाँच कुरसियों पर कोतवाल साहब, फौजदार साहब, हीरा सिंह, हरप्रकाश लाल और बलदेवलाल बैठे हैं, कुछ दूर अलग एक तख्त पर लंबी दाढ़ीवाला फतेहउल्ला बैठा है। एक तरफ जमादार, चौकीदार आदि दारोगा और दलीपसिंह, जगन्नाथ सिंह और कई चपरासी खड़े हैं।

कोतवाल ने कहा, "सब लोग आ गए, अब कारवाई शुरू करनी चाहिए।"

फतेहउल्ला ने पाँच मल्लाहों को सामने लाकर हरप्रकाश लाल की तरफ उँगली दिखाते हुए पूछा, "इन मुंशीजी को तुम लोग उस दिन नाव में ले गए थे?"

एक मल्लाह ने कहा, "हाँ, धर्मावतार।"

दारोगा—"इनके साथ और कौन था?"

मल्लाह—"यह जगन्नाथ और दलीपसिंह थे।"

दारोगा—"और कोई नहीं था?"

मल्लाह—"हाँ एक औरत थी।"

दारोगा—"वह मुंशी की कौन थी?"

मल्लाह—"सरकार! यह हम नहीं जानते।"

दारोगा—"अच्छा मुंशीजी कहाँ जाते थे?"

मल्लाह—"आरे जाने को कहा था।"

दारोगा—"लेकिन वहाँ जाना नहीं हुआ?"

मल्लाह—"नहीं जाना हुआ सरकार?"

दारोगा—"क्यों नहीं जाना हुआ?"

मल्लाह—"बक्सर के पास आते ही मुंशीजी ने कहा, 'वह जो एक नाव जा रही है, उसको पकड़ो।'"

दलीप सिंह ने दाँत पीसकर कहा, "साला ठीक उल्टा कह रहा है। धर्म के रू से कह।"

दारोगा—"तुम अभी चुप रहो। हाँ, फिर?"

मल्लाह—"फिर हमने वह नाव पकड़ी। दलीपसिंह, जगन्नाथ और मुंशीजी उस नाव पर जाकर मार-पीट करने लगे।"

जगन्नाथ—"नहीं-नहीं, यह बात नहीं है। हमने कुछ नहीं किया, हम तो नदी में गिर पड़े।"

मल्लाह—"हाँ धक्कम-धुक्की में नदी में गिर पड़ा था।"

दारोगा—"फिर?"

मल्लाह—"फिर उस नाव के दो डाँड़ खेनेवाले और एक गुमास्ता नदी में कूद पड़े, तुरंत ही बंदूक की आवाज हुई, एक मल्लाह नाव में लोट गया और उसके मुँह से लहू बहने लगा।"

दारोगा—"कह चलो।"

मल्लाह—"फिर मुंशीजी और दलीप सिंह ने उस नाव के मल्लाह अबिलाख को बाँध लिया और हमसे कहा कि तुम लोग अपनी नाव इस नाव के पीछे बाँधकर बक्सर ले चलो।"

दारोगा—"तो मुंशीजी आरे नहीं गए?"

मल्लाह—"नहीं गए सरकार! उन्होंने नाव बक्सर में लगाने को कहा, हमने वहीं नाव लगाई।"

दारोगा—"फिर?"

मल्लाह—"फिर लालाजी ने अबिलाख को और उस मुसहर की लाश को थाने में पहुँचवाकर नाव पीछे लौटाने को कहा। जब हम चौसा पहुँचे तो मुंशीजी के हुक्म से एक कोड़ी पाँच गाँठ रेशम बैलगाड़ी में लदवा दिया। मुंशीजी ने हमारा भाड़ा चुका दिया, हम लोग चले गए। जो नाव लूटी थी, वह अभी हमारे ही पास है।"

दारोगा—"तुम सब लोग यही बात कहते हो न?"

सब मल्लाह—"हाँ सरकार!"

दारोगा—"अच्छा, तुम लोग बैठो। दलीपसिंह किसका नाम है?"

दलीप—"मेरा नाम है।"

कोतवाल—"भयानक चेहरा है, इसने जरूर खून किया होगा।"

दलीप ने दाँत पीसते हुए हथकड़ी पहने हाथों को कोतवाल की तरफ फैलाकर कहा, "और इसने जरूर घूस खाया होगा।"

दलीप के मुँह से घूस का नाम सुनते ही फतेहउल्ला ने उसको तमाचा लगाया। कृतज्ञ दलीप तमाचा खाकर चुप रहनेवाला जीव नहीं था, उसने उसी वक्त बँधे हुए हाथों को मियाँ साहब के सिर पर जोर से पटककर सलाम किया। तीन-चार चौकीदारों ने दौड़कर फतेहउल्ला के सिर पर कपड़ा भिगोकर बाँधा और दलीप के दोनों हाथ दोनों पाँवों के साथ बाँधकर उसे वहीं बिठा दिया।

कोतवाल—"सब आपने सुन ही लिया और माल भी मेरे सामने इस लाला के मकान से बरामद हुआ। अब इसका अपराध साबित होने में क्या कसर है?"

फौजदार—"कुछ नहीं, खासा सबूत मिला है।"

कोतवाल—"तो इसको हिरासत में रखना चाहिए?"

फौजदार—"जरा ठहरो, मैं हीरा सिंह से दो-एक सवाल करूँगा।"

हीरा—"फरमाइए।"

फौजदार ने अँगरखे के जेब से एक कागज (लतीफन का इजहार) निकालकर पढ़ते-पढ़ते पूछा, "परसों चार घड़ी रात जाने पर कोई आपके गोदाम की चाबी माँगने आया था?"

हीरा—"नहीं तो।"

फौजदार—"खूब याद करके कहिए।"

हीरा—"मुझे तो कुछ भी याद नहीं आता।"

फौजदार—"अच्छा, मैं याद दिला देता हूँ। जब वह आदमी चाबी माँगने आया, उस वक्त आप लतीफन बीबी से बातचीत कर रहे थे?"

हीरा—"लतीफन तो परसों सवेरे ही मेरे यहाँ से विदा हो गई थी।"

फौजदार—"नहीं-नहीं, उस वक्त तक आपने लतीफन को विदा नहीं किया था, उसके समाजियों को इस दुनिया से विदा कर दिया था।"

हीरा—"आपकी बात मेरी समझ में नहीं आती।"

फौजदार—"धीरे-धीरे आवेगी। लतीफन के गहनों का संदूक कहाँ रखा है? चपरासी! उस औरत और दुखिया को यहाँ बुलाओ तो?"

चपरासी के साथ गूजरी और दुखिया सामने आए।

फौजदार ने कोतवाल से कहा, "यह वही चुड़ैल है, जिसको देखकर आप डर गए थे। यह वही भूत है, जिसने लतीफन की जान बचाई थी। इसके साथ जाइए, जाकर अपनी आँखों से वह भयानक स्थान धर्मात्मा हीरा सिंह का कीर्तिस्तंभ देख आइए।"

कोतवाल—"जब आपने देख लिया है, तब मेरे देखने की क्या जरूरत है?"

फौजदार—"नहीं-नहीं, आप जाकर देख आइए और खुद मुंशीजी तथा लतीफन के संदूक उठवा लाइए। आप के साथ मेरे और आपके चार-चार सिपाही जाएँ।"

कोतवाल साहब आठ आदमियों को साथ लेकर गूजरी के बताए रास्ते से पातालपुरी की ओर गए। उनके जाने पर फौजदार ने दुखिया को सामने बुलाकर कहा, "देखो, सब भेद खुल गया है, अब कुछ छिपाना फिजूल है। तुम अगर मेरे

सवालों का जवाब सही-सही दोगे तो तुम्हें बहुत कम सजा होगी, यहाँ तक कि छोड़ भी दे सकता हूँ।"

दुखिया—"मैं क्या जानता हूँ सरकार?"

फौजदार—"तुम जो जानते हो, वही तुमसे पूछूँगा। अच्छा बताओ तो, परसों पहर भर रात गए तुम हीरा सिंह से रेशम के गोदाम की चाबी माँगने गए थे या नहीं?"

दुखिया—"सरकार!" (चुप)

फौजदार—"डर क्या है? बोलो, बोलो।"

दुखिया—"सरकार! अब क्या कहूँ।"

फौजदार—"तुमने वह चाबी लेकर क्या किया?" इस पर दुखिया ने सारा हाल बता दिया।

दुखिया—"पच्चीस गाँठ रेशम निकालकर चाबी मालिक को दे आया।"

फौजदार—"तुमने रेशम लेकर क्या किया?" इस बार दुखिया ने सारा हाल बता दिया।

इसी वक्त भीड़ के भीतर से एक साधु ने सामने आकर हीरा सिंह से कहा, "सब भेद तो खुल ही गया, अब कुछ उपाय नहीं है। चारों ओर से हथियारबंद सिपाहियों ने तुमको घेर रखा है। अब तुम जन्म भर का कमाया हुआ पाप स्मरण कर दिल से पश्चात्ताप करो। एक बार पश्चात्ताप करके करुणा निधान भगवान् से दया की प्रार्थना करो।"

"तुमने भी मुझे छोड़ दिया," धीरे से कहकर हीरा सिंह ने सिर नीचे कर दिया।

फौजदार ने साधु से पूछा, "तुम कौन हो?"

साधु ने कहा, "भोलाराय।"

फौजदार—"भोलाराय।"

भोला—"मैं वही भोला पंछी हूँ, जिसके डर से तीन जिले के आदमी रात को सोते नहीं थे।"

नाम सुनकर फौजदार साहब सहम गए।

भोला ने फिर कहा, "मैंने ही बलदेवलाल और हरप्रकाश के मकान पर डाके डाले थे। मैं अपनी इच्छा से हाजिर हुआ हूँ, मुझे गिरफ्तार करें। आज से आरा, बलिया और गाजीपुर का डर मिट गया।"

इतने में कोतवाल साहब गूजरी सहित दो संदूक लिबाए वहाँ पहुँचे। फौजदार

साहब ने उनको लतीफन का इजहार और दुखिया का बयान पढ़कर सुनाया और कहा, "अब आप क्या कहते हैं? हीरा सिंह को आरा चालान करना चाहिए?"

कोतवाल—"बेशक! मुंशीजी के बेकसूर होने में कुछ भी शक न रहा। अबिलाख, दुखिया और सागर पांडे को भी चालान करना होगा।"

"और मशहूर डाकू भोलापंछी को छोड़ दीजिएगा? कोतवाल से यह बात कहकर फौजदार ने गूजरी की तरफ मुँह करके भोलाराय की तरफ इशारा करते हुए "तुम इसको पहचानती हो?"

गूजरी—"उनको ही नहीं पहचानती?"

भोला—"मैंने उसके घर में आग लगाई थी! वह मुझको ही नहीं पहचानती?"

गूजरी—"वे गाजीपुर जिले के शेरपुर गाँव के शीतलराय सूबेदार के लड़के हैं। अच्छे पढ़े-लिखे हैं। घर-वर अच्छा देखकर वीरपुर के शिवलखनराय ने अपनी लड़की उनसे ब्याह दी। वे ब्याह करके ही घर से निकल गए थे, फिर कभी स्त्री का मुँह नहीं देखा। तबसे हीरा सिंह के दल में आ मिले।"

फौजदार ने कोतवाल से कहा, "यही महशूर डाकू भोला पंछी है?"

कोतवाल—"यह देखने में तो डाकू नहीं जान पड़ता।"

गूजरी ने धीरे से फौजदार से कुछ कहा। फौजदार ने चौंककर एक बार उसके मुँह की तरफ देखा, फिर कोतवाल से कहा, "भोला ने खुद यहाँ हाजिर होकर सब बातें कबूल की हैं और यह औरत जिसकी मदद से इस विकट मामले का सारा भेद खुला है, उसको छोड़ देने की प्रार्थना करती है, इसलिए मैं उसको छोड़ देने का हुक्म देता हूँ।"

कोतवाल—"बहुत खूब!"

फौजदार ने मुंशी से कहा, "तुम अपना संदूक पहचानकर ले लो।" दूसरा संदूक एक चपरासी के हवाले करके कहा, "यह संदूक सँभालकर रखना", फिर हवालदार को बुलाकर कहा, "इस संदूक में बहुत कीमती जेवर हैं, तुम भी इसको सँभालकर रखना। अब सिंहजी को गिरफ्तार करके आरे ले चलने का बंदोबस्त करो।" (मुंशीजी से) "और मुंशीजी, इस असाधारण गुणवती स्त्री की सहायता से ही तुमने आफत से छुटकारा पाया और अपना माल भी वापस पाया। इसलिए ऐसा बंदोबस्त करना, जिससे यह जन्म भर सुख से रहे। हारा हुआ दुश्मन भोलाराय अब तुम्हारा मुँह ताकता है, इस पर भी मेहरबानी रखना।"

उस दिन तीसरे पहर फौजदार और कोतवाल मय आसामियों के दल-बल

सहित आरे को रवाना हो गए। बलदेवलाल, दलीपसिंह, जगन्नाथ, मुंशीजी, गूजरी और भोलाराय सरेंजा की तरफ चले।

गूजरी भोलाराय की विवाहता पत्नी थी, वह पति को पाकर निहाल हो गई। जेवर पाकर मुंशीजी और पार्वती के आनंद का पार न था। हीरा सिंह के कुकर्मों के परिणाम के बारे में पाठक स्वयं अनुमान करेंगे।

□

# जालराजा

## -: 1 :-

"जय गोपाल भाईजी?"

"जय गोपालजी, रामदीन यह गोपाल कहाँ से?"

"इधर सुसराल जा रहे हैं, आप कहाँ?"

"मैं तो कुंभ नहाने गया था, सो लौटकर मन में आया कि मनकनिका नहाते चलें, इधर आ ही गए हैं, तीरथ में बार-बार आना तो होता नहीं!"

"ता आइए, खड़े काहे हैं, चलिए काशी ही न चलिएगा।"

"हाँ, चलेंगे तो काशी ही, लेकिन गाड़ी तो नहीं आई है?"

"आप भी घच्चू ही रहे! अरे गाड़ी आवेगी कहाँ से, वह तो यहीं से छूटती है। वह क्या हों-फों कर रही है। जल्दी आओ, नहीं तो छूट जाएगी।"

मुगलसराय के स्टेशन से दिल्ली को जानेवाली मुसाफिर गाड़ी के खुल जाने पर पीछे प्लेटफार्म पर खड़े दो मुसाफिर आपस में बात कर रहे हैं। थोड़ी दूर पर स्टेशन के मोटे फीलपाए से चिपका हुआ एक चतुर जवान उनकी बात सुन रहा है। पहले मुसाफिर ने बदन पर चमकदार छींट की रुईदार मिरजई, कमर के नीचे बढ़िया काली किनारी की गुलाबी रँगी हुई धोती, सिर पर नीले मखमल की कामदार गोल टोपी, गले में पचरँगा ऊनी गुलूबंद, कंधे पर अमृतसर का सफेद दुशाला, पाँव में काला बार्निस का चमचमाता जूता, हाथ में बघमुही काली छड़ी है। छींट की मिरजई पर काले मखमल की सदरी है। उसमें चाँदी के जंगीरदार आधे दर्जन बूताम लगे हैं। सदरी के जेब से सुनहरी मिहराबदार मनोहर चेन लगी है। आबताब से वह किसी धनी महाजन के घर का मालूम होता है, पीछे खिदमतगार कंधे पर बकुचा बाँधे हाथ में गुड़गुड़ी लिये है। दूसरा जो तीर्थ करके काशी करने जाता है? मूँछ-दाड़ी मुँड़ाए,

बदन पर काला कंबल ओढ़े, हाथ में त्रिवेणी का जल भरा काँच का करवा बाँस की डोलची में लटकाए है।

जान-पहचान वाले तीर्थयात्रा की बात सुनकर रामदीन उसके पीछे चले। अवध-रुहेलखंड की गाड़ी तैयार थी। ये दोनों ढूँढ़ते हुए एक खाली गाड़ी में जा बैठे।

मुसाफिर बहुत कम थे। दो ही तीन आदमी हर कमरे में बैठे थे। यह दोनों जिस कमरे में बैठे, उस गाड़ी भर में कोई नहीं था। लेकिन जब गाड़ी खुलने लगी, सीटी देते ही एक आदमी उन दोनों के पास वाले कमरे में आ बैठा।

पहले वह उसी कमरे में बैठना चाहता था, लेकिन दरवाजे के पास जाते ही रामदीन ने डाँटकर कहा—

"इस गाड़ी में नहीं।" तब लाचार पास के कमरे में जा रहा।

अब रामदीन अपने साथी के साथ बैठकर बहुत खुश हुए। मन में सुसराल जाने की उमंग भरी थी। चेहरा प्रसन्न देखकर साथी ने पूछा, "कहो, कभी बनारस गए हो या हमारी ही तरह पहले-पहल जाते हो।"

रामदीन ने कहा, "एक बार ब्याह में आया था। उस वक्त मैं इतना छोटा था कि कुछ याद नहीं है, लेकिन यह खिदमतगार कई बार का आया-गया है।"

साथी—"कुछ परवा नहीं एक्केवाले को पैसा दे देना, वह घर तक पहुँच देगा।"

रामदीन—"उसके वास्ते चिंता नहीं है। हम बड़े-बड़े शहर देख आए हैं। फिर कुछ देहाती तो हैं नहीं। गाजीपुर में ही रात-दिन रहते हैं।"

साथी—"सो तो हई है, लेकिन यह तो कहो रामदीन, तुम्हारी दुकान का क्या हाल है?"

रामदीन—"दुकान तो बाबूजी, आपकी दया से खूब बढ़ती पर है। अभी नेपाल के महाराज के लड़के आए थे। कई दिन तक पीरनगर में टिके रहे, उनसे खूब पैदा हुआ।"

साथी—"तो खैर, सौ-पचास बनाया ही होगा। साथ में उनके कुछ लोग रहे ही होंगे!"

रामदीन—"सौ-पचास की बात नहीं बाबूजी, खाली उनके डेरे से हमको पूरे इक्कीस सौ रुपए नकद नफा के मिले हैं!"

साथी—"अरे, कहते हो, कई दिन ठहरे रहे तो कई दिन में ही इक्कीस सौ नफा मिला।"

रामदीन—"सो क्या कुछ कठिन बात है। और को तो छोड़ दीजिए, दिन में दो-चार बार उनके यहाँ हवन होता था, सो दस सेर तो खाली मध (शहद) जाता था और उस दस सेर में हम पाव भर मध देते थे।"

साथी—"और बाकी?"

राम—"बाकी की बात आप क्या पूछिएगा। यही छोवा, जिसको देहाती चोटा कहते हैं, कोरे बरतन में चला देते थे।"

साथी—"तो वह लोग शहद आँव छोवा नहीं पहचानते थे?"

रामदीन—"आप भी कहा की बात पूछते हैं? वह लोग अमीर आदमी राजा लोग हैं, फिर भी जो चीज खाने की नहीं, आग में डालना है। कौन पूछता है। कभी रंग देखकर भड़के तो नीचेवालों ने कह दिया। साहब, इधर का शहद ऐसा ही होता है। पहाड़ी शहद की तरह इधर कहाँ मिले। और उन बेचारों ने कभी छोवा देखा तक नहीं, फिर कौन पहचानता है?"

साथी—"फिर?"

रामदीन—"फिर क्या इसी तरह घी, आटा, मसाला, दाना सब चीजों में कमिया करके पूरे इक्कीस सौ इसी महीने में बना लिये हैं।"

साथी—"तब तो आजकल तुम्हारे दिन अच्छे हैं।"

रामदीन—"हाँ, आप लोगों की दया से खाने-कमाने को बहुत है।"

साथी—"और तुम्हारा भाई?"

रामदीन—"वही तो सब करता है।"

साथी—"हाँ, तुम तो अपना पढ़े-लिखे हो। तुम्हें दुकानदारी कहाँ पसंद हो।"

रामदीन—"आप जानते ही हैं कि हमको तो कोई नौकरी मिले तो करें, लेकिन मनलायक मिलती ही नहीं।"

साथी—"मनलायक तो भई तुम्हें किसी राज दरबार में दीवानी मिले, तब न?"

रामदीन—"देखिए लगे हैं, कभी तो भगवान् सुन ही लेगा।"

इतने में गाड़ी खुल गई। हड़-हड़, पड़-पड़ में जब कुछ सुनाई नहीं दिया, तब दोनों चुप ही रहे।

## -: 2 :-

एक रोज जब सबेरे बिसेसर गंज के बाजार से शाक-भाजी की बहार देखकर रामदीन अपने साले के साथ सुसराल को लौटा, सरकारी तारघर के पास ही एक

बड़ा रोबदार आदमी सामने से आता दिख पड़ा, सिर पर खूब बढ़िया काम की जरी से लदी टोपी और जरीही का सब अंगा पाजामा पहने पाँव में जरी का ही लखनउआ नवाबी जूता चढ़ाए, हाथ में रंग-बिरंगे तारों के फूल और बेल से सजी-सजाई लहर मारती हुई छड़ी लिये एक साथी से बात करता आता है। वह अभी थोड़ी दूर है, लेकिन बात इस तरह करता है कि रामदीन सब सुन रहा है। साथी कहता है, "तो आप अभी दो घंटे पहले ही क्यों जाते हैं, गाड़ी तो नौ बजे आवेगी, इतने में तो मुसाहिबजी, आप भोजन कर लेते।"

मुसाहिबजी कहते हैं, "अजी खाने-पीने की क्या कहीं कुछ कमी है, जहाँ गए, वहीं सब तैयार है। तब तक दो घंटे स्टेशन की सैर सही। देखते हो, यहाँ हम रहने पाते हैं? मारे सिफारशी टट्टुओं के नाकों दम हो रहा है। जब तक हम अपने मन का दीवान नहीं बना लेते, तब तक तो चित्त ठिकाने नहीं होता।"

रामदीन सब सुनता हुआ साले के साथ ससुरजी के बैठक में गया। आज ही उसकी विदाई की तैयारी थी। जल्दी से नहा-खाकर एक्के पर बैठा और दस मिनट में स्टेशन राजघाट पर पहुँच गया।

इतने में गाड़ी छूटी, टिकट बटने लगा। रामदीन राजघाट से टारीघाट का टिकट लेकर प्लेटफार्म पर पहुँचा। गाड़ी आई। सब मुसाफिरों के साथ गाड़ी में सवार हुआ। घंटा सुनकर गाड़ी सीटी देती हुई चल पड़ी। जब मुगलसराय में रामदीन अवध-रुहेलखंड से उतरकर ईस्ट इंडियन लाइन की गाड़ी में बैठा तो देखता क्या है कि उसमें वही नवाबी ठाटवाले मुसाहिबजी पहले से बैठे हुए हैं। उनको सलाम करके रामदीन उसी मैं बठ गया।

मुसाहिब ने कहा, "आपको हमने कहीं देखा है।"

रामदीन—"जी हाँ, आज सवेरे जब आप स्टेशन आ रहे थे, तब मैं बिसेसरगंज के बाजार से जा रहा था।"

मुसाहिब—"हाँ-हाँ, ठीक है। बैठिए।"

रामदीन—"आप जाएँगे कहाँ?"

मुसाहिब—"मैं डुमराँव जाऊँगा, सुनते हैं, वहाँ के राजा का कोई पुराना खजाँची है। उसी का लड़का अच्छा अंग्रेजी पढ़ा है।"

रामदीन—"सो तो है, लेकिन लड़का, क्या ब्याह करना है?"

मुसाहिब—"ब्याह नहीं यार, बड़का ब्याह करना है। नेपाल के एक बड़े दरबारी के यहाँ एक दीवान की जगह खाली है। उसी के लिए आदमी खोजने जात हैं।"

रामदीन—"तो आदमी कैसा चाहिए, क्या काम करना होगा, तलब क्या होगी?"

मुसाहिब—"काम तो दीवान का कही चुके। और आदमी तो भाई हमारे मनलायक हो। अंग्रेजी पढ़ा-लिखा हो। और सबसे एक बात यह कि वह बड़े घर का ईमानदार और भला आदमी हो, तलब सौ की होगी।"

रामदीन ने मौका पाकर कहा, "तो साहब आप कहें तो हम एक बहुत अच्छा अंग्रेजी पढ़ा-लिखा बड़े भले घर का ईमानदार आदमी दे देंगे।"

मुसाहिब ने कुछ सोचने की तरह रुककर कहा, "सो तो भाई हम बिना हुक्म कैसे कहें, जब राजा साहब मंजूर कर लेंगे, तब बात पक्की हो सकती है।"

रामदीन बड़े आग्रह से कहने लगा, "हमारा अख्तियार होगा और मैं अपने ही वास्ते कहता भी हूँ।"

मुसाहिब—"हमारा अख्तियार भरती करके ले जाने का है, लेकिन मंजूर वही करेंगे?"

रामदीन—"तो आप अपनी तरफ से मान लीजिए, फिर वहाँ भी आप चाहेंगे तो हो जाएगा।"

मुसाहिब—"सो चाहेंगे, तब तो हो जाएगा, लेकिन इसमें अभी बड़ी-बड़ी काररवाई होगी। हम आपका खयाल रखेंगे और मौका आने पर आपके नसीब से बात लग गई तो अपनी तरफ से उठा नहीं रखेंगे।"

बस अब तो रामदीन गलकर पानी हो गया। अपना नाम-धाम ठिकाना लिखाकर दिलदार नगर में उतर गया। वहाँ से गाजीपुर जानेवाली गाड़ी में बैठकर टारीघाट पहुँचा और स्टीमर से पार उतरकर घर चला गया।

## -: 3 :-

घर पहुँचने पर रामदीन सोचने लगा कि अब उसके दिन अच्छे आए हैं। नेपाल के राजा बहुत बड़े आदमी हैं, जब उनके यहाँ आने में हमको इक्कीस सौ रुपए मिल गए तो उनके दरबारी की नौकरी में क्या न मिलेगा। फिर सौ-सौ रुपए की नौकरी जरूर भाग्य की बात है, लेकिन जब वह मुसाहिब मान जाए, तब बात है। आने को भी तो कह गया था, दो दिन हो गए, लेकिन अब तक नहीं आया।

इतना ही कहने पाया था कि दरवाजे पर मुसाहिबजी आ धमके। उनका ठाट देखने के लिए बाट में हाट लग गई। रामदीन ने बड़े आदर से बिठाया और खूब

खातिर के साथ रखा। अड़ोस-पड़ोसवालों को पूछने पर कह दिया—'हमारे जान-पहचान के एक जमींदार हैं।'

दूसरे ही दिन रामदीन को लेकर मुसाहिबजी गंगा के किनारे पहुँचे और कहा, "सुनो रामदीन! तुम गले भर गंगा जल में घुसकर कसम खाव कि दीवान होगे तो हमको बड़े भाई की तरह मानोगे?"

रामदीन ने कसम खाई, मुसाहिब ने विश्वास नहीं किया, हरशंकरी में जाकर कसम खाई, वहाँ भी विश्वास नहीं हुआ, तब मुसाहिब ने कहा, "सब तो हो गया, लेकिन तुम बनारस में चलो, विश्वेश्वर नाथ महादेव को छूकर कहो कि दीवान होने पर हमसे बिगाड़ नहीं करोगे, तब हम तुमको दीवान बनाने की तदवीर करें। नसीब तुम्हारे अच्छे हैं, डुमराववाले का नसीब खाली पड़ा। तुम्हारे वास्ते सब काम ठीक हो गया, मालिक की मंजूरी भर बाकी है।"

रामदीन उस पर भी राजी हुआ। मुसाहिब के साथ स्टीमर घाट पर आते-आते स्टीमर खुल गया। दूसरी बार जो स्टीमर पर भरकर मुसाफिर टारीघाट पर पहुँचाए गए, यह सब रेल स्टेशन पर जाकर सो नहाते रहे। ग्यारह बजे की आई गाड़ी तीन बजे के लगभग छूटी। दिलदार नगर भी चार घंटा बैठने पर पश्चिम जानेवाली गाड़ी मिली, उस पर चढ़कर रामदीन मुसाहिब के साथ मुगलसराय पहुँचा। वहाँ से उतरकर ओ.आर. लाइन की गाड़ी में काशी को रवाना हुआ।

## -: 4 :-

पुराने चौक से कचौड़ी गली में नीचे उतरकर नेपाली खपरे में मणिकर्णिका को जो रास्ता गया है, उसी से रामदीन मुसाहिब के साथ ठीक दस बजे रात को जा रहा है। थोड़ी देर तीन-चार कुंजगली घूमकर रामदीन मुसाहिब को साथ लिये एक दो महले मकान के दरवाजे पर पहुँचा। बाहर तो बड़ा दरवाजा खाली पड़ा था, लेकिन एक ही डेवढ़ी पार करने पर दूसरी डेवढ़ी मिली, वहाँ एक स्टूल पर लाल पगड़ीवाला दरबान बैठाया था। वरदी और पीतल की चकतीदार चपरास डाँटे था। मुसाहिब को देखते ही उसने उठकर सलाम किया। मुसाहिबजी, "चले आओ।" कहते हुए रामदीन को पीछे लिये खटाखट सीढ़ी से ऊपर चढ़ गए।

ऊपर एक दरवाजा पार किया, वहाँ और ही ठाट से दरबान बैठा था। उसको पार करके दूसरे दरवाजे पर पहुँचे, उसके दरबान की जरीकी वरदी बगल की लटकती चमचमाती तलवार देखकर रामदीन के देवता कूच कर गए। पहले तो

रुका, फिर धीरे से 'आजव' मुसाहिब से सुनकर रामदीन सिकुड़ा हुआ भीतर गया।

भीतर जाकर रामदीन की आँख एक बार तो बिल्कुल झप गई। सँभलकर देखने लगा। उसको अकचकाया देखकर मुसाहिब ने एक कोने में बिठा दिया।

रामदीन ने देखा तो भीतर खासी कचहरी लगी है। मुहर्रिर मुत्सद्दी, पेशकार, शरिस्तेदार मंत्री मुसाहिब सब करीने से बैठे हैं, सबसे परे जरीदार, लाल मखमल के गद्दी-तकिया पर एक सुंदर मोटा-सा गोरा जवान बैठा अलबेला सुड़सुड़ा रहा है। ऊपर से पंखा खींचा जा रहा है। कोई सिर झुकाए बहीखाता लिख रहा है, कोई कागज उलट रहा है। कोई नोट गिन रहा है, पेशकार आई हुई डाक पढ़कर सुना रहे हैं। मंत्री मुसाहिबों से राय लेकर मालिकजी मुनासिब हुक्म दे रहे हैं।

रामदीन को अलग बिठाकर मुसाहिब ने बड़े अदब से झुककर मालिक को सलाम किया। मालिक ने एक नजर उठाकर उसके सलाम का जवाब दिया और "आ गए", कहकर अपने काम में लगे। "हाँ सरकार, आ गया और काम करके आया।" कहकर मुसाहिब हथेली पर हथेली की पीठ रगड़ता हुआ बैठ गया।

डाक देख लेने पर मुसाहिब आला ने कहा, "सरकार! माँजी ने जो दो लाख मंदिर बनवाने को संकल्प किया है, उसका अब तक काम जारी नहीं हुआ। आपका आना बार-बार यहाँ होता नहीं। आपकी बहन साहिबा ने भी आगरे से लिखा है कि आप उसकी नेव अपने हाथ में इस बार जरूर दे दें। धर्म का काम है, इसमें जल्दी ही करनी चाहिए। शुभस्य शीघ्रम्, यह बड़ों का वचन सदा मानकर जैसे चलते आए हैं, यहाँ भी उससे बिचलना नहीं चाहिए। बाबा कबीरदास ने समझाया है, "काल करे सो आज कर, आज करे सो अब। पल में परलय होएगी, बहुरि करेगा कब!"

बात सुनकर मालिक ने कहा, "लाओ सब कागज, हमारी इसमें देर नहीं है, हम तो यह अपने वास्ते कलंक की बात समझते हैं कि माता जो संकल्प कर गई, उसमें देर हो रही है।"

मुसाहिब आला—"देर कुछ नहीं चाहिए, यहाँ सब माल तैयार मिलेगा। आप कल ही अपने हाथ नेव डाल दें।"

मालिक—"अच्छा जो इंजीनियर इसका ठेका माँगता था, वह हाजिर है?"

मुसाहिब आला—"हाँ सरकार, हुक्म हो तो उसको बुलाकर दो लाख दे दिया जाए।"

इतना सुनते ही एक मुँहलगा मुसाहिब बोल उठा, "देखिए सरकार, फिर वही बात होती है, हम कई बार कह चुके हैं। इंजीनियर लोग सब खा जाएँगे और मंदिर

का साँचा खड़ा कर देंगे, लेकिन काम नहीं होगा।"

मालिक—"तो कहो न भई, तुम कहते क्या हो ?"

मुँहलगा मुसाहिब —"कहें क्या! हमारी बात कोई सुनता है ?"

मुसाहिब आला—"सरकार मेरी राय तो ऐसी है कि आप एक अपना आदमी रखें, जो अंग्रेजी जानता हो और इस काम में पक्का हो, बस वह इंजीनियर की जाँच करता रहेगा, तो खाने नहीं पाएगा और काम भी अच्छा हो जाएगा।"

रामदीन के साथी मुसाहिब बोल उठे, "सरकार, हम आदमी भी लाए हैं।"

मुँहलगा मुसाहिब—"सरकार, इधर के आदमी का भरोसा नहीं है। बनारस के लोग बड़े लुटेरे होते हैं और गुड़ के ऊपर चींटे की रखवारी ठीक नहीं होती।"

रामदीन के साथी मुसाहिब ने कहा, "सरकार! यह बनारस का आदमी नहीं है। विश्वामित्र के बाप राजा गाधि की बड़ी नगरी गाधिपुर (गाजीपुर) का रहनेवाला है। बड़ा भला आदमी है और जात का अगरवाला है। इसकी बहुत बड़ी कोठी है। गाजीपुर में नाथूराम जैसुखराय और यह रामदीन दो ही बड़े कोठीवाल हैं।"

मालिक ने कहा, "तब तो अच्छा आदमी होगा। जैसुखराय नाथूराम को हम जानते हैं। वह बड़ा मातबर महाजन है।"

रामदीन के साथी मुसाहिब ने कहा, "सरकार! यह उन्हीं के जोड़ का कोठीवाल है।"

मुँहलगे मुसाहिब ने कहा, "सरकार, हम कान पर हाथ रखते हैं, इस मामले में कुछ गड़बड़ मालूम होता है। जैसुखराय नाथूराम का नाम हमने भी सुना है। उनके यहाँ भी लोग अंग्रेजी पढ़नेवाले हैं, लेकिन नौकरी करने को कोई उनकी कोठी का नहीं आएगा, सैकड़ों आदमी खुद उनकी कोठी में नौकर हैं।"

रामदीन का साथी मुसाहिब कहने लगा, "वाहजी, कैसी बात करते हो, हम जैसुखराय नाथूराम का आदमी तो नहीं कहते, यही कहते हैं कि उनको जानता है। आपको जरूरत हो तो उनकी सिफारसी चिट्ठी भी ला सकता है।"

मालिक—"अच्छाजी, एक छोटे काम के लिए किसी बड़े महाजन को तकलीफ देने की क्या जरूरत है, जब यह मातबर आदमी है तो इसी को रख लो।"

मुसाहिब आला ने कहा, "हाँ सरकार, इसको रख लिया जाए, आदमी अच्छा जान पड़ता है। लेकिन तनख्वाह पहले सौ नहीं, पचास रुपए महीना दी जाए।"

रामदीन के साथी मुसाहिब बोल उठे, "नहीं सरकार, ऐसी तनख्वाह के तो इसके घर कई नौकर हैं। हम इसकी कोठी देख आए हैं। आप लोग जब देखें तो जानेंगे।"

इस पर और मुसाहिबों ने भी जोर दिया। बात लग गई, रामदीन सौ रुपए माहवारी पर नौकर हो गया। मुसाहिब आला ने हुक्म दिया कि सरकार इसको दो लाख चार किस्तों में दिया जाए, पहले पचास ही हजार देना चाहिए।

अब क्या था, मालिक के मन में मुसाहिब आला की बात बैठ गई। उसी रात को पचास हजार देने का हुक्म हुआ। खजाँची नोट गिनने लगे। बीच की उँगली में मुँह का पानी (थूक) लगाकर खजाँची ने पचास हजार की नोट सबके सामने सर्र-सर्र गिन दी। जब कोने से रामदीन उसको लेने के लिए चला। ज्योंही नोटों के लिए हाथ बढ़ाता है कि मालिक के दहने छींक हुई। मुँहलगा मुसाहिब बोल उठा, "देखिए सरकार! मेरी बात आप नहीं मानते, दहने छींक पुकारती है, इसमें जरूर बड़ा हरज होगा।" रामदीन के साथी मुसाहिब ने कहा, "नहीं सरकार! दहनी छींक अच्छी होती है, पंडित लोग कहते हैं, सन्मुखे अर्थ लाभ दहने सुख सम्पदा।"

मुँहलगे ने कहा, "नहीं सरकार, यह जैसे भक्कू हैं, वैसी ही बात करते हैं। वह श्लोक छींक के वास्ते नहीं, किसी शुभ शकुन के वास्ते है कि सन्मुखे अर्थ लाभाय दक्षिणे सुख सम्पदा। और छींक के लिए तो इसका उलटा है, भड्डर कहता है, सन्मुख छींक लड़ाई भाषै। छींक दाहिनी द्रव्य विनाशै।"

बस अब क्या था, बात का बतंगड़ हो गया। अंत को यही ठहरा कि आज रात को मामला मुल्तबी रखा जाए, कल देखा जाएगा।

काम भी वैसा ही हुआ। दूसरी रात को फिर बात पेश हुई। मालिक ने कहा, "अजी अब हम समझ गए। उससे कहो कि दो-दो हजार की दो जमानत दे।"

बस हुक्म सुनकर रामदीन के मुँहपर सूखा बरस गया। धीरे से बाहर आया। साथी मुसाहिब भी पहुँचाने को बाहर आया। रामदीन ने कहा, "यार, वही काना मुसाहिब बात काट गया है, मालिक ने तुमको आने-जाने को खर्च खुराक के लिए दस रुपया देने का हुक्म दिया है सो लो।"

इतना कहकर उसने एक नोट दस रुपए की रामदीन के हवाले की। रामदीन ने अफसोस करके कहा, "काम नहीं हुआ। साइत नहीं ठीक थी।"

इतना कहकर झँखने पटकने लगा, साथी मुसाहिब ने कहा, "यार, एक बात करो तो काम बन सकता है। जब से तुमने विश्वेश्वर नाथ महादेव को छूकर कसम खाया है, तब से हमारा तुम पर बहुत विश्वास हो गया है। चार हजार तो नहीं, लेकिन दो हजार हम दे सकते हैं, अगर दो हजार तुम लाओ तो काम बन जाए। लेकिन ज्योंही रुपया मिलेगा, उस पचास हजार में से दो हजार हमारा तुरंत लौटा देना होगा।"

रामदीन—"यह तो बनी बात है।"

मुसाहिब—"तो दो हजार लाव।"

"दो हजार की चिंता नहीं, हम घर से ही ला देंगे।" कहकर रामदीन ने कहा, "अच्छा आप भी साथ चलें तो ठीक है।"

दोनों साथ ही गाजीपुर गए। रामदीन इक्कीस सौ में से सौ घर रखकर दो हजार लिये हुए मुसाहिब के संग बनारस लौट गया।

वहाँ रात को ग्यारह बजे जब कचहरी में पहुँचा, दो हजार मुसाहिब ने अपना भी दे दिया। रामदीन चार हजार कचहरी में जाकर गिन दिया। खजाँची ने जमा कर दिया। ज्योंही खजाने में बंद करके हाथ में चाभियों का गुच्छा लिये खजाँची बाहर आया कि दरबान तार खबर लानेवाले सिपाही को सरकार के सामने लाया और "सरकार कहीं से तार आया है।" कहकर बाहर चला गया। झट मुसाहिब आला ने तार खोला। मीर मुंशी ने पढ़कर सुना दिया, "सिस्टर डाइंग कम एट वंस। His highness's Sister dying come at one" अब क्या था। सबके मुँह पर शोक छाया। मालिक छाती पीटकर रोने और गिरकर बेहोश होने लगे, सब लोगों ने समझाया। लेकिन कुछ नहीं हुआ।

अंत को यही राय ठहरी कि इसी दम स्पेशल छुड़वाकर आगरा चलना होगा। सब जहाँ-का-तहाँ पड़ा रहा। गाड़ी बाहर दरवाजे पर आ लगी। सबके साथ महाराज स्टेशन को गए। रामदीन को भी साथ लिये वह मुसाहिब मुगलसराय तक आया। फिर गाजीपुर लौट जाने और तीसरे रोज अपने लौटने की बात कहकर आगरे के लिए स्पेशल में महाराज के साथ चला गया।

रामदीन गाजीपुर लौटकर दो दिन चुपचाप रहा, तीसरे दिन बनारस आकर देखा है तो बड़े दरवाजे पर "मकान भाड़ा दिया जाएगा" की पट्टी लटकती है, भीतर राजा, न राजदरबार, अंत को उसने कोतवाली में इत्तला की। थानेदार ने मुकाम पर कुछ पता तो नहीं पाया, लेकिन राजा साहब का रंग-रूप और चेहरे का बयान रामदीन से सुनकर कहा, "समझ गए, वह हमारा इश्तिहारी असामी लच्छमन अहीर है, जेल तोड़कर भाग चुका है। पुराना चोर है। अफसोस की बात है, तुम उसके फंदे में आ गए। जाओ, कुछ पता चलेगा तो खबर दी जाएगी, उस पर तो बहुतेरे लोग लगे हैं। वह पाजी पकड़ा नहीं जाता।"

रामदीन अपना मुँह लिये घर लौट गया। और उस बनावटी राजा का कुछ पता नहीं चला।

□□□